万葉集を楽しむ

上條　守

学芸みらい社

万葉集を楽しむ

上條　守

はじめに

この本は万葉集の選歌集である。万葉集は全部で二十巻あるが、その中の巻一から巻十までの十巻、二千三百五十二首の歌の中から五百首ほどの歌を選んで、その歌意と解説とを載せてある。載せる歌は私の判断で選んだ。斎藤茂吉の『万葉秀歌』、中西進の『万葉の秀歌』、大岡信の『私の万葉集』などの著名な選歌集を参考にしつつも、私が馴染んだ歌や私なりにいいなあと思った歌を選んである。また、いいなあと思った歌だけを一つ一つ載せるのではなくて、その歌が含まれる歌のまとまりを載せている（たとえば、長歌と反歌というように）。そのほうが歌の理解をしやすいと考えたからである。

この本の原稿を作るにあたり、歌の表記や歌の解釈の部分は、伊藤博校注の『万葉集』、日本古典文学大系『萬葉集』（新・旧）、澤瀉久孝の『萬葉集注釋』などを参考にして丁寧に行い、正確を期しながらより分かりやすい現代語訳に腐心してきた。学芸みらい社にも、とてもきめ細かく校正していただいた。だからこの部分については、素人ではあるが自信のあるところである。

歌の解説の部分はかなり苦労した。昔から馴染んできた歌については比較的筆が進んだが、新しく選んだ歌や、作者名や歌の説明などが載っていない歌については、作文が苦手であるのでどう解説したらこの歌のよさや面白さなどが表せるのかと思い悩むことが多かった。そんな苦労をしながら書き終えた私の選歌集である。

各巻の最初にはその巻の構成をごく簡単に説明しているが、ここではこの本に興味を持って読み進めてもらうために、各巻の内容についてもう少し説明を加えておこうと思う。

各巻の内容説明に入る前に一つ押さえておきたいことがある。それは万葉集の時期区分である。万葉集の作者は長い時期に亘っているので、作歌時期を四期に分けて万葉集を見渡すことが通例となっている。

第一期は、一般的には舒明朝から大化の改新を経て壬申の乱（六七二年）までで、「初期万葉の時代」ともいう。これ以前の歌として、仁徳朝の磐姫皇后《いわのひめのおおきさき》の歌や雄略天皇の歌なども載っているがこれは特別である。作者には、舒明天皇、中皇命《なかつすめらみこと》、天智天皇、額田王《ぬかたのおおきみ》、倭大后《やまとのおおきさき》などがいる。

第二期は、壬申の乱後、天武・持統朝を経て平城京遷都の年（七一〇年）までで、作者には、天武天皇、持統天皇、大津皇子、大伯皇女《おおくのひめみこ》、柿本人麻呂、高市黒人《たけちのくろひと》、但馬皇女、志貴皇子などがいる。人麻呂が活躍した時代である。

第三期は、平城京遷都から山上憶良の没した天平五年（七三三年）までで、作者には、笠金村《かさのかなむら》、車持《くるまもちの》千年《ちとせ》、山部赤人、大伴旅人、大伴坂上郎女《いらつめ》、山上憶良、高橋虫麻呂、湯原王など多くの有名な歌人が活躍した時代である。

第四期は、以後、天平宝字三年（七五九年）の大伴家持の万葉集最後の歌の時までで、作者には、家持を始めとして、大伴坂上郎女、紀女郎《きのいらつめ》、笠女郎、坂上大嬢《おおいらつめ》、大伴池主、田辺福麻呂《さきまろ》らがいる。

では、各巻ごとにその巻の内容や特色を見ていこう。

巻一には、万葉一・二期の「雑歌」が載っている。額田王、中大兄皇子、大海人皇子、持統天皇、人麻呂、志貴皇子などの馴染みのある名歌がならんでいる。その中でも、額田王と人麻呂の歌は優れているのでこの選歌集でも数多く載せている。額田王の歌は、熟田津《にきたつ》を船出する時の歌、春山と秋山の優劣を判定する歌、近江に下る時の歌など、どれもすばらしい歌である。また人麻呂の歌は、近江の荒れた旧都を過ぎる時の歌や、吉野行幸や安騎野行幸に従駕しての賛歌などがある。全力で天皇や皇子を賛美する流暢な調は、他の作者には真似のできなかった人麻呂特有の詠いぶりである。

巻二は、巻一とセットになる巻で、万葉一・二期の相聞歌と挽歌が載っている。相聞歌では、巻頭に磐姫皇后の歌がある。これは、古い時代の歌であるが天皇を待つ恋心がよく表れた歌である。鏡王女《かがみのおおきみ》の歌もすばらしい。弓削皇子《ゆげのみこ》と額田王との贈答歌もよい歌である。また更に、但馬皇女が穂積皇子を偲ぶ一途な思いを詠った歌は胸に迫ってくるものがある。そしてやはり一番は、人麻呂の石見《いわみ》の国から現地妻と別れて都に上って来る時の歌であろう。別れの悲しみの絶唱である。一方挽歌では、有馬皇子が謀反の疑いをかけられ、斉明天皇の行幸先へ連行される時に、悲しんで松の枝を結んだ歌は有名である。高市皇子のもがりの時の人麻呂の挽歌は万葉集の中で一番長い歌である。但馬皇女の墓を遠望した穂積皇子の歌、妻の死を悲しんだ人麻呂の歌なども載せてある。

巻三には、雑歌、譬喩歌、挽歌が載っている。万葉第三期の歌人を中心に、二期の人麻呂や黒人、四期の笠女郎や家持の歌などを載せた。人麻呂や黒人が旅の途中で詠んだ羈旅の歌には深い味わいがある。第三期の歌では、赤人の有名な富士山を詠った歌、憶良の宴会を退出する歌、湯原王の菜摘の川を詠った歌、旅人の酒を誉める歌などはよく知られた歌である。旅人の亡き妻を偲んだ歌は、しみじみとした深い悲しみに溢れている。四期の作者では、笠女郎が家持に贈った歌や家持が亡妾《ぼうしょう》を悲しんだ歌などを載せた。

巻四には、万葉全期に亘る作者の相聞歌が載っている。ここでは、額田王と鏡王女の歌、人麻呂の歌、阿部女郎と中臣東人との贈答歌、藤原麻呂と坂上郎女との贈答歌、笠女郎の家持への贈歌、湯原王と娘子との贈答歌、家持と大嬢との贈答歌などを載せている。中でも笠女郎の家持への贈歌は大そう優れていて読み応えがある。

巻五の歌は、神亀五年（七二八年）から天平六年（七三四年）の間に作られた雑歌である。大伴旅人が大宰府長官として九州に赴任した時に、筑前の国守であった山上憶良と親交をもち、この二人を中心とした官人や、関係する人々によって作られている。和歌ばかりでなくて、漢詩や漢文などもたくさん載っているので読み進めるのにとても苦労した巻である。この中では、旅人が日本琴を都の藤原房前に贈って帰京を願った漢文と短歌、房前からのお礼の返事などは面白い。また、「松浦川に遊ぶ」と題する、旅人を含めた大宰府の官人たちが創作した物語と歌も載せている。しかしこの巻で一番の作者は憶良である。「日本挽歌」、「子等を思ふ歌」、「熊凝《くまごり》のためにその志を述ぶる歌に敬和する歌」、「貧窮問答の歌」、「好去好来の歌」、「老身に病を重ね、経年辛苦し、さらに児らを思ふ歌」、「男子名は古日に恋ふる歌」など、情熱を傾けて一生懸命に作っていて、実に味わいのあるよい歌である。

巻六では、前半には万葉第三期の歌人、車持千年、山部赤人、笠金村などの行幸歌を載せた。赤人の吉野での叙景歌はすばらしい歌である。後半部分には、旅人の大宰府からの帰京に当たっての歌や憶良が死の直前に詠んだ歌、坂上郎女や湯原王、家持の月を詠んだ歌などを載せてある。家持の歌は十六歳の時の歌である。

巻七は、雑歌、譬喩歌、挽歌から成り、作者名や作歌事情は記されていないが、持統・文武朝ころの作であると言われる。人麻呂歌集や古歌集の歌を先に載せて新しい歌を後に載せている。ここでは四十八首を選んだが、どの歌も味のある歌で短歌を読む楽しみが実感できる。作者が分からない分、歌そのものにじっくりと対することができる。人麻呂歌集からとった巻向《まきむく》山や穴師《あなし》川を詠う歌群は、巻向に住んでいた人麻呂の妻の死から発想したものではないかと思う。また、この巻では旋頭歌を七首取り上げた。旋頭歌は、「五七七、五七七」と五七七を繰り返した六句体の歌で、短歌形式よりも古い民謡調の歌である。六首が人麻呂歌集からの歌で、おおらかで味のある歌である。

巻八は、「春雑歌」「春相聞」というように、季節ごとに雑歌と相聞歌を載せる部立てとなっていて、作者名の記された巻である。巻頭は志貴皇子の有名な歌、「石走る垂水の上のさわらびの萌え出づる春になりにけるかも」で始まっている。ここでは、鏡王女、赤人、坂上郎女、厚見王、笠女郎、紀女郎、家持、憶良、湯原王などの万葉三・四期の作者が中心である。中でも坂上郎女、家持、憶良、湯原王の歌を多く取り上げた。巻七同様に、味わい深く歌のよさを感じられる歌が多い。

巻九は、雑歌、相聞、挽歌から成り、作者名が分かる巻である。多くの作品が、柿本人麻呂歌集、高橋虫麻呂歌集、田辺福麻呂歌集などから採られている。特に、高橋虫麻呂歌集の各地の伝説に取材した長歌はこの巻の特色である。「上総の周淮《すゑ》の珠名娘子《たまなをとめ》を詠む歌」、「水江《みづのえ》の浦島の子を詠む歌」、「勝鹿《かつしか》の真間娘子《ままのをとめ》を詠む歌」、「葦屋の菟原娘子《うなひをとめ》が墓を見る歌」など、興味深く面白い歌である。

巻十は、巻八と同様の部立てであるが、作者名は記されていない。四季の花鳥風月を題材にして作者の思いを詠っている。この巻では、秋の七夕を詠った歌がとても多いことが特色である。七夕の夜に、彦星と織姫星との年に一度の逢瀬をいろいろな場面から詠っている。

巻十の後には、付録として「二上山残照―大津皇子の物語―」を載せた。万葉集に載っている歌の背景を知れば歌の解釈や味わいも深まってくる。そこで、ここでは大津皇子の生涯を核にして、動乱の飛鳥時代を懸命に生きた天皇や皇子、皇女たちの姿を描き、そこに万葉の歌を位置づけてみた。

以上この本を概観してみた。この本が、万葉集に興味を持ってもらえる一助となれば幸いである。多くの人に読んでいただき万葉集を好きになってもらいたいと思う。

目次

※本文の「歌意」の中で、〈 〉は枕詞、《序 》は序詞を示している。
・枕詞は、歌の中の特定なことばの上にかかって修飾ないし口調を整えるのに用いることばで、これ自体には意味はない。
・序詞は、歌の中で、ある語句を導き出すために前置きとして述べることば。枕詞と同じ働きをするが、二句から四句に亘る長いことばである。
※本文中に、日本書紀の訳文が記されている所が数か所あるが、そこは、「井上光貞『日本書紀』中央公論社」を引用したり参考にしたりしている。
※各巻の初めに飛鳥や山の辺の道などの風景写真を載せた。その巻の内容とは直接関係がないものも含まれている。

巻一

祝戸のミハ山東展望台から、北方の明日香村・香具山・耳成山を遠望する

巻一には、「雑歌」八十四首が載っている。巻頭歌は雄略天皇の歌。以後は、舒明天皇より元明天皇に至る時期の作品を、時間順に配列している。雑歌とは、相聞や挽歌に属さない歌で、宮廷の儀式などで詠われた公的な歌である。ここでは、その中から四十首を選んだ。

雑歌

天皇の御製歌

籠《こ》もよ　み籠持ち　掘《ふ》串《くし》もよ　み掘串持ち　この岡に　菜《な》摘《つ》ます子　家聞かな　告《の》らさね　そらみつ　大和の国は　おしなべて　我れこそ居《を》れ　しきなべて　我れこそ座《ま》せ　我れこそば　告《の》らめ　家をも名をも　（一）

（歌意）籠よ、美しい籠を持って。掘串《ふくし》よ、お似合いの掘串を持って。この岡で菜摘をなさる娘さんよ、あなたの家を聞きたいなあ。おっしゃいなよ。〈そらみつ〉この大和の国は、この私がすっかり平らげているのだ。この私が隅々まで治めているのだ。我こそはあなたに告げましょう。わが家をも名をも。

万葉集の最初の歌で、第二十一代雄略天皇の歌とされる。春先に岡で菜摘をする娘にプロポーズをした歌である。「籠」は、小さなかごのこと。「掘串」は、草を抜くへら。「み籠」「み掘串」の「み」は、誉め讃える接頭語。「そらみつ」は、大和にかかる枕詞。「おしなべて」は、一面に従えて。「しきなべて」は、一面に治めての意。

この歌の前半部分は、娘の美しさを誉め、家や名前を聞き出そうとする部分であり、後半部分は大王自身のアピールの部分である。前半部分「籠もよ　み籠持ち　掘串もよ　み掘串持ち　この岡に　菜摘ます子　家聞かな　告らさね」では、娘の持ち物を誉めることで娘の美しさを浮き立たせる表現方法はなかなか気が利いている。かわいらしい籠と、若草の根を抜く掘串《ふくし》を誉めることでかわいい娘がイメージされる。名前を聞き出そうと優しく丁寧に呼びかけている。一方、後半部分「そらみつ　大和の国は　おしなべて　我れこそ居れ　しきなべて　我れこそ座せ」は絶対権力者としての恐れ多き大王の姿がストレートに表現されていて、前半の詠いぶりとは調和しないので私は戸惑いも覚えるのである。しかし、そこが古代の大王の歌と言えるのかもしれない。春の訪れと求婚という生きる喜びを詠った歌である。

天皇、香具山に登りて国を望《み》たまふ時の御製歌

大和には　群山《むらやま》あれど　とりよろふ　天《あめ》の香具山　登り立ち　国見《くにみ》をすれば　国《くに》原《はら》は　煙《けぶり》立ち立つ　海原《うなはら》は　鷗《かまめ》立ち立つ　うまし国ぞ　蜻蛉島《あきつしま》　大和の国は

（二）

〈歌意〉大和には多くの山々があるが、神々しい天の香具山に登り立って国見をすると、広い平野には家々から炊事の煙が立ち上っている。海原には鷗が舞っている。佳い国であるなあ、〈蜻蛉島《あきつしま》〉大和の国は。

第三十四代舒明天皇が香具山に登って国見《くにみ》をされた時の歌である。国見とは、大君が高い山や高殿などから国原や海原を見渡して、その国の繁栄を予祝する儀礼である。そのためには、見渡した土地を誉めることが大事になる。まず、登り立つ山である。大和の多くの山々の中から、とりわけ天の香具山を選んだ。香具山は他の山々とは違って、「天の」という修飾がつくほどの神聖な山である。だから神聖な香具山から眼下を見渡せば、大和の国原も海原も全て見えるという発想である。香具山から見渡すと国原には煙が立ち上っている。これは、人民が炊事をしていることの証で、食が満ちてい

ることを示している。「鷗立ち立つ」とは、海で鷗が乱舞することで大漁を意味している。つまり、我が治めている大和の国は、陸の幸も海の幸も豊富で人々が豊かに暮らしていると詠っているのである。実際に見ると国原（大和盆地）は遠望できるが、海原は見えるわけがない。見えるのは点在するため池とそこに住む水鳥である。であるからこの国見の歌は形式化されていて実景とは異なっている。そんなこともわきまえて、香具山の中腹から大和盆地を遠望すれば、また気分のいいものである。

天皇、宇智《うち》の野に遊猟《みかり》したまふ時に、中皇命《なかつすめらみこと》の間人連老《はしひとのむらじおゆ》をして献《たてまつ》らしめたまふ歌

やすみしし　我が大君《おほきみ》の　朝《あした》には　とり撫《な》でたまひ　夕《ゆふへ》には　い倚《よ》り立たしし
御執《みと》らしの　梓の弓の　金弭《かなはず》の　音すなり　朝猟《あさかり》に　今立たすらし　暮猟《ゆふかり》に　今
立たすらし　御執《みと》らしの　梓の弓の　金弭の　音すなり　（三）

反歌

たまきはる宇智《うち》の大野に馬並《な》めて朝踏ますらむその草深野《くさふかの》　（四）

（歌意）〈やすみしし〉我が大君が、朝には手にとって撫で、夕方には側に寄り立ってご愛用になられている、梓の弓の金弭の音が聞こえる。朝猟に今お立ちになるらしい。夕猟に今お立ちになるらしい。ご愛用の、梓の弓の金弭の音が聞こえる。　（三）

反歌

〈たまきはる〉宇智の大野に馬を並べて、朝お踏みになっているでありましょう、その草の深い野を。（四）

「やすみしし」は、「我が大君」の枕詞。「い倚り立たしし」は、側に寄ってお立ちになったの意。「御執らし」は、手にお取りになるもの。「金弭《かなはず》」は金属製の弭（弓のツルをかける所）。以上（三）。「たまきはる」は、「宇智」の枕詞。以上（四）。

舒明天皇が宇智の大野（奈良県宇智郡の野）で狩をされたときに、中皇命《なかつすめらみこと》（舒明天皇の皇女。母は斉明天皇。孝徳天皇の皇后）に代わって間人連老《はしひとのむらじおゆ》が、舒明天皇の狩り場での雄姿を讃えて作った歌である。朝と夕との対比と繰り返しのリズムがここちよく、そこに弓弭《ゆはず》の音も加わって清々しい張りのある歌である。

反歌では、「宇智の大野」や「馬並めて」などの言葉によって、朝猟の勇壮な様が描かれている。間人連老は、狩場に同行しているのであるが、中皇命の立場に立って、「朝踏ますらむ」と遠く都から思いやっているように詠っている。

額田王《ぬかたのおほきみ》が歌

熟田津《にぎたつ》に船乗りせむと月待てば潮《しほ》もかなひぬ今は漕ぎ出《い》でな　（八）

（歌意）熟田津で（筑紫に向けて）船出しようと月の出を待っていると、潮も満潮となった。さあ、今こそこぎ出しましょう。

額田王の歌である。日本書紀によると、「斉明七年一月六日、百済救援に向けて天皇の乗った船が西に向かって出航し、海路についた。八日に船は、大伯《おおく》の海（岡山県瀬戸内市の海・小豆島の北方）に到った。十四日に伊予の国の熟田津の石湯の行宮（道後温泉）に泊まった。そして、三月二十五日に船は本来の航路に戻って娜《な》の津（博多港）に到った」とあるので、この歌は熟田津から博多に向けて出航する時に詠った歌であろう。一月下旬の夜（新暦では、二月下旬〜三月上旬）、月明かりを頼りに波の静かな沿岸部を九州に向けて航行して行ったものと思われる。この航海は、百済救援のために九州に赴くもので、皇太子中大兄皇子が、皇室を始め多くの官人を従えた大がかりなものであった。そんな背景を以てこの歌に接すると、「船乗りせむと月待てば潮もかなひぬ」に、みなぎる緊張と高揚感を感じ取れるのである。満潮の港に月明りがさして、出港しようとする船々を照らしている。その高まりは、「今は漕ぎ出《い》でな」で最高潮に達する。

中大兄《なかのおほえ》の三山の歌

香具山《かぐやま》は　畝傍《うねび》を惜《を》しと　耳成《みみなし》と　相争《あひあらそ》ひき　神代《かみよ》より　かくにあるらし　古《いにしへ》も　しかにあれこそ　うつせみも　妻《つま》を　争ふらしき　（一三）

反歌

香具山と耳成山とあひし時立ちて見に来《こ》し印南国原《いなみくにはら》　（一四）

わたつみの豊旗雲《とよはたくも》に入日さし今夜《こよひ》の月夜《つくよ》まさやかにこそ　（一五）

（歌意）　香具山は　畝傍山が愛《いと》おしくて、他人に取られるのが惜しいと耳成山と相争った。神代よりこのようにあるようだ。昔からずっとこのようであるから、現の世でも妻争いが起こるようだ。　（一三）

反歌

香具山と耳成山とが争った時に、阿菩《あぼ》の大神が仲裁をしようと立って見に来たという印南国原《いなみくにはら》（兵庫県印南郡の

平野）はここなんだなあ。　（一四）
海原《うなばら》に豊かにうかぶ旗雲に入り日が差し込んでいる。今宵の月夜はさやけくあってほしいものだ。　（一五）

中大兄皇子が大和三山を詠った歌である。一三番の長歌については、その読み方で二つの解釈がある。それは、原文の「雲根火雄男志等（ウネビヲヲシト）」の読み方から起こる。一般的には「畝傍を愛《を》しと」または「畝傍を惜しと」と読み下しているが、「畝傍雄々しと」と読んで「香具山は畝傍山を男らしく立派だと感じてその愛を得ようと耳成山と争った」とする解釈もある。前の解釈では、香具山と耳成山が男の山、畝傍山が女の山になる。後の解釈では、香具山と耳成山が女の山、畝傍山が男の山になる。どちらを採るかは諸説ある。

私は、万葉集に載る妻争いの歌や現地での山の観察などから、畝傍を女、他の二山を男と捉えている。巻九の一八〇九番の葦屋の菟原娘子《うないおとめ》の歌では、娘をめぐって二人の男が激しく争っているのでこれが本来の妻争いの姿だと思うのである。また現地で三山を見ると、見る場所により山容がとても変わるのが畝傍山である。甘樫丘《あまかしのおか》から見ると畝傍山はなんの特徴もない山に見えるが、「香具山は畝傍を惜しと」とあるので香具山の方から畝傍を見ると、畝傍は丸くふくよかに盛り上がった形でまさに女性を連想させる山である。おそらく古代も山容はそう変わってはいないだろうから、古代人も畝傍は女性と捉えていたのではなかろうかと考える。また更に、こんな事実もある。作者の中大兄自身が実弟の大海人皇子の妃を自分の妃にしたという事実である。弟の大海人皇子は、かつて額田王を妃に迎え十市皇女《とおちの》をもうけていたが、いつのころからか額田王は中大兄の室になっていた。額田王は才色兼備の女性であったようで、中大兄皇子が彼女の美貌ばかりでなくて、歌の才能にも目を付け、自分の妃にして皇室のために大いに利用したのではないか。そんな憶測をも背景にこの歌を読むと、なにか思わせぶりな感じのする歌でもある。

現地で、畝傍山に額田王を、香具山に天智を、耳成山に大海人を重ね合わせて歌を口ずさむとまた趣を覚えるのである。

一五番の歌は名歌である。印南国原近くの海原の景色を詠ったものであろう。大海原に豊かに広がる旗雲、そこに差し込む入り日の光芒など、イメージを鮮明に描き出していてスケールの大きな歌である。最後の「まさやかにこそ」は、原文は、「清明己曾」とあり、「あきらけくこそ」「さやけかりこそ」、「さやけくありこそ」、「さやに照りこそ」、「まさやかにこそ」など、いろいろな読み方がなされている。私は、「まさやかにこそ」に慣れ親しんできたのでそれをとった。

天皇、内大臣《うちのおほまへつぎみ》藤原朝臣に詔《みことのり》して、春山の万花の艶《にほひ》と秋山の千葉の彩《いろ》とを競ひ憐《あは》れびしめたまふ時に額田王が歌をもちて判《ことわ》る歌

冬こもり　春さり来れば　鳴かざりし　鳥も来鳴《きな》きぬ　咲かざりし　花も咲けれど　山を茂み　入りても取らず　草深《くさふか》み　取りても見ず　秋山の　木の葉を見ては　黄葉《もみち》をば　取りてぞ偲《しの》ふ　青きをば　置きてぞ嘆く　そこし恨めし　秋山《あきやま》我れは　（一六）

（歌意）〈冬こもり〉春が来れば　鳥も来て鳴き、花も咲くけれど、山が茂っているので入って花を取ることもない。草が深いので、取って愛でることもできない。（一方）秋の山は、（山に入って）木の葉を見ては、黄葉を手に取って賞美する。まだ青いのは取らずに嘆息する。そこのところが恨めしい。（そのように、心をときめかせる）秋山が優れている、私はそう思う。

天智天皇が、内大臣藤原鎌足に、春山の万花の艶《あで》やかさと秋山の千葉の彩りのどちらが趣があるか尋ねられた時に、額田王が鎌足に代わって歌を以て判定したものである。優雅な情緒を起こさせるのは秋山であることを、春山と比較してみごとに判定している。

まず春山である。「冬こもり」は、春の枕詞。春が来れば鳥も鳴き花も咲くが、山が木や草で繁茂するので入って行けず、手に取って愛でることもできないと詠う。遠くで見て愛でるだけで、直接に春の山に関わることができないのである。これに対して、秋の山はどうだろうか。秋山には直接入って行って関わることができる、つまり心を寄せられるのである。紅葉を手に取って心惹かれて賞美し、まだ青い葉は、そのままにして、満たされない思いに思わずため息をつくのである。そして、「そこし恨めし」と額田王は強調する。思わず恨めしさをおぼえると詠う。宮廷女性らしい感性である。そして、そんな心ときめく秋山が優れていると判定するのである。「恨めし」も、『広辞苑』では、「うらみに思う。残念である。情けない」などとしているが、ここでは、巻四の「我妹子を相知らしめし人をこそ恋のまされば恨めしみ思へ」（四九四）や、巻十の「ひさかたの天つしるしと水無し川隔てて置きし神代し恨めし」（二〇〇七）などのように、心惹かれるからそのような思いが起こるのであって、決して憎んだり恨んだりはしていないのである。秋山とは深く関われるが故に起こる感情である。この、「恨めし」という感情も和歌の大事な要素である。宮廷歌人としての額田王の優れた感性や才能の一端をうかがうことのできる歌であると思う。

額田王、近江《あふみ》の国に下る時に作る歌

味酒《うまさけ》　三輪の山　あをによし　奈良の山の　山の際《ま》に　い隠るまで　道の隈《くま》　い積《つも》るまでに　つばらにも　見つつ行かむを　しばしばも　見放《みさ》けむ山を　心なく　雲の　隠さふべしや　（一七）

反歌

三輪山をしかも隠《かく》すか雲だにも心あらなも隠さふべしや　（一八）

（歌意）〈味酒《うまさけ》〉三輪山よ。〈あをによし〉奈良の山の山のはてに隠れるまで、道の曲がり角が幾つも重なるまで、ずっとずっとつまびらかに見つつ行きたいものを、幾たびも遠く見たい山なのに、つれなくも雲が隠してよいものだろうか。（一七）

反歌

三輪山をなぜそんなにも隠すのですか。雲であっても思いやりの情があって欲しい。そんなにも隠す必要がありましょうか。（一八）

「味酒」は三輪の枕詞。「あをによし」は奈良の枕詞。「道の隈」は道の曲がり角。「つばら」は詳しく、つまびらかにの意。「見放けむ」は、遠く見やりたいの意。「心あらなも」は、情があってくれよ。

この歌に関しては、山上憶良が編集した「類聚歌林《るいじゆうかりん》」という書物には、「都を近江の国に遷した時に、三輪山をご覧になって作られた（天智天皇の）御歌である」と書かれていたようだ。つまり、天智天皇に代わって額田王が作った天皇の歌ということになる。天智六年（六六七年）三月十九日に、都を近江国に遷しているので、その道中の歌であろう。大和の国境で三輪山を遠望して、惜別と鎮魂とを兼ねて詠った歌であるようだ。貴族たちにとっては、住み慣れた大和を離れて、辺鄙な近江の国へ向かうことには不安も大きかったのではなかろうか。三輪山に代表される大和への惜別の気持ちの溢れた歌である。

余談であるが日本書紀には、「当時、天下の百姓《おおみたから》は、遷都を願わず、これを風刺するものが多かった。童謡《わざうた》も多く、また、連日連夜のように火災がおこった」と記されている。童謡とは、古代の民間のはやり歌で、時事の風刺や異変の前兆を謡い、政治的目的などから流行らせた歌謡であるという。このように多くの人民の反対を押し切っての近江遷都には、それなりの理由があったのであろう。当時の朝鮮半島や唐との緊張関係が影響していたものと思われる。

天皇、蒲生野《かまふの》に遊猟《みかり》したまふ時に、額田王が作る歌

あかねさす紫《むらさき》野《の》行き標野《しめの》行き野守《のもり》は見ずや君が袖振る　（二〇）

（歌意）〈あかねさす〉紫草の生い茂る野原を行ったり、標縄《しめなわ》を張った薬草の野原を行ったりして野行きを楽しんでいる。おや、貴方が袖を振っていらっしゃる。野守に気づかれますよ。

皇太子（大海人皇子）の答へたまふ御歌

紫草《むらさき》のにほへる妹《いも》を憎くあらば人妻ゆゑに我《われ》恋ひめやも　（二一）

（歌意）〈紫草の〉艶《にお》うように美しいあなたよ。あなたが憎いならば　今は人妻であるあなたをどうして私が恋いようものか。

「あかねさす」は、紫、日（ひ）にかかる枕詞。「標野」は、一般の者を立ち入らせないように標縄を張った園。「野守」は、野の番人。「紫草の」は、「にほふ」の枕詞。「恋ひめやも」は、恋するだろうか、いや恋などしない。

天智天皇が蒲生野《がもうの》（近江八幡市、八日市市一帯の平野）で遊猟をした時に、大海人皇子と額田王との間で詠まれた歌である。今は人妻になった額田王に袖を振って率直に気持ちを伝える大海人皇子。それに戸惑いつつも心の内で喜びを感じている額田王。そんな二人の思いが読みとれる歌である。「紫野行き標野行き」の言葉のリズムにウキウキした気持ち、「野守は見ずや君が袖振る」に戸惑いと恥じらいなどが感じられ、額田王の心の内をよく表している。一方、大海人皇子の歌は、実にストレート。男性的で額田王の心を震わせたことであろう。近年、これらの歌を、宴席での戯れ歌とする説が有力になってきているが、私はこの歌の調子から二人の真情を詠ったものと捉えている。

この歌が詠われたのは、天智七年（六六八年）五月五日のことである。一月に近江大津の宮で即位した天智天皇は、五月に蒲生野で遊猟を催した。皇太子大海人皇子を始め群臣が悉《ことごと》く従ったという。五月五日は今の暦では六月中旬。青葉の生い茂る、梅雨の晴れ間（ほんとうの意味での五月晴れ）であった。深緑と青い空、夏の暑い日差し、色鮮やかな服装の貴族や女官たち。高松塚古墳に描かれた絵を彷彿とさせる、カラフルな夏の一大行事であった。

十市皇女《とをち》、伊勢神宮に参赴《まゐで》ます時に、波多《はた》の横山の巌《いはほ》を見て、吹芡刀自《ふふきのとじ》が作る歌

河上《かはのへ》のゆつ岩群《いはむら》に草生《む》さず常にもがもな常処女《とこをとめ》にて　（二二）

（歌意）川のほとりの神聖な岩々に草が生えず清らかなように、いつまでも変わらずに若い乙女であって頂きたいものです。

「ゆつ」は神聖な。「常にもがもな」の「もが」は、願望の助詞。「もな」は感動の助詞。いつまでもあって欲しいものだ。

六七五年（天武四年）二月十三日に、十市皇女と阿閇《あべ》皇女とが伊勢神宮に参拝した時に、お付きの吹芡刀自が作った歌である。皇女の若さと不滅を神聖な盤石に念願した歌である。十市皇女は、大海人皇子（後の天武天皇）と額田王との間に生まれたが、母の額田王はその後、大海人の兄の天智天皇に召されてしまう。十市皇女は、長じて天智の子の大友皇子に嫁いだものの、壬申の乱のときは父と夫の戦いを目の当たりにした。敗れた夫、大友皇子は自害し、十市皇女は父天武天皇のもとに引き取られ飛鳥の宮に身を寄せていたが、六年後の六七八年四月七日、宮中で突然死んでしまう。自殺ではないかという説もある。そんな背景をふまえてこの歌を読むと、何とも言えない不安感が感じられてならない。

天皇の御製歌

春過ぎて夏来たるらし白栲《しろたへ》の衣《ころも》干したり天《あめ》の香具山　（二八）

（歌意）　春が過ぎて夏がきたようだ。真っ白な衣が干してあるよ。前方の緑濃い天の香具山には。

持統天皇の御歌である。六九四年の十二月に新しい藤原宮に遷居しているから、その翌年の夏に詠った歌であろうか。夏の到来の喜びを力強く詠った歌である。白栲《しろたえ》の衣とは楮《こうぞ》の繊維で織った白い衣だという。天の香具山にその白い衣が干されている情景を詠っている。衣替えの季節の風物詩であろうか。瑞々しい緑と白の対比が見事で、新緑の夏の到来を強く印象づけている。後世の新古今和歌集では、この歌が「夏きにけらし」「衣ほすてふ」となって載っているが、写実性や力強さなどの点で歌の質の違いは歴然としている。

近江《あふみ》の荒れたる都を過ぐる時に、柿本朝臣人麻呂が作る歌

玉《たま》だすき　畝傍の山の　橿原《かしはら》の　ひじりの御代《みよ》ゆ　生《あ》れましし　神のことごと
栂《つが》の木の　いや継《つ》ぎ継ぎに　天の下　知らしめししを　そらにみつ　大和を置き
て　あをによし　奈良山《ならやま》を越え　いかさまに　思ほしめせか　天離《あまざか》る　鄙《ひな》にはあ
れど　石走《いはばし》る　近江《あふみ》の国の　楽浪《ささなみ》の　大津の宮に　天の下　知らしめしけむ
天皇《すめろき》の　神の命の　大宮《おほみや》は　ここと聞けども　大殿《おほとの》は　ここと言へども　春草の

茂《しげ》く生《お》ひたる　霞立《かすみた》つ　春日の霧《き》れる　ももしきの　大宮《おほみや》ところ　見れば悲しも

（二九）

反歌

楽浪《ささなみ》の志賀の唐崎幸《からさきさき》くあれど大宮人《おほみやひと》の舟待ちかねつ　（三〇）

楽浪の志賀の大わだ淀《よど》むとも昔の人にまたも逢《あ》はめやも　（三一）

（歌意）〈玉だすき〉畝傍山の神武天皇の御世以来、お生まれになった天皇の全てが、〈栂の木の〉次々に、ここ大和で天下をお治めになった。その〈そらにみつ〉大和を離れて〈あをによし〉奈良山を越えて、どのようにお思いになったのか、〈天離る〉辺鄙な田舎ではあるが、〈石走る〉近江の国の楽浪《さざなみ》の大津の宮で天下をお治めになられた天智天皇の旧都はここだと聞くけれども、宮殿はここだと言うけれども、春草が深く繁っているだけだ。霞が立ち、春の日が霧でかすんでいる。〈ももしきの〉荒れた都の跡を見れば悲しい。　（二九）

反歌

さざなみの志賀の唐崎は幸いに昔と変わらずにあるけれども、昔ここで遊んでいた大宮人の乗った船をひたすら待っても来ることはない。　（三〇）

さざなみの志賀の大わだは水が淀んでいるが、昔の人にまた逢うことができるだろうか。できはしない。　（三一）

「玉だすき」は、「うねび」にかかる枕詞。「橿原のひじりの御代」は、神武天皇の御代。「栂の木の」は「つぎ」にかかる枕詞。「そらにみつ」は「大和」にかかる枕詞。「天離る」は「鄙《ひな》」にかかる枕詞。「石走る」は「たぎ」「たるみ」「あふみ」にかかる枕詞。「楽浪《ささなみ》」は琵琶湖の中南部沿岸地方の古名。「ももしきの」は「大宮」にかかる枕詞。「またも逢はめやも」は、再び逢うことができようか、できはしないの意。

近江の荒都を過ぎるとき、柿本人麻呂が作った歌である。近江朝を去って二十年の月日が流れたころの歌であろうか。持統天皇の代に詠われたものだろう。かつて栄えていた近江の大津宮は、今は荒れ果てて往時の面影は全くない。訪れた人麻呂は、栄枯盛衰の時の早さを肌身で感じ涙にむせぶのである。長歌は、始めから終わりまで句点を付けずに一気に詠っている。歌の意味はしごく簡明であるが、枕詞を縦横に駆使した重厚で弾力のある詠いぶりである。

吉野の宮に幸《いでま》す時に、柿本朝臣人麻呂が作る歌

やすみしし　我が大君の　きこしめす　天の下に　国はしも　さはにあれども
山川の　清き河内《かふち》と　御心を　吉野の国の　花散らふ　秋津《あきつ》の野辺に　宮柱《みやばしら》　太《ふと》
敷《し》きませば　ももしきの　大宮人は　舟並《な》めて　朝川渡る　舟競《ふなぎほ》ひ　夕川渡る
この川の　絶ゆることなく　この山の　いや高《たか》しらす　水激《みなそそ》く　滝の宮処《みやこ》は　見
れど飽《あ》かぬかも　（三六）

反歌

見れど飽《あ》かぬ吉野の川の常滑《とこなめ》の絶ゆることなくまたかへり見む　（三七）

〈歌意〉〈やすみしし〉我が大君がお治めになる天の下に、国は数多くあるが、山川の清らかな川辺の地として、〈御心を〉吉野の国の〈花散らふ〉秋津の野辺に、宮柱も太く立派な宮殿をお建てになったので、〈ももしきの〉大宮人たちは舟を並べて朝の川を渡り、舟を競って夕べの川を渡る。この川のように絶えることなく、この山のようにいよいよ高くお治めになる、〈水激《みなそそ》く〉滝の宮殿は、いくら見ても見飽きることがない。（三六）

反歌

いくら見ても見飽きることがない吉野川の常滑《とこなめ》が絶えないように、絶えることなく、またここに帰ってきて見よう。（三七）

やすみしし　我が大君　神ながら　神さびせすと　吉野川　たぎつ河内《かふち》に　高殿《たかどの》を　高知りまして　登り立ち　国見をせせば　たたなはる　青垣山《あをがきやま》　山神《やまつみ》の　奉《まつ》る御調《みつき》と　春へは　花かざし持ち　秋立てば　黄葉《もみち》かざせり　行き沿《そ》ふ　川の神も　大御食《おほみけ》に　仕へ奉ると　上《かみ》つ瀬に　鵜川《うかわ》を立ち　下《しも》つ瀬に　小網《さで》さし渡す　山川も　依《よ》りて仕ふる　神の御世《みよ》かも　（三八）

反歌

山川も依《よ》りて仕《つか》ふる神ながらたぎつ河内《かふち》に舟出《ふなで》せすかも　（三九）

（歌意）〈やすみしし〉我が大君は、神のままに神らしく振る舞われようと、吉野川の水たぎる川辺に高殿を高くお作りになって、そこに登って国見をされると、幾重にも重なる青垣のような山々は、山の神の奉る貢ぎ物として、春には花を髪に挿して、秋には黄葉を挿して美しく装っている。離宮に沿って流れる川の神も、大君の食事にご奉仕しようとして、上の瀬では鵜飼をし、下の瀬では小網《さで》を張り広げて奉仕する。山の神も川の神も心服してお仕えする神の御世であることよ。（三八）

反歌

山の神も川の神も心服してお仕えする神のままに、大君は激流の川の中に舟出をなされることだ。（三九）

「秋津の野辺」の「秋津」は吉野離宮の付近にあった地名。「常滑」は、川の岩にいつも生えている水苔。「見れど飽かぬ吉野の川の常滑の」は、「絶ゆることなく」を導き出す序詞的な使い方である（以上、三六・三七）。「神さびせす」の「神さび」は神として行動すること。「たたなはる」は、幾重にも重なり合う。「鵜川を立ち」は、鵜飼を行うこと。「小網さし渡す」は、すくい網を渡す（以上、三八・三九）。

吉野離宮を賛美する歌である（吉野賛歌）。天武天皇が隠棲していた吉野は、壬申の乱後、天皇が隠れ住んだ場所、聖戦の出発の場所として聖地と見なされた。そしてそこには離宮が建てられて天皇が行幸することが多くなった。特に持統天皇は、在位十一年間に三十一回も訪れている。女帝が足繁く通った目的は何であったのだろうか。古代史の謎の一つであるが、私はこれについて、その目的を、「夫であった故天武天皇との絆の強さを群臣に示すと共に、持統天皇が現神《あきつかみ》としての霊力を高め、神聖で犯すべからざる存在であることを世の中に知らしめるための行幸」と捉えている。これらの行幸には、宮廷歌人らが付き従って天皇を賛美する歌を多く作った。柿本人麻呂は、持統天皇の吉野行幸に従賀し優れた吉野賛歌（＝天皇賛歌）を作っている。三六番の長歌は、大宮人が競って天皇に仕える様を、三八番の長歌は、山川の神が競って天皇に仕える様を流暢な調べで詠い上げている。

伊勢の国に幸《いでま》す時に、京に留まれる柿本朝臣人麻呂が作る歌

嗚呼《あ》見《み》の浦に舟乗りすらむをとめらが玉裳《たまも》の裾《すそ》に潮満つらむか　（四〇）

釧《くしろ》着く答志《たふし》の崎に今日もかも大宮人《おほみやひと》の玉藻刈るらむ　（四一）

潮騒に伊良虞《いらご》の島辺漕ぐ舟に妹乗るらむか荒き島廻《しまみ》を　（四二）

（歌意）あみの浦で船に乗り込もうとする乙女たちの美しい裳裾に、潮が満ちよせているだろうか。（四〇）

〈釧《くしろ》着く〉答志の岬で、今日も大宮人たちは玉藻を刈っているだろう。（四一）

潮騒の中、伊良湖の島辺を漕ぐ舟にあの子も乗っているだろうか。あの荒々しい島の周りを。（四二）

「嗚呼《あ》見《み》の浦」は諸説があって不明の地だが、澤瀉博士は詳しく検証して、鳥羽湾の西に突き出している小浜の入海《いりうみ》ではなかろうかと述べている（『萬葉集注釋』）。そうだとすると、嗚呼見の浦、答志島、伊良湖崎が東西に一直線に並ぶことになって、遊覧のコース順に旅先の様子を思い描いて詠っていることになり都合がよい。「釧着く」は釧をつける手の意から「たふし（手節）」にかかる枕詞。

六九二年（持統六年）三月に伊勢の国に行幸した時に、飛鳥の京に留まった人麻呂が、旅先の様子を思い描いて作った歌である。かつて人麻呂が経験した伊勢行幸従賀を回想し、旅先へ思いを寄せている。「玉裳の裾に潮満つ」「大宮人の玉藻刈る」など、共に美しい表現である。四二番の歌では、恋人の安否を気づかう人麻呂の気持ちが汲みとれる。

この伊勢行幸に関しては、日本書紀に次のような逸話が載っている。持統六年二月に、伊勢行幸の計画を知った中納言三輪朝臣高市麻呂が、農事の妨げになるから取りやめてほしいと直訴したが取り合ってもらえなかった。三月になり行幸が差し迫った時に、高市麻呂は自分の冠を脱いで天皇に捧げて（職を賭して）再度、「農繁期であるから、行幸があると

農民が迷惑するから出発は取りやめてほしい」と訴えた。しかし聞き入れてもらえず、行幸は計画通り実施されたという。気骨のある人物がいたものである。

軽皇子、安騎《あき》の野に宿ります時に、柿本朝臣人麻呂が作る歌

やすみしし　我が大君　高照《たかて》らす　日の御子《みこ》　神ながら　神さびせすと　太敷《ふとし》かす　都を置きて　こもりくの　泊瀬《はつせ》の山は　真木《まき》立つ　荒山道《あらやま》を　岩が根　禁樹《さへき》押しなべ　坂鳥《さかとり》の　朝越えまして　玉かぎる　夕さり来れば　み雪降る　安騎《あき》の大野に　旗《はた》すすき　小竹《しの》を押しなべ　草枕　旅宿《たびやど》りせす　いにしへ思ひて　（四五）

短歌

安騎《あき》の野に宿る旅人うち靡《なび》き寐《い》も寝《ぬ》らめやもいにしへ思ふに　（四六）

ま草刈る荒野にはあれど黄葉《もみちば》の過ぎにし君が形見とぞ来《こ》し　（四七）

東《ひむがし》の野にかぎろひの立つ見えてかへり見すれば月かたぶきぬ　（四八）

日《ひ》並《なみしの》皇子《みこの》命《みこと》の馬並《な》めてみ狩《かり》立たしし時は来向《きむか》ふ　（四九）

（歌意）〈やすみしし〉我が大君、〈高照らす〉日の皇子は、神として神々しく振る舞われようと、立派に治めている都を離れて、〈こもりくの〉泊瀬の山は、真木の茂る荒れた山道であるが、岩や根、遮る木々を押しのけて、〈坂鳥

の〉朝に越えられて、〈玉かぎる〉夕方になると、雪の降る安騎の野にススキやシノ竹を押し広げて〈草枕〉旅宿りをされる。当時をお思いになって。（四五）

短歌

安騎の野に宿る旅人は伸び伸びと寝られるだろうか、寝られはしない。当時のことを思うと。（四六）
〈ま草刈る〉荒野ではあるが、〈黄葉の〉亡くなった君（草壁皇子）の形見の地としてやって来たことだ。（四七）
東の野辺に陽炎《かげろう》が立ち（東の野辺に光が差し込んできて）、かえりみすると月は西に傾いている。（四八）
皇太子の尊《みこと》（故草壁皇子）が馬を並べて御狩にお立ちになったその時刻が近づいてきた。（四九）

「安騎の野」は奈良県宇陀市辺の野。「禁樹《さへき》押しなべ」の「禁樹」は、妨げになる木。「坂鳥の」は「朝越ゆ」にかかる枕詞。「玉かぎる」は「夕」にかかる枕詞（以上、四五）。「ま草刈る」は「荒野」の枕詞。「黄葉の」は「過ぐ」にかかる枕詞。「過ぎにし君」は、亡くなった父の草壁皇子をさす（以上、四六〜四九）。

軽皇子（後の文武天皇）が、父の草壁皇子の思い出の地、安騎野を訪れた時に、従賀した人麻呂が詠んだ歌である。斎藤茂吉は持統六年か七年のころだろうと推測している。とすると軽皇子は十〜十一歳である。また時節を詳しく考証し、旧暦霜月の満月の日であろうと考えた学者がいて、それに従って「阿騎野かぎろひを観る会」が開かれているそうだ。それによると、旧暦十一月十七日の明け方に観ることにしてあり、平成二十五年は、十二月十九日に行われたようだ。今年（平成二十六年）は、二十七年一月七日がその日に当たることになる。真冬の寒さが厳しいころの野宿である。また、父草壁皇子が狩を始めたその同じ時刻に、息子の軽皇子も狩を始めようとしている。日時を同じくした特異な旅は、単なる思い出の旅ではないだろう。もっと深い目的を持った旅であったと考えられる。

この一連の歌は、時系列で詠われている。父の形見としてこの地へやってきた軽皇子の従者の多くは、父、日並皇子尊（草壁皇子）が、かつて狩をしたときに従賀した人々でもあっただろう。思い出の地で、かつてのように野宿をし、当時を思い出すと、日並皇子尊（草壁皇子）への追慕の思いが高まり、夜も寝られずに過ごした。そして、とうとう夜明けの光がほのかに差して、日並皇子尊が狩に出立した時刻が刻一刻と迫ってきた。最後の歌で、一行の思いは最高潮に達して、日並皇子尊と軽皇子のイメージとが重なり合っている。「日並皇子尊様の忘れ形見の軽皇子様は、このように立派に成長なされました。そして、今、日並皇子尊様と同じように、狩に御出立なされようとしております。日並皇子尊様、御安心ください。立派な跡継ぎとして今、軽皇子様は、この狩り場に立たれていらっしゃいます」。このように、故日並皇子尊に語りかけ、また、群臣にも知らしめているのであろう。こうすることで、日並皇子尊の跡継ぎは、軽皇子であることを、強く印象付けることができるのである。そして、それを一番願ったのは祖母の持統天皇であろう。持統天皇は、孫の軽皇子への皇位継承がスムーズにいくように計らってこの旅を行わせたのではないだろうか。人麻呂は、宮廷歌人としてこの旅に従って、歌を以て持統天皇の願いに見事に応えたのである。このように捉えると一連の歌の理解がしやすい。

四八番の歌は、名歌として知られているが、この原文は、「東野炎立所見而反見為者月西渡」とある。昔は、上三句「東野炎立所見而」は、「あずまのの　けぶりのたてる　ところみて」と読まれていたようだが、江戸時代に契沖がこれを「ひむかしの　のにかぎろひの　たつみえて」と読んで、以来それに従っている。この結果、歌に躍動感や力強さが加わり秀歌となったようだ。

明日香の宮より藤原の宮に遷《うつ》りし後に、志貴《しき》皇子の作らす歌

采女《うねめ》の袖吹き返す明日香《あすか》風《かぜ》都を遠みいたづらに吹く　（五一）

（歌意）采女の袖を吹き返すはずの明日香の風よ。都が遠くなったので、ただただ、いたずらに吹いている。

風にも、吹く対象に艶やかな采女を与えることで、風に命が生まれ、かつての明日香の都の華やかさが想起される。そ

の風が、今は吹き返す相手がいないので無用に吹いているというように、栄枯の姿を実に巧みに表している。寂れた明日香の姿に、志貴皇子自身の思いも投影されているのではなかろうかと思う。

犬養孝氏が揮毫したこの歌の歌碑が、甘樫の丘に建てられている。六、七年前のことだが、三月の風に当たりながら、甘樫の丘を北側の展望台から南側の展望台に向かって歩いて行くと、向かい側からこちらへ向かって坂道をかけ上ってくるジャージ姿の一人の高校生らしい娘さんに出会った。すれ違いざま、「こんにちは」と気持ちよい声を私にかけて走り去って行った。返事を返しながら後ろ姿を見送った私はとてもすがすがしい気持ちになった。

藤原宮の御井《みゐ》の歌

やすみしし　我ご大君　高照らす　日の皇子　あらたへの　藤井が原に　大御門《おほみかど》
始めたまひて　埴安《はにやす》の　堤の上に　あり立たし　見《め》したまへば　大和の　青香具《あをかぐ》
山《やま》は　日の経《たて》の　大き御門に　春山と　繁《しみ》さび立てり　畝傍《うねび》の　この瑞山《みづやま》は　日
の緯《よこ》の　大き御門に　瑞山と　山さびいます　耳成の　青菅山《あをすがやま》は　背面《そとも》の　大き
御門に　よろしなへ　神さび立てり　名ぐはし　吉野の山は　影面《かげとも》の　大き御門
ゆ　雲居《くもゐ》にそ　遠くありける　高知《たかし》るや　天の御陰《みかげ》　天知《あめし》るや　日の御陰の　水
こそば　常《とこしへ》にあらめ　御井《みゐ》の清水《ましみづ》　（五二）

短歌

藤原の大宮《おほみや》仕《つか》へ生《あ》れつぐや娘子《をとめ》がともは羨《とも》しきろかも　（五三）

（歌意）〈やすみしし〉我が大君、〈高照らす〉日の皇子は〈あらたへの〉藤井が原に宮殿を造り始めになられて、埴安《はにやす》の堤の上にお立ちになってご覧なされば、大和の青々とした香具山は、東の大きな御門に、春山として繁り立っている。畝傍の瑞々しい山は、西の大きな御門に瑞山《みずやま》として瑞々しく立っている。耳成の青く清々しい山は、北の大きな御門に、よい姿で神々しく立っている。名のうるわしい吉野の山は、南の大きな御門からはるか彼方空遠くにある。〈高知るや〉天にそびえる宮殿、〈天知るや〉日の皇子の宮殿の水こそは、常《とこ》しえにあって欲しい。御《み》井《い》の清水よ。　（五二）

短歌

藤原の宮に奉仕するために生まれ次いでくる乙女たちはうらやましいなあ。　（五三）

「あらたへの」は「藤」にかかる枕詞。「埴安の堤」は、香具山の麓にあった埴安の池の堤。「日の緯」は西のこと。「背面」は北。「よろしなへ」は、よい具合にの意。「影面」は南。「天の御陰」は天の陽を避けて陰となる所で、殿舎をいう。「娘子がともは」は、乙女たちはの意。「日の経」は東のこと。「日

持統天皇が埴安の堤に立って、四方の山をご覧になると、大和三山や、吉野の山々がよい場所に神々しく静まって宮殿を護っていると賛美し、この宮殿の永久にあらんことを、御井の清水に託して詠っている宮廷賛歌である。実際に、藤原の宮の大極殿跡から四方を望むと、大和三山や吉野の山々は、まったくこの歌の通りの場所に位置しているのである。先代の天武天皇は道教を熱心に信仰していた。道教には神仙思想があり、不老長寿の仙人が住む三つの神山があるとされていて、大和の三山をこれに見立てて、それらの山に囲まれた場所に都を造りたいと考えていたが、志半ばで亡くなってし

まった。その志を継いで、都を造ったのが持統天皇である。吉祥の山々に東西南北を囲まれている藤原宮の宮殿は、正に神聖であると考えられていたであろう。誠に格好の場所に都を造ったものだと感心してしまう。

季節は初夏のころであろうか。すがすがしい歌である。作者は不明であるが、歌が流暢で力量のある歌人の歌であり、「やすみしし　我ご大君　高照らす　日の皇子」の句を用いていることなどから、私は人麻呂が作ったものだろうと思っている。

「やすみしし我ご大君　高照らす日の皇子」について

「やすみしし我ご大君」とは、「八隅《やすみ》を統治する我が大君」という意味で、四方八方すなわち国土全てを治めている大君という意味になる。斉明、天武朝に天皇や皇子が八角墳に葬られるようになったのもそれと関係があると思っている。「高照らす日」とは「天照大神」と同じと考えられるから、「高照らす日の皇子」とは、天照大神の皇子ということになる。それはすなわち、皇祖神天照大神の正当な跡継ぎということを意味する。これに関しては、日本書紀天武紀に注目する記述がある。「六七二年、六月、挙兵して吉野を発った大海人皇子は、二十六日朝、三重県三重郡朝明川のほとりで、伊勢神宮の天照大神を御遥拝された」という壬申の乱の記事である。戦勝祈願である。つまり大海人皇子は、皇室の祖先神の天照大神に、私に勝たせてくださいと祈願したのである。だから、戦に勝って皇位についた後には、そのお礼として、大伯皇女を伊勢神宮の斎宮として初めて遣わせている。日本書紀には、垂仁天皇の妹、倭姫が斎宮となったとの記事があるが、これは史実かどうか不明であるので、確かな史実としては大伯皇女が初めてである。大伯皇女は、天武の皇女の中では一番大事な皇女である。その彼女を初めて伊勢の斎宮としたということは、戦を勝利に導いてくれた天照大神を重視することを意味する。以後、伊勢神宮は、皇室の守り神として重要視されていくのである。

人麻呂に「高照らす日の皇子」と讃えられた人物は、天武天皇本人と、正妃であった持統天皇、天武天皇の皇子と孫の文武天皇のみで、全て天武一族である。すなわち、天武天皇につながる直系こそが正当な皇位継承者であるということを主張しているように思う。

二年壬寅《みづのえとら》に、太上天皇《おほきすめらみこと》、三河《みかは》の国に幸《いでま》す時の歌

引馬野《ひくまの》ににほふ榛原《はりはら》入り乱れ衣《ころも》にほはせ旅のしるしに　長忌寸意吉麻呂《ながのいみきおきまろ》（五七）

（歌意）引馬野に色づいている榛の原に入って榛を乱して衣を染めなさい。旅の思い出に。

いづくにか舟泊《ふなは》てすらむ安礼《あれ》の崎漕《こ》ぎ廻《た》み行きし棚《たな》なし小舟《をぶね》　高市連黒人《たけちのむらじくろひと》（五八）

（歌意）今頃どこに舟泊りしているだろうか。安礼の崎を漕ぎ廻って行ったあの棚なし小舟は。

右の二首は、大宝二年（七〇二年）に持統上皇が三河の国に行幸した時に、従駕した長忌寸意吉麻呂と高市連黒人が詠んだ歌である。

「引馬野」は、愛知県豊川市御津町御馬付近の野。「にほふ」はくっきりと色づくこと。「榛原」は、ハンノキの原（以上、五七）。「安礼の崎」は、引馬野の南にある岬。「漕ぎ廻み」は、漕ぎめぐり。「棚なし小舟」は、舟の側板のない小さい舟のこと（以上、五八）。

意吉麻呂は、引馬野に群生するハンノキが色づいて風情のある様に心をとめて詠っている。当時ハンノキの実は摺り染めに使ったようだ。旅の楽しみが感じ取れる。一方黒人は、旅先で見かけた小舟が今どこで舟泊まりしているだろうかと心を寄せている。「棚なし小舟」とあるから、無事に泊まっているだろうかと心配しているように読み取れる。二首ともに旅情がよく出ている歌である。

意吉麻呂は、持統・文武のころの人で、旅の歌と巻十六に載っている戯れの歌で知られている。黒人も意吉麻呂と同時代の歌人で行幸や旅の歌を作り、自然の情景を印象的に格調高く詠っている。

山上臣《やまのうへのおみ》憶良、大唐《だいたう》に在る時に、本郷を憶《おも》ひて作る歌

いざ子ども早く日本《やまと》へ大伴の御津《みつ》の浜松待ち恋ひぬらむ　（六三）

（歌意）　さあ皆の者、早く日本へ帰ろう。大伴の御津（難波津）の浜松が我々を待ちこがれているだろうから。

山上憶良は、文武五年（七〇一年）二月に遣唐少録となり、翌年に遣唐大使粟田真人に従って渡唐し、慶雲元年（七〇四年）七月に帰国した。遣唐少録とは遣唐使の書記のことで、出発の時、憶良は四十三歳で無位、遣唐使の中では最下位であった。この歌は帰りの出発が近づいたころに詠んだ歌だろう。四十五歳になっていた。「いざ子ども」は、目下の者に呼びかける慣用句で、万葉集でよく使われている。憶良よりも位が上の遣唐使に向かってこのような呼びかけはできないから、憶良が呼びかけた対象（相手）は、憶良の従者や遣唐使に同行した働き手ということになる。「大伴の御津」は、大伴氏の領地のあった御津で、難波津のことである。遣唐使船が発着する港であった。

志貴皇子の御作歌《みうた》

葦辺《あしへ》行く鴨の羽がひに霜降りて寒き夕へは大和し思ほゆ　（六四）

（歌意）　葦辺を泳ぎゆく鴨の羽がいに霜が降って寒い夕べは、家族のいる大和がとても偲ばれる。

慶雲三年（七〇六年）、九月二十五日から十月十二日にかけて、文武天皇は難波宮（今の大阪市中央区）へ行幸している。それに従賀した志貴皇子の歌である。新暦では、十一月の初めから中旬のころで、まさに霜月。寒い夕べである。葦辺をゆっくりと泳ぎゆく鴨の羽交いに霜が降りているという、細部を克明に描写することで、寒い夕方の情景が伝わってくる。夕暮れ時は寂しい。しかもこのような寒い夕方は、家族の待つ大和が切々と思われる。皇子の思いが素直に伝わる歌である。

志貴皇子は、天智天皇の第七皇子で、天武系ではないので皇位継承の範疇ではなく政権欲も示さなかったので安全を確保できた。このことが後に幸運を得たのかどうか、子孫から光仁、桓武、平城、嵯峨と天皇が輩出している。

太上天皇《おほきすめらみこと》、吉野の宮に幸《いでま》しし時、高市連黒人《たけちのむらじくろひと》の作る歌

大和には鳴きてか来《く》らむ呼子鳥《よぶこどり》象《きさ》の中山呼びぞ越《こ》ゆなる　（七〇）

（歌意）大和には鳴きながら行っているのだろうか。呼子鳥（カッコウ）が象の中山（吉野宮滝近くの山）を鳴きながら越えている。

持統天皇が、譲位後に吉野の宮に行幸した時に、高市連黒人の作った歌である。象の中山（宮滝付近の山）を、わが子を呼ぶように鳴きながら越えていくカッコウが、黒人の家族の住む大和（都のある藤原の辺か）にも飛んでいって家族に呼びかけてほしいなあと、呼子鳥に寄せて家族を偲ぶよい歌である。

天皇の御製《おほみうた》

ますらをの鞆《とも》の音すなり物部《もののべ》の大臣《おほまへつきみ》楯《たて》立つらしも　（七六）

（歌意）ますらお達の鞆の音が聞こえてくる。物部の大臣が楯を立てて大嘗祭の儀式の訓練をしているらしい。

御名部皇女《みなべ》の和《こた》へ奉《まつ》る御歌《みうた》

我が大君《おほきみ》物な思ほし皇神《すめかみ》の継《つ》ぎて賜《たま》へる我がなけなくに　（七七）

（歌意）我が大君よ、御心配なさいますな。皇祖神が大君（元明天皇）に添えてお遣わしになった私がお仕えしておりますから。

「鞆《とも》の音」の「鞆」は、弓を射る時に、左手首内側に付けて弦が釧《くしろ》などに触れるのを防ぐ革製の具。弦が当たると鋭い音を発する。「物部の大臣」は石上麻呂。石上氏はもと物部氏であった。即位や遷都の時、楯を立てる儀式を担当した。「皇神《すめかみ》の継ぎて賜へる」は、「皇祖神が副えて下さった」の意。

和銅元年（七〇八年）十一月二十一日の元明天皇即位の大嘗祭の時の御製歌であるようだ。七六番では、物部大臣（石上麻呂）が執り行う武人たちを従えた儀礼の様子に元明天皇が不安を抱いており、七七番では、姉の御名部皇女が、御心配なさいますなと慰めている。この歌に関しては、次のように理解している。

少し時代をさかのぼる。六八六年、天武天皇崩御の後、皇后の鸕野皇女が天武の後の政務を引き受け（称制）、我が子草壁皇太子を皇位に就かせる機会をうかがっていたが、願いむなしく、三年後の六八九年、草壁皇子は亡くなってしまった。孫の軽皇子はまだまだ幼い皇子である。そこで皇后は、自分が天皇として皇位を継ぐことにした。持統天皇である。軽皇子が皇位に就くまでの中継ぎの天皇としての意味合いが大きかった。しかし、当時の群臣からみれば、他に適任の天武の皇子が何人もいるのになぜ彼女が皇位を継ぐのかという思いもあったようだ。それらを納得させるためには、草壁皇子の子孫のみが正当な後継者であるということを強調する必要があり、吉野へ幾たびも行幸して天武天皇との絆を強調したり、人麻呂に天皇賛歌を詠わせたり、軽皇子の阿騎野遊猟を行ったりと、いろいろ手を打ってきたのである。そして、当時人臣から人望のあった高市皇子が亡くなったのを見とどけて、翌年（六九七年）に持統天皇は皇位を孫の軽皇子に譲り、自分は後見人の太上天皇となった。軽皇子は文武天皇として即位したのである。しかし、事は円滑には進まなかった。持統天皇の願いが達せられ安堵したのも束の間、五年後の七〇二年には、後ろ盾であった持統天皇が亡くなってしまった。更にまた五年後の七〇七年には当の文武天皇も二十五歳の若さで早世してしまった。これで、文武の子孫への皇位継承は絶たれたと考えるのが普通である。しかしここで、実に不思議な皇位継承が行われたのである。文武の子、首皇子《おびとのみこ》はまだ幼く皇位に就くのは無理である。そこで、文武天皇の母の阿閇《あべ》皇女が、中継ぎとして皇位を継いだのである。元明天皇である。この皇位継承の裏には藤原不比等の影が見え隠れするがここでは深く言及しない。当然、皇族や豪族からの不満や反発は強かっただろうと思われる。そんな空気を察してか、阿閇皇女は、即位を再三に亘って固辞したが断りきれずにやむなく皇位に就いたと言われている。即位の年の大嘗祭の時に、物部の大臣すなわち石上麻呂の指揮の下で、ますらお達が楯を立てる儀式の訓練をしている。そこから聞こえてくる弓の弦が鞆に当たる鋭い音が、元明天皇即位への反発のように聞こえて不安を覚えたのではないか。そのように解釈してこの歌を読むと元明天皇の不安が分かる。また、それを「ご心配なさいますな」と気丈に励ます御名部皇女は、元明天皇の同母の姉である。

巻二

飛鳥水落遺跡から北方に香具山を望む

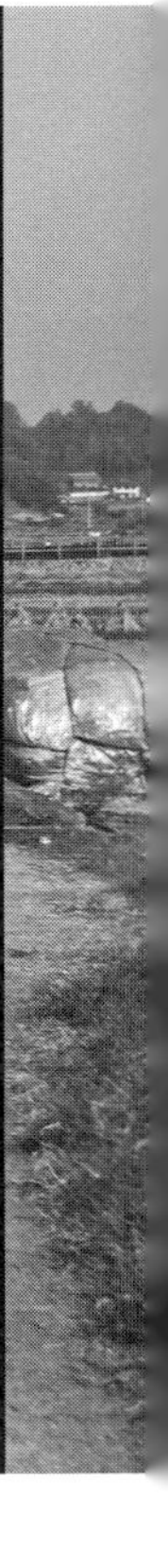

巻二には、「相聞」五十六首、「挽歌」九十四首、計百五十首が載っている。「相聞」は、恋愛の歌が主であるが、贈答の歌や唱和の歌等も含んでいる。仁徳朝の磐姫《いわのひめ》皇后の歌を巻頭に載せ、後に、天智・天武・持統朝の歌を載せている。「挽歌」は、死者を哀悼する歌で、雑歌・相聞とともに部立ての基本になっていて斉明朝より元正朝に至る歌を時間順に載せている。ここでは、その中から五十首を選んだ。

相聞

磐姫皇后《いはのひめおほきさき》、天皇を偲《しの》ひて作らす歌四首

君が行き日長《け》くなりぬ山尋ね迎へか行かむ待ちにか待たむ　（八五）

かくばかり恋ひつつあらずは高山《たかやま》の岩根《いはね》しまきて死なましものを　（八六）

ありつつも君をば待たむうち靡《なび》く我が黒髪に霜の置くまでに　（八七）

秋の田の穂の上《へ》に霧《き》らふ朝霞いつへの方《かた》に我《あ》が恋やまむ　（八八）

（歌意）君がおでましされて日数がずいぶん経ちました。山にお迎えにいこうかしら。それともここでじっと待っていようかしら。　（八五）

こんなにも恋い慕っていなくて、高山の岩根を枕にして死んでしまえば良かったものを。　（八六）

ここにいて、あなたのお帰りをずっと待っていよう。長々となびく我が黒髪に夜の霜が置くまでも。　（八七）

秋の田の穂の上に立ち込める朝霞がやがて消えていくように、どちらのほうへ我が恋は消えていくであろうか（我が恋は消えることはない）。　（八八）

磐姫皇后が仁徳天皇を偲んで作った歌である。皇后は激しい嫉妬の持ち主として知られている。嫉妬に狂うと地団駄を踏んで悔しがったという。古事記や日本書紀には磐姫皇后について次のような逸話が載っている。「磐姫皇后は酒宴の準備のために紀伊国へミツナガシワを採りに船で出かけた。その間に天皇は、八田皇女を妃として宮中に召し入れた。皇后は難波まで帰って来た時に、この事を聞いて嫉妬に燃え怒り、採ってきたミツナガシワを悉く海に投げ捨て、船を港に着けることなく、そのまま難波を通り過ぎて淀川を遡り木津川へ入り、南山城の筒木に至り、宮居を作ってここに住んだ。天皇は皇后の所へ迎えの使いを送るがそれも追い返してしまう。そこで、天皇自ら迎えに行くが、それでも皇后は会おうともされなかった」と、実に神話的というか現実離れした女性像を描き出している。しかしこの四首の歌には、恋しい天皇の帰りをひたすら待つ女性としての思いが丁寧に率直に描写されている。実に人間的な歌である。皇后のため息が聞こえてくるようだ。

天皇、鏡王女《かがみのおほきみ》に賜ふ御歌一首

妹が家も継《つ》ぎて見ましを大和なる大島《おほしま》の嶺《ね》に家もあらましを　（九一）

（歌意）あなたの家をいつもみたいものだ。大和の大島の嶺にあなたの家があったらなあ（いつも見ることができるのに）。

鏡王女、和《こた》へ奉《まつ》る御歌一首

秋山の木《こ》の下隠《したがく》り行く水の我れこそ増さめ御思《みおも》ひよりは　（九二）

（歌意）秋山の木の下をひそかに流れゆく水の水量が増すように、私が心にこめるあなたへの思いはいっそう増しております。あなたが私を思ってくださるよりも。

天智天皇が鏡王女に贈った歌と、それに和した王女の歌である。鏡王女の歌は実によい歌である。「秋山の木の下を隠れ行く水は、目には見えないが水かさは増している」という表現は、鏡王女の思いを巧みに言い表している。鏡王女は、額田王女の姉かとも言われている。後に、鎌足の正妻となり不比等を産んでいる。

内大臣《うちのおほまへつきみ》藤原卿、采女安見児《うねめやすみこ》を娶《めと》る時に作る歌一首

我れはもや安見児《やすみこ》得たり皆人《みなひと》の得《え》かてにすとふ安見児得たり　（九五）

（歌意）我は、とうとう安見児を得たぞよ。皆の人が得難いという安見児をとうとう得たぞよ。

藤原鎌足が、采女の安見児を娶った時の喜びを詠った歌である。私は、若いころはこの歌を、鎌足がライバルと争って安見児の愛を得た歌と解釈して、その愛の喜びを率直に詠い上げた歌と理解していた。しかし実際はそういう歌ではないようだ。というのは、采女は天皇の管理下の後宮の女官であり、大臣といえども勝手に采女に手を出すことはできなかったからである。この歌は次のように理解している。天智天皇は、苦楽を共にし、信頼のおける忠臣鎌足へ、当時名の高かった采女の安見児を世話したのだろう。そこで鎌足は、その嬉しさをこの歌で表したものと思われる。安見児を得た誇らしさや嬉しさが高らかに詠われている。

久米禅師《くめのぜんじ》、石川郎女《いらつめ》を娉《つまど》ふ時の歌五首

み薦《こも》刈る信濃の真弓《まゆみ》我が引かば貴人《うまひと》さびていなと言はむかも　禅師　（九六）

み薦刈る信濃の真弓引かずして弦《を》はくるわざを知ると言はなくに　郎女（九七）

梓弓引かばまにまに寄らめども後《のち》の心を知りかてぬかも　郎女（九八）

梓弓弦緒《つらを》取りはけ引く人は後の心を知る人ぞ引く　禅師（九九）

東人《あづまひと》の荷前《のさき》の箱の荷《に》の緒《を》にも妹は心に乗りにけるかも　禅師（一〇〇）

（歌意）〈み薦刈る〉信濃の真弓を引くように、私があなたの気を引いたならば、あなたは、私を貴人ぶっていていやだと言うだろうか。　禅師（九六）

〈み薦刈る〉信濃の真弓を引きもしないで（私を本気で誘いもしないで）、弦を懸ける方法を知っているとは言いませんよ（私を思いのままにすることはできませんよ）。　郎女（九七）

梓弓を引くように私の心を引いて誘うならば、あなたの意のままに寄りましょうが、後のあなたの心を知ることができないのが不安です。　郎女（九八）

梓弓に弦緒をつけて引く人は、後の心が変わらないと分かっている人です。そういう人こそが引くのです（私は心変わりはしませんよ。ずっとあなたを愛しますよ）。　禅師（九九）

東人が貢ぎ物として運び来る初荷の箱の荷を縛った緒がしっかりと縛られているように、あなたは私の心にしっかりと乗ってしまったことだ（あなたをとても恋しく思っている）。　禅師（一〇〇）

「み薦刈る」は信濃の枕詞。「貴人さびて」は貴人らしく振る舞っての意。「弦緒《つらを》取りはけ」の「はけ」は佩《は》く。「荷前の箱の荷の緒にも」の「荷前《のさき》」は、毎年諸国からくる貢物の初物をいう。「荷の緒にも」は、荷の緒のように。荷の緒がしっかりと結ばれているようにの意。

この五首は、妻問いの典型として当時知られていたらしく、男女二人の掛け合いと気持ちの高まりとが読みとれる。梓弓を引く事に喩えて、気持ちを表す比喩や、前の歌の一部を使って返歌を詠うなど、妻問いの様子がよく分かる歌である。久米禅師は口説き方が上手である。それとなく相手に詠いかけて相手の気を引き、相手の気持ちを確かめて、相手をその気にさせる口説き文句を投げかけている。

天皇、藤原夫人《ぶにん》に賜ふ御歌一首

我が里に大雪降れり大原《おほはら》の古《ふ》りにし里に降らまくは後《のち》　（一〇三）

（歌意）我が里、ここ浄御原に大雪が降ったぞよ。お前の故郷の大原の古びた里に降るのはこの後になるだろうよ。

藤原夫人《ぶにん》、和《こた》へ奉《まつ》る歌一首

我が岡のおかみに言ひて降らしめし雪のくだけしそこに散りけむ　（一〇四）

（歌意）（なにをおっしゃいますか）我が里の岡に鎮座する水の神に命じて、大原に降らせた雪のかけらが、そちらに散ったのでしょうよ。

天武天皇が、藤原夫人に贈った歌と、夫人が和した歌である。即興の洒落歌であろうが、天皇と夫人との温かい関係が感じ取れる歌である。大原の里は明日香にあり、藤原夫人の生家のある場所である。浄御原宮にごく近い所である。夫人も天皇に対して臆せずに堂々としているのがよい。藤原夫人は、鎌足の娘の五百重姫《いおえひめ》で、新田部皇子の生母である。

吉野の宮に幸《いでま》す時に、弓削《ゆげ》皇子の額田王《ぬかたのおほきみ》に贈与《おく》る歌一首

いにしへに恋《こ》ふる鳥かも弓弦葉《ゆづるは》の御井《みゐ》の上より鳴き渡り行く　（一一一）

（歌意）昔を恋い慕う鳥でしょうか。譲り葉のある御井の上を鳴き渡っていくのは。

額田王、和《こた》へ奉る歌一首

いにしへに恋ふらむ鳥はほととぎすけだしや鳴きし我《あ》が思《おも》へるごと　（一一二）

（歌意）いにしえを恋い慕っているだろう鳥はホトトギス、おそらくその鳥が鳴いたのでしょう。私がいにしえを思い慕うように。

吉野より蘿生《こけむ》す松が枝を折り取りて遣《おく》る時に、額田王が奉《たてまつ》り入《い》るる歌一首

み吉野の玉松《たままつ》が枝《え》ははしきかも君が御言《みこと》を持ちて通《かよ》はく　（一一三）

（歌意）み吉野の玉松の枝はいとしいですわ。だって、あなた（弓削皇子）の御言を持って通ってくるんですもの。

持統帝の吉野行幸に従賀した折に、弓削皇子が飛鳥の古京にいた額田王へ贈った歌と額田王の返歌である。二人の関係は定かではないが、恋愛関係はなかったであろう。当時額田王は四十代後半から五十代前半であったろうか。天智帝、天武帝と、関係のあった二人の天皇が崩御し、一人寂しい生活を送っていたと思われる。それに心を配った弓削皇子が、ホ

トトギスがゆずり葉の繁る御井の辺を鳴き渡って行くのを見てこの歌を贈ったのである。「いにしへに恋ふる」は、天智帝や天武帝との思い出であるだろう。この歌を読んで、額田王は深い感慨を覚えたに違いない。弓削皇子に額田王は、「けだしや鳴きし我が思へるごと」と返答している。弓削皇子も政権の中心から外されて疎外感を覚えていた。そんな境遇が二人を近づけたのだろうと思っている。相聞というと、恋愛関係の歌と思われるが、そればかりでなくて、相手を気遣い思いやる歌が多く含まれている。一一三番の額田王の歌は、女性らしい流麗さの溢れた歌である。

但馬《たぢま》皇女、高市皇子の宮に在《いま》す時に、穂積《ほづみ》皇子を偲ひて作らす歌一首

秋の田の穂《ほ》向《む》きの寄れる片寄りに君に寄りなな言痛《こちた》かりとも　（一一四）

（歌意）但馬皇女が高市皇子の妃として皇子の宮に居た時に、穂積皇子を恋忍んで作られた歌
秋の田の稲穂の向きが一方に片寄っているように、君に寄り添いたいなあ。たとえ世間の噂がひどかろうとも。

穂積皇子に勅《みことのり》して、近江《あふみ》の志賀の山寺に遣《つか》はす時に、但馬皇女の作らす歌一首

後れ居《ゐ》て恋ひつつあらずは追ひ及《し》かむ道の隈廻《くまみ》に標結《しめゆ》へ我が背　（一一五）

（歌意）勅命で穂積皇子を近江の志賀の山寺に派遣した時に、但馬皇女の作られた歌
後に残って恋を募らせていずに、追っていって追いつきたい。道の曲がり角ごとに道しるべの標を結ってください、あなた。

但馬皇女、高市皇子の宮に在《いま》す時に、竊《ひそ》かに穂積皇子に接《あ》ひて、事すでに形《あら》はれて作らす歌

一首

人言《ひとごと》を繁《しげ》み言痛《こちた》みおのが世にいまだ渡らぬ朝川渡る　（一一六）

但馬皇女が高市皇子の妃として皇子の宮に居た時に、密かに穂積皇子と関係を結び、そのことが発覚して作られた歌

（歌意）人の噂が多くひどいので、自分がいまだ渡ったことのない夜明けの川を渡ることだ。

「追ひ及かむ」は、追いつこう。「道の隈廻《くまみ》に標結《しめゆ》へ」の「道の隈廻《くまみ》」は、道の曲がり角。「標結《しめゆ》へ」は、道しるべをつけなさい。「人言を繁み」は、人の噂がやかましいので。「朝川渡る」は、世間を慮《おもんぱか》り、女ながら未明の川を渡って逢いに行くの意。

穂積皇子と但馬皇女は、共に天武天皇の皇子と皇女で二人は異母兄妹である。当時異母兄妹の結婚は認められていたが、但馬皇女は同じく異母兄の高市皇子の妃であったから、二人が逢うことは許されることではなかった。しかし、燃え上がった恋の炎は激しさを増し、とうとう二人は密会をしてしまう。但馬皇女の苦しい一途な思いがひしひしと伝わってくる。

弓削皇子、紀《きの》皇女を偲ふ御歌（四首中の三首）

吉野川行く瀬の早《はや》みしましくも淀《よど》むことなくありこせぬかも　（一一九）

夕さらば潮満ち来《き》なむ住《すみの》吉《え》の浅香《あさか》の浦に玉藻《たまも》刈りてな　（一二一）

大船の泊《は》つる泊《とま》りのたゆたひに物思《ものも》ひ痩せぬ人の子故に　（一二二）

（歌意）　吉野川の瀬が早く流れるように、しばらくの間淀むことなく、我々の仲も進んでくれないものかなあ。（一一九）

夕方になると潮が満ちてくるであろう住吉の浅香の浦で玉藻を刈りたいものだ（あなたを我がものにしたい）。

（一二一）

大船の泊まる港で船が揺れて定まらぬように、物思いに痩せてしまった。あなたは他人のものなのに。（一二二）

「しましく」は「暫しく」と書き、しばらくの間の意。「ありこせぬかも」は、あってくれないものか。「浅香の浦」は、大阪南部、堺市にかけての地。「たゆたひ」の「たゆたふ」は、ゆらゆらと動いて定まらないこと。

弓削皇子が、紀皇女を偲んで作った歌である。前の歌と同じく二人は、天武天皇の異母兄妹である。一二一番の歌は、譬喩の歌で、紀皇女を我がものにしたい弓削皇子の気持ちを譬えている。一二二番の歌では、紀皇女は、他人のものと詠っているから、この二人の関係もただならぬものである。

柿本朝臣人麻呂、石見《いはみ》の国より妻に別れて上り来る時の歌二首幷《あは》せて短歌

石見の海　角《つの》の浦廻《うらみ》を　浦なしと　人こそ見らめ　潟《かた》なしと　人こそ見らめ　よ
しゑやし　浦はなくとも　よしゑやし　潟はなくとも　鯨魚《いさな》取り　海辺を指《さ》して
和田津《にきたづ》の　荒磯《ありそ》の上に　か青《あを》なる　玉藻《たまも》沖《おき》つ藻　朝羽《あさは》振る　風こそ寄らめ　夕羽《ゆうは》振
る　波こそ来寄《きよ》れ　波の共《むた》　か寄りかく寄る　玉藻なす　寄り寝し妹を　露霜《つゆしも》の
置きてし来れば　この道の　八十隈《やそくま》ごとに　万《よろづ》たび　かへり見すれど　いや遠《とほ》に
里は離《さか》りぬ　いや高《たか》に　山も越え来ぬ　夏草の　思ひ萎《しな》えて　偲ふらむ　妹が門《かど》

見む　靡《なび》けこの山　（一三一）

反歌

石見のや高角山《たかつのやま》の木《こ》の間より我が振る袖《そで》を妹《いも》見つらむか　（一三二）

笹の葉はみ山もさやにさやげども我れは妹《いも》思ふ別れ来《き》ぬれば　（一三三）

（歌意）石見の海の、角《つの》の浦の辺りには、良い浦がないと人は見るだろう。良い潟がないと人は見るだろう。ままよ、良い浦はなくても。ままよ、良い潟はなくても。〈鯨魚取《いさな》り〉海辺をめざして、和田津《にぎたづ》の荒磯のあたりに生える真っ青な玉藻や沖つ藻に、朝の風が吹き寄せるだろう。夕方の波が打ち寄せるだろう。その波と共に、あちらへ寄りこちらへ寄る玉藻のように、寄り添って寝た妻を、石見の里に〈露霜の〉置いて来てしまったので、この山道の曲がり角ごとに、幾度も振り返って見るけれど、いよいよ遠く里は遠ざかり、いよいよ高く山を越えて来てしまった。今ごろ妻は、夏草のように思い萎えて私を偲んでいるだろう。妻の家の門を見たい。なびけ、この山よ。（一三一）

反歌

石見の国の、高角山の木の間から私が振る袖を、妻は見ただろうか。（一三二）

笹の葉は、山全体をざわざわさせて風にそよいでいるが、私は一心に妻を思っている。別れて来てしまったので。（一三三）

人麻呂が、石見の国（島根県西部）から、現地妻と別れて都に戻る時に、別れを悲しんで詠った歌である。石見の角《つの》の浦で一時を共に過ごした妻、玉藻のように靡き寄り添って寝た愛しい妻を、現地へ残して都へ旅立たなくてはならなくなった。別れの悲しみをこらえながら、妻の里のある角の浦を見つつ山道を登ってきたが、いよいよ里は遠ざかり、山も高く越えて角の浦が全く見えない場所に来てしまった。そして、とうとういたたまれなくなって詠った歌である。前半の部分は感情を徐々に高めていく部分である。石見の海の情景や、そこに生える藻、朝吹きよせる風、夕方打ち寄せる波などを効果的に使って、寄り添って寝た妻の愛しかった思いをこれでもか、これでもかと高めていく。そして、後半部分は、別れの道すがら妻の里を何度も何度も振り返り、涙をこらえて登って来たがもう二度と会えない場所にきてしまった。妻の悲しみを思いやると別れの切なさは頂点に達する。「妹が門見む　靡けこの山」と絶唱するのである。最初から最後まで、一気に詠い上げている。人麻呂の得意とする詠い方である。

一三三番の歌はよく知られた歌である。さ行の音を効果的に使って、笹のザワザワと鳴る寂しい山道を、妻への思いを高ぶらせながら、一人去っていく人麻呂の姿を浮かび上がらせている。

挽歌

有間《ありま》皇子、自《みずか》ら傷《いた》みて松が枝《え》を結《むす》ぶ歌二首

岩代《いはしろ》の浜松《はままつ》が枝《え》を引き結びま幸《さき》くあらばまた帰り見む　（一四一）

家にあれば笥《け》に盛る飯《いひ》を草枕旅にしあれば椎《しひ》の葉に盛る　（一四二）

〈歌意〉岩代の浜松の枝を引き結んで幸を祈るのだが、もし無事であったならば、また帰りにこれを見よう。　（一四一）
家にいれば器に盛る飯を、〈草枕〉旅の途中であるので椎の葉に盛ることだ。　（一四二）

有間皇子は孝徳天皇の皇子である。斉明四年（六五八年）蘇我赤兄にそそのかされ天皇への謀反を企てた罪で捕らえられ、斉明天皇や皇太子の中大兄皇子が滞在している紀伊の湯に連行された。そこで中大兄の尋問を受け、翌日、藤白の坂まで連れ戻されて絞首された。享年十九。この事件は、中大兄皇子や中臣鎌足らの謀略ではなかろうかといわれている。この歌は、紀伊の湯へ連行される途中で詠んだものである。当時、浜に生える松の枝を結ぶと無事に戻ってこられると信じられていたのであろう。皇子の無事を祈る一心な気持ちが伝わる。一四二番の歌は、旅の不自由さ侘しさを詠っているが、その奥には皇子の不安が満ち満ちている。

長忌寸意吉麻呂《ながのいみきおきまろ》、結び松を見て哀《かな》しび咽《むせ》ぶ歌二首

岩代《いはしろ》の崖《きし》の松が枝《え》結びけむ人は帰りてまた見けむかも　（一四三）

岩代の野中《のなか》に立てる結び松心も解《と》けずいにしへ思ほゆ　（一四四）

（歌意）岩代の崖の松の枝を結んで幸せを祈ったという人は、無事に帰ってまた松の枝を見たことであろうか。（一四三）

岩代の野中に立っている結び松。その結び目のように私の心も解けずに昔のことが悲しく思われることだ。（一四四）

後世、長忌寸意吉麻呂が、岩代を旅した折に結び松を見て悲しんで詠んだ歌である。有馬皇子の事件は広く知れ渡ったようで、人麻呂を始め何人かの歌人たちによってこの結び松が歌に詠まれている。

天皇（天智）聖躬不予《せいきゆうふよ》（御身の不快）の時に、大后《おほきさき》の奉《たてまつ》る御歌一首

天の原振り放《さ》け見れば大君《おほきみ》の御寿《みいのち》は長く天足《あまた》らしたり　（一四七）

（歌意）大空を振り仰いで見れば、大君の御命は天一杯に充ち満ちている。

大后の御歌一首

鯨魚《いさな》取り　淡海《あふみ》の海を　沖放《さ》けて　漕ぎ来る船　辺《へ》付きて　漕ぎ来る船　沖つ櫂《かい》　いたくな撥《は》ねそ　辺つ櫂　いたくな撥《は》ねそ　若草の　夫《つま》の　思ふ鳥《とり》立《た》つ　（一五三）

（歌意）〈鯨魚取り〉淡海の海を遠く沖辺を漕いでくる舟よ。岸辺について漕いでくる舟よ。沖の櫂もひどく水を撥《は》ねないでおくれ。辺の櫂もひどく水を撥ねないでおくれ。〈若草の〉なつかしい私の夫の愛していた水鳥が驚いて飛び立ってしまうから。

「鯨魚取り」は、海にかかる枕詞。「沖放けて」は沖に離れて。「辺付きて」は、岸辺について。「沖つ櫂」「辺つ櫂」の「つ」は助詞の「の」と同じ。「いたくな撥ねそ」は、ひどく水を撥ねないでおくれ。「若草の」は「つま（夫・妻）」「にひ（新）」などにかかる枕詞。

天智天皇は、天智十年（六七一年）九月に病床に伏し、十月に病が重くなり、十二月三日に近江大津の宮で崩御された。そして、十二日に殯宮が営まれた。この経過の中で皇后の倭《やまとのおおきさき》大后が作られた歌である。一四七番は帝の長寿を祈る歌で、一五三番は帝の崩御の悲しみを詠った歌である。二首とも格調が高く真情に溢れている。倭大后は、天智の異母兄の古《ふる》人《ひと》大兄《のおおえ》皇子の娘である。古人大兄皇子は、皇位争いの中で中大兄皇子（後の天智天皇）によって粛清されている。父を粛清した夫の死を悼まざるを得ない大后の心中を思うのである。

十市皇女《とをち》の薨《こう》ぜし時に、高市皇子尊の作らす歌

三輪山の山辺真麻木綿《まそゆふ》短木綿《みじかゆふ》かくのみゆゑに長くと思ひき　(一五七)

山吹の立ちよそひたる山清水《やましみづ》汲みに行かめど道の知らなく　(一五八)

(歌意)　三輪山の山辺にある真麻の木綿は短い。このように皇女の命は短かったのに、私は長いものだと思っていた。(一五七)

山吹がまわりを飾っている山清水を汲みに行きたいが(皇女を尋ねて黄泉まで行きたいが)、道が分からない。(一五八)

「山辺真麻木綿《まそゆふ》短木綿《みじかゆふ》」の「山辺」は山の辺りにあるの意。「真麻《まそ》」は麻糸。「木綿《ゆふ》」は、楮《こうぞ》の繊維で作った糸。神祭の幣とする。「短木綿《みじかゆふ》」は、皇女の命の短いことを言うための比喩的な表現。「かくのみゆゑに」は、こんなことになるのだったのに。「山清水」は、山吹の黄と、清水の泉と合わせて黄泉の意味を裏に含んでいる。

十市皇女が亡くなった時に、異母兄の高市皇子が作った挽歌である。皇女は六七八年四月七日、宮中で急逝された。その経緯が日本書紀に載っている。「(天武七年)夏四月七日、斎宮に向かって行幸の列が動き出し、天皇も乗り物でご出発になった。ところが、まだ京外にお出にならないうちに、十市皇女が突然発病し宮中に薨じた。このために行幸はとりやめとなった」と。突然の出来事であった。皇女は、母は額田王で天智の皇子の大友皇子に嫁している。壬申の乱では、父天武と夫大友皇子の争う様を経験した薄幸の皇女であった。十四日に赤穂に葬られ、父の天武天皇も臨幸している。

天皇(天武)の崩《かむあが》りましし時に、大后の作らす歌一首

やすみしし　我が大君の　夕されば　見《め》したまふらし　明け来れば　問ひたまふらし　神岳《かみをか》の　山の黄葉《もみち》を　今日もかも　問ひたまはまし　明日もかも　見《め》したまはまし　その山を　振り放《さ》け見つつ　夕されば　あやに悲しみ　明け来ればうらさび暮らし　荒栲《あらたへ》の　衣《ころも》の袖《そで》は　干《ふ》る時もなし　（一五九）

〈歌意〉〈やすみしし〉わが大君（天武天皇）が、夕方にはご覧になり、明け方にはお尋ねになるだろう神岳の山の黄葉の様子を今日もお尋ねになり、明日もご覧になるだろうか。その山を仰ぎ見つつ、夕方になると無性に悲しくなり、夜が明けると心さびしく暮らし、喪服の衣の袖は乾くときがない。

天武十五年（六八六年）になると天皇の健康が優れなくなり、五月になると病は重くなっていった。そこで七月に「朱鳥」と改元して、天皇の病気回復を祈願したが叶わずに、とうとう九月九日に崩御されてしまった。偉大な天皇の死を国中が悲しんだが、とりわけ持統皇后の悲しみは大きかった。思えば吉野逃避行から始まって、壬申の乱、飛鳥凱旋・即位、立后、吉野の盟約……等々波乱に富んだ人生を夫天武天皇と共に歩んできたからである。心底頼れる最愛の天皇を亡くして、大きな悲しみと共に行く先への不安もあったに違いない。

天武天皇は生前、神岳の山の黄葉がとりわけ好きであったようだ。病床で天皇が、「神岳の黄葉はどうか」と皇后に尋ねて、また夕方にはご覧になっていた姿を思い出して悲しみに暮れている。とても具体的な歌である。それだけ二人の関係が最後まで密接であり、皇后の悲しみが深いことを表している。

この歌に出てくる神岳《かみおか》については、明日香の雷 岳《いかずちのおか》という説と橘寺の東南にあるミハ山という説がある。現在、浄御原宮跡地からは、雷岳はほとんど見えないが、ミハ山はよく見ることができるから、私はミハ山説がよいと思っている。

高市《たけち》皇子尊《みこと》の城上《きのへ》の殯宮《あらきのみや》の時に、柿本麻臣人麻呂が作る歌一首幷せて短歌

かけまくも　ゆゆしきかも　言はまくも　あやに畏《かしこ》き　明日香の　真神《まかみ》の原に
ひさかたの　天つ御門《みかど》を　畏《かしこ》くも　定めたまひて　神《かむ》さぶと　磐隠《いはがく》ります　やす
みしし　我が大君の　きこしめす　背面《そとも》の国の　真木《まき》立つ　不破《ふは》山越えて　高麗《こま》
剣《つるぎ》　和射見《わざみ》が原の　行宮《かりみや》に　天降《あも》りいまして　天の下　治めたまひ　食《を》す国を
定めたまふと　鶏《とり》が鳴く　東《あづま》の国の　御軍士《みいくさ》を　召したまひて　ちはやぶる　人
を和《やは》せと　奉《まつ》ろはぬ　国を治めと　皇子ながら　任《よさ》したまへば　大御身《おほみみ》に　大刀《たち》
取り佩《は》かし　大御手に　弓取り持たし　御軍士を　率《あども》ひたまひ　整ふる　鼓《つづみ》の音
は　雷《いかづち》の　声と聞くまで　吹き鳴せる　小角《くだ》の音も　敵《あた》見たる　虎か吼《ほ》ゆると
諸人《もろひと》の　おびゆるまでに　ささげたる　旗の靡《なび》きは　冬こもり　春さり来れば
野ごとに　つきてある火の　風の共《むた》　靡くがごとく　取り持てる　弓弭《ゆはず》の騒き
み雪降る　冬の林に　つむじかも　い巻《ま》き渡ると　思ふまで　聞きの畏《かしこ》く　引き
放つ　矢の繁《しげ》けく　大雪の　乱れて来《きた》れ　まつろはず　立ち向ひしも　露霜《つゆしも》の
消《け》なば消《け》ぬべく　行く鳥の　争《あらそ》ふはしに　度会《わたらひ》の　斎《いつき》の宮ゆ　神風《かむかぜ》に　い吹き惑《まと》

はし　天雲《あまぐも》を　日の目も見せず　常闇《とこやみ》に　覆《おほ》ひたまひて　定めてし　瑞穂《みづほ》の国を神ながら　太敷《ふとし》きまして　やすみしし　我が大君の　天の下　奏《まを》したまへば　万《よろづ》代《よ》に　しかしもあらむと　木綿《ゆふ》花の　栄ゆる時に　我が大君　皇子の御門《みかど》を　神《かむ》宮《みや》に　装《よそ》ひまつりて　使はしし　御門の人も　白栲《しろたへ》の　麻衣《あさごろも》着て　埴安《はにやす》の　御門《みかど》の原に　あかねさす　日のことごと　鹿《しし》じもの　い匍《は》ひ伏しつつ　ぬばたまの夕《ゆうへ》になれば　大殿《おほとの》を　振《ふ》り放《さ》け見つつ　鶉《うづら》なす　い匍《は》ひ廻《もとほ》り　侍《さもら》へど　侍ひえねば　春鳥の　さまよひぬれば　嘆きも　いまだ過ぎぬに　思ひも　いまだ尽きねば　言《こと》さへく　百済《くだら》の原ゆ　神葬《かむはぶ》り　葬《はぶ》りいませて　あさもよし　城上《きのへ》の宮を常宮《とこみや》と　高くし奉《まつ》りて　神ながら　鎮《しづ》まりましぬ　しかれども　我が大君の　万《よろづ》代《よ》と　思ほしめして　作らしし　香具山の宮　万代に　過ぎむと思へや　天《あめ》のごと　振り放《さ》け見つつ　玉たすき　懸《か》けて偲《しの》はむ　畏《かしこ》くあれども　（一九九）

短歌

ひさかたの天《あめ》知らしぬる君故に日月《ひつき》も知らず恋ひわたるかも　（二〇〇）

埴安《はにやす》の池の堤の隠《こも》り沼《ぬ》のゆくへを知らに舎人《とねり》は惑《まと》ふ　（二〇一）

〈歌意〉思うことも憚られる、言うことも恐れ多い、明日香の真神の原に、〈ひさかたの〉天の御門を、お定めになって、神となられ岩戸の中に隠れ給うた、〈やすみしし〉わが大君天武天皇が、お治めになる北の国の、真木がそびえ立つ不破山を越えて、〈高麗剣〉和射見《わざみ》が原の、行宮《かりみや》に天下りされ、天下を治め給い、国を安定させようと思われて、〈鶏が鳴く〉東国の兵士をお召しになり、凶悪な者どもを和らげよと、従わない国を治めよと、皇子であられる高市皇子にお任せになったので、高市皇子は御身に太刀をおはきになり、御手には弓をお持ちになって兵団を率いられた。

（壬申の乱の）隊を整える鼓の音は雷の音かとまがうほどで、吹きたてる小角《くだ》の音も、敵を見た虎が吼えるのかと思うほど人々が怯えるものであった。高く掲げた旗の靡きは、〈冬ごもり〉春になると野ごとにつけた野火が、風とともに靡くのにも似ていた。取り持っている弓筈の響きは、雪の降る冬の林に、旋風が吹き巻いて行くかと思うほど恐ろしく、次々と引き放つ矢の多さは、大雪が乱れ飛んでくるようであった。従わずに立ち向かった敵も、〈露霜の〉命が消えるなら消えてしまえとばかり、〈行く鳥の〉命をかけて争うその時に、度会《わたらい》の伊勢の神宮から、神風を吹かせて敵を惑わし、雨雲で日の目も見せず真っ暗に覆い隠してとうとう平定なさった。

その瑞穂の国を、神そのままに、天皇御自らお治めになり、〈やすみしし〉わが高市皇子が、天下の政務をお執りになったので、この宮は永遠に続くだろうと思われ、〈木綿花の〉めでたく栄えている時であったのに、突然に、わが大君の高市皇子の宮を、喪の神宮として飾り立てることになった。生前召し使っておられた従者たちも、真っ白な麻の喪服を着て、埴安の御門の原に（香具山の麓、高市皇子の宮殿の在ったところ）、〈あかねさす〉昼は日の暮れるまで鹿のように這い伏して、〈ぬばたまの〉夕方になると、大殿を振り仰ぎ見て、鶉《うずら》のように這い回りお仕えするが、お仕えのし甲斐がないので、春鳥のように咽び泣いていると、嘆きもいまだ止まらない。そのように悲しい思いもまだ尽きないのに、〈言さへく〉百済の原を御葬列が通っていき、〈あさもよし〉城上で営まれた殯《もがり》の宮を、永遠の宮として高く造られて、皇子は神として鎮まってしまわれた。しかしながら、わが高市皇子が万代までもとお思いになってお作りになった香具山の宮は、万代の後までも、なくなるとは思われようか

（思われない。ずっとずっと続いていくに違いない）。

大空のように振り仰ぎ見て、〈玉だすき〉心にかけてお偲び申し上げよう。恐れ多いことではあるが。　（一九九）

短歌

今は薨去《こうきょ》されて天を治められる君（高市皇子）であるのに、日月の流れも知らずにいつまでも恋い慕い続けることであるよ。　（二〇〇）

皇子の御殿があった埴安《はにやす》の池の堤の隠《こも》り沼《ぬ》の水の行方が知れないように、舎人は行く先のことが分からずに途方にくれている。　（二〇一）

六九六年七月、高市皇子は四十二歳で薨去された。皇子の殯宮が城上《きのえ》（奈良県北葛城郡広陵町）で行われたときに人麻呂が詠んだ挽歌である。これは万葉集中最長の長歌で読み応えがある。最後まで一文で書かれているので、訳では、適度に切って読みやすくした。歌の骨子は次のようである。「壬申の乱を起こした天武天皇に、高市皇子は戦を任されて果敢に戦い勝利した。そして、天武天皇の元で政務に当たり、皇子の宮は長く続くと頼みにされていたが、急に薨去されて、埴安の皇子の宮殿では従者が朝夕喪に服している。城上では殯宮《あらきのみや》が営まれ皇子は神となってしまわれた。香具山の麓の埴安の皇子の宮殿は今後もずっと続いてほしい」。

この中では、壬申の乱での戦いの様子が、具体的な喩えを使ってかなり詳しく詠われている。他の挽歌は、形式的なものが多い中で異例である。歌の長さといい、戦いの描写といい、とても高市皇子に配慮した挽歌である。それだけ、当時の朝廷においては、高市皇子は戦いを勝利に導いた偉大な皇子としてその存在はとても大きかったということであろうし、人麻呂も皇子を心底慕い頼りにしていたということでもあろう。高市皇子は、天武天皇の皇子の中では一番年長で、皇位継承第三位の地位にいた。皇位継承一、二位の草壁皇子と大津皇子が共にいなくなった当時の朝廷内では、次期の天皇に彼を期待する群臣が多くいたに違いない。自分の孫を皇位に就かせたい持統天皇には大きな焦りがあったことだろう。そこで持統天皇も、高市皇子の存命中は譲位せずにいて、皇子が薨去したのを見とどけて、その翌年（六九七年）に位を孫の文武天皇に譲っているのである。

但馬皇女の薨《こう》ぜし後に、穂積《ほづみ》皇子、冬の日に雪の降るに御墓を遥望《えうぼう》し悲傷《ひしやう》流涕《りうてい》して作らす歌一首

降る雪はあはにな降りそ吉隠《よなばり》の猪養《ゐかひ》の岡の寒からまくに　（二〇三）

（歌意）降る雪よ、そんなに沢山降ってくれるなよ。但馬の皇女が眠っている吉隠の猪養の岡が寒かろうから。

「あはにな降りそ」の「あはに」は「さはに」と同じで、たくさんにの意。「な降りそ」は、降るなの意。但馬皇女が薨去された後に、穂積皇子が雪の降る皇女の墓を遥かに見て、涙を流して作った歌である。吉隠《よなばり》は、長谷寺のある初瀬の東方で、猪養《いかい》の岡は、吉隠の東北にあるという。和銅元年（七〇八年）に但馬皇女が薨去しているから、本葬された後の冬の日に作られた歌であろう。穂積皇子の深い悲しみが推し量られる。但馬皇女と穂積皇子との関係は前に述べたが、二人の深い心の絆を思うと胸が痛くなる、そんな思いのする歌である。「あはにな降りそ」「寒からまくに」に皇子の真情が素直に詠われている。

柿本朝臣人麻呂、妻死《みまか》りし後に、泣血哀慟《きふけつあいどう》して作る歌二首幷せて短歌

天飛《あま》ぶや　軽《かる》の道は　我妹子《わぎもこ》が　里にしあれば　ねもころに　見まく欲しけど
やまず行かば　人目を多み　数多《まね》く行かば　人知りぬべみ　さね葛《かづら》　後も逢《あ》はむ

と　大船の　思ひ頼みて　玉かぎる　岩垣淵《いはかきふち》の　隠《こも》りのみ　恋ひつつあるに　渡る日の　暮れ行くがごと　照る月の　雲隠るごと　沖つ藻の　靡きし妹は　黄葉《もみちば》の過ぎて去《い》にきと　玉梓《たまづさ》の　使《つかひ》の言へば　梓弓　音に聞きて　言はむすべ　為《せ》むすべ知らに　音のみを　聞きてありえねば　我が恋ふる　千重《ちへ》の一重《ひとへ》も　慰《なぐさ》もる心もありやと　我妹子《わぎもこ》が　やまず出で見し　軽の市《いち》に　我が立ち聞けば　玉たすき　畝傍の山に　鳴く鳥の　声も聞こえず　玉桙《たまほこ》の　道行く人も　ひとりだに似てし行かねば　すべをなみ　妹《いも》が名呼びて　袖《そで》ぞ振りつる　（二〇七）

短歌

秋山の黄葉《もみち》を茂み惑《まと》ひぬる妹を求めむ山道《やまぢ》知らずも　（二〇八）

黄葉《もみちば》の散りゆくなへに玉梓《たまづさ》の使を見れば逢《あ》ひし日思ほゆ　（二〇九）

（歌意）〈天飛ぶや〉軽の道は、我が妻の里であるので、よくよく見たいと思うけれども、絶えず行ったら人目が多いし、しばしば行ったら人が知ってしまうであろうから、〈さね葛〉後で逢おうと、〈大船の〉その思いを頼りにして、〈玉かぎる〉岩垣淵《いわかきふち》のように心の内でのみ恋いつづけている間に、空を渡る日が暮れていくように、照る月が雲に隠れるように、〈沖つ藻の〉靡き添った妻は、〈黄葉の〉亡くなってしまったと〈玉梓の〉使いの者が言うので、〈梓弓〉それを聞いて、何を言ってよいか、何をしてよいか分からずに、知らせだけを聞いてじっとしていられないので、私が恋しく思う千分の一でも慰められるかと思って、我が妻がいつも出て見ていた軽の市にたたずんで耳を澄ましていると、〈玉たすき〉畝傍の山に鳴く鳥の声も聞こえず、〈玉桙の〉道行く人も、一人として我が妻に似ている人が通らないので、どうしようもなく妻の名を呼んで袖を振ったことだ。（二〇七）

短歌

秋山の黄葉が茂っているので、迷い入ってしまった妻を探し求めようとするが道が分からない。（二〇八）

黄葉の散り行くとともに〈玉梓の〉使いの者の来るのを見ると、ああ、このようにして便りが来たのだったと、妻にあった日のことが思い出される。（二〇九）

うつせみと　思ひし時に　取り持ちて　我がふたり見し　走出《はしりで》の　堤に立てる　槻の木の　こちごちの枝の　春の葉の　茂きがごとく　思へりし　妹にはあれど　頼めりし　子らにはあれど　世間《よのなか》を　背《そむ》きしえねば　かぎろひの　燃ゆる荒野《あらの》に　白栲の　天領巾《あまひれ》隠《かく》り　鳥じもの　朝立ちいまして　入日なす　隠りにしかば　我妹子が　形見に置ける　みどり子の　乞《こ》ひ泣くごとに　取り与《あた》ふる　物しなければ　男じもの　脇はさみ持ち　我妹子と　ふたり我が寝し　枕付《まくらづ》く　妻屋《つまや》のうちに　昼はも　うらさび暮らし　夜はも　息づき明かし　嘆けども　為むすべ知らに　恋ふれども　逢《あ》ふよしをなみ　大鳥の　羽《は》がひの山に　我が恋ふる　妹はい

ますと　人の言へば　岩根《いはね》さくみて　なづみ来《こ》し　よけくもぞなき　うつせみと
思ひし妹が　玉《たま》かぎる　ほのかにだにも　見えなく思《おも》へば　（二一〇）

短歌二首

去年《こぞ》見てし秋の月夜《つくよ》は照らせども相見《あひみ》し妹はいや年離《さか》る　（二一一）
衾《ふすま》道《ぢ》を引手《ひきで》の山に妹を置きて山道《やまぢ》を行けば生《い》けりともなし　（二一二）

（歌意）生前に、手を取り合って二人で眺めた、門の前の、軽の池の堤の上に立っている槻の木の、春の葉が茂った枝々のように若々しいと思っていた妻ではあるが、頼りにしていた妻ではあるが、世の中の無常の定めには背けないので、陽炎《かげろう》の燃え立つ荒野に、真っ白な領巾《ひれ》を身に覆って、鳥のように朝立ちをされて、入り日のように隠れてしまった。妻が形見に残した幼子《おさなご》が何か欲しがって泣くたびに、取り与える物がないので、男なのに子どもを脇に抱きかかえて、妻と二人で寝た〈枕づく〉寝屋の中で、昼は心寂しく暮らし、夜はため息をついて明かし、嘆くけれどもなすすべが無い。恋い慕っても逢うすべもない。〈大鳥の〉羽易《はがい》の山に、私が恋い慕う妻が居られると人が言うので、岩根を踏み分け苦労してここまで来たが、その甲斐も全くない。この世の人だと思っていた妻が〈玉かぎる〉ぼんやりとも見えないから。　（二一〇）

短歌

去年見た秋の月は、今も照らしているが、一緒に見た妻はますます年が遠ざかっていく。　（二一一）
〈衾道《ふすまじ》を〉引出《ひきで》の山に妻を置いて、一人帰っていけば生きている心地がしない。　（二一二）

二つの長歌および短歌とも柿本人麻呂が、妻が亡くなった後に、泣き悲しんで作った歌である。長歌は、段落のない一文で綴られるが、これは人麻呂が得意とした文体であった。枕詞や繰り返しを多用して滑らかに文をつなげ、感情を高ぶらせていく人麻呂特有の文体は、我々にも口誦しやすい長歌となっている。

前歌に出てくる亡妻のふるさと「軽」は、橿原市の南東、大軽の辺だという。そこの衢《ちまた》に発達した市が、「軽の市」である。藤原京の西南の方に当たり、畝傍山も近いという。人麻呂は、「軽の市」の雑踏の中に、亡妻の面影を求めてさまようが、何の手がかりも得られずに絶望のあまり妻の名を呼んで袖を振るのである。

後の長歌は、「二人の忘れ形見の幼子を抱いて、二人で過ごした寝屋の中に手がかりを求めるけれどもなすすべがない。羽易《はがい》の山に妻が居ると聞いて、苦労して登ってはみたが会うことはできなかった」と悲しさを詠う。羽易の山の所在は不明であるが、そこに妻が葬られているのだろうか。二一二番の反歌では、「引出《ひきで》の山」に妻が葬られていると詠っている。この二つの山の関係がよく分からないが、おそらく原文を書き写す過程の中で混乱が生じたのだろう。

吉備津《きびつの》采女が死にし時に、柿本朝臣人麻呂が作る歌一首并せて短歌

秋山の　したへる妹《いも》　なよ竹の　とをよる子らは　いかさまに　思ひ居《を》れか　栲《たく》綱《づな》の　長き命を　露こそば　朝《あした》に置きて　夕《ゆふへ》は　消《き》ゆといへ　霧こそば　夕に立ちて　朝は　失《う》すといへ　梓弓　音聞く我れも　おほに見し　事悔《くや》しきを　敷栲《しきたへ》の　手《た》枕《まくら》まきて　剣《つるぎ》大刀《たち》　身に添《そ》へ寝《ね》けむ　若草の　その夫《つま》の子は　寂《さぶ》しみか　思ひて寝《ぬ》らむ　悔《くや》しみか　思ひ恋ふらむ　時にあらず　過ぎにし子らが　朝《あさ》露《つゆ》のごと　夕《ゆふ》霧《ぎり》のごと　（二一七）

短歌二首

楽浪《ささなみ》の志賀津の子らが罷《まか》り道《ぢ》の川瀬《かはせ》の道を見れば寂《さぶ》しも　（二一八）

そら数《かぞ》ふ大津《おほつ》の子が逢ひし日におほに見しくは今ぞ悔《くや》しき　（二一九）

（歌意）〈秋山の〉紅葉のように美しい妹、なよ竹のようにしなやかなその子は、どのように思っているのか。〈栲綱の〉長い命であるものを、露ならば朝においてタ方には消えるというが、霧ならばタ方に立って朝には失せるというが、〈梓弓〉その子の死の知らせを聞く私でさえも、ほのかに見ただけだったのが悔しく思われるのに、手枕を交わして〈剣大刀〉身に添えて寝ただろう〈若草の〉その夫は、寂しく思って寝ることだろうか。悔しく思って恋い慕っていることであろうか。思いがけない時に亡くなった子が、朝露のように、夕霧のように。（二一七）

短歌二首

〈楽浪の〉志賀津の子がこの世を去って行った川瀬の道を見ると心が寂しい。　（二一八）

〈そら数ふ〉大津の子と出会った日に、心とめて見なかったことが今になって悔やまれることだ。　（二一九）

題詞には、「吉備の国（岡山県）の津の郡出身の采女が死んだ時に、人麻呂が作る歌」とある。これをその通りに解釈して読んでいくと矛盾が生じてしまう歌である。と言うのは、長歌と短歌とでは、歌われている時代が違うということである。長歌の中で、「音聞く我れも　おほに見し　事悔しきを（その子の死の知らせを聞く私でさえも、ほのかに見ただけだったのが悔しく思われるのに）」と、人麻呂自身がその采女に直に会っていることを詠っているから、この長歌に詠われた采女の死は、人麻呂が活躍した持統・文武朝時代のことになる。ところが短歌を読むと、「楽浪の志賀津の子」とか「大津の子」とあり、これは長歌の吉備津の采女と同一人物であろうから、近江大津宮の采女の死を詠っていることになる。近江朝と持統・文武朝とでは三十年ほどのズレが生じてしまう。これをどのように理解すると矛盾がなくなるのか。いろいろな考えがあるが、「この采女はやはり人麻呂にとっても伝説に近い存在であったので、『音聞くわれもおほに見し』と云ったのは、現実の人麻呂自身のことではなくて、その時の人に身をなしての『創作』と見るべきではないかと考える」とする『萬葉集注釋』の考えに従いたい。

近江大津宮時代に吉備津の采女が亡くなった。「時ならず」とあり、また「罷り道の川瀬」とあるから、おそらく入水自殺であろう。原因も述べていないが、「その夫の子」の思いを詠んでいるから、采女には禁じられた恋愛が彼女を死へ追いやったのではなかろうか。この事件は多くの人に語り継がれ、人麻呂もよく知っていたものと思われる。旅に出て近江の旧都を過ぎた時に、人麻呂はこの事件を思い起こし、その場に自分を立ち会わせて采女の死を弔う挽歌を創作したものと思われる。

柿本朝臣人麻呂、石見の国に在りて死に臨む時に、自ら傷《いた》みて作る歌一首

鴨山《かもやま》の岩根しまける我れをかも知らにと妹が待ちつつあるらむ　（二二三）

（歌意）鴨山の岩根を枕にして死のうとしている私を、そうとは知らないで妻は私をずっと待ち焦がれているのだろうか。

柿本朝臣人麻呂の死《みまか》りし時、妻依羅娘子《よさみのをとめ》の作る歌（二首中の一首）

今日今日とわが待つ君は石川の貝に交《ま》じりてありといはずやも　（二二四）

（歌意）今日は来られるか、今日は来られるかと私が待ち焦がれているあなたは、石川の谷間に入っているというではあ

りませんか。

人麻呂が、石見国（島根県）で死に臨む時に、自ら悲しんで作った歌と、妻の依羅娘子《よさみのおとめ》の歌である。人麻呂の死の原因は、病死とも刑死とも言われているが不明である。かつて、梅原猛氏が「水底の歌」で人麻呂刑死説を唱えた。人麻呂は、持統天皇によって流罪刑死されたとする説である。それによると、人麻呂は海上の小島、鴨島に流罪になり、そこで水死したと述べられている。その根拠の一つが、二二四番の「石川の貝に交じりてありといはずやも」である。人麻呂が石川の貝に交っていると詠っているからである。しかしこの貝については、新日本古典文学大系本では「峡」の字を当てて、山の狭い谷間と解釈している。そのように捉えると、人麻呂の歌と矛盾しなくなる。人麻呂は、死の直前までも妻のことを思っている。愛と情熱の歌人である。妻の依羅娘子は、前の軽の妻とは別人である。大和で人麻呂の帰りをひたすら待っていた妻であろう。

巻三

祝戸を流れる明日香川

巻三には、「雑歌」百五十八首、「譬喩歌《ひゆか》」二十五首、「挽歌」六十九首、計二百五十二首が載っている。各部の前半に万葉一、二期の歌を載せ、後半に奈良時代の新しい歌を載せている。「譬喩歌《ひゆか》」とは表現手法による部類の一つで、恋愛の心情を表にあらわさず、外界の事物によって暗喩的に詠んだ歌である。ここでは巻三の中から六十一首を選んで載せた。

雑歌

天皇、志斐嫗《しひのおみな》に賜ふ御歌一首

いなと言へど強《し》ふる志斐のが強《し》ひ語《かた》りこのころ聞かずて我《あ》れ恋ひにけり　（二三六）

（歌意）いやだと言うのに強《し》いて聞かせる志斐《しい》の嫗《おみな》の強《し》い語りをこの頃聞かないので私は恋しくなってしまった。

志斐嫗が和《こた》へ奉《まつ》る歌一首

いなと言へど語れ語れと宣《の》らせこそ志斐いは申せ強《し》ひ語りと言ふ　（二三七）

（歌意）いやと言っても語れ語れとおっしゃるので志斐はお話を申し上げますものを、強い語りとおっしゃるなんて（ひどいではありませんか）。

持統天皇が、近習《きんじゅ》の志斐嫗《しいのおみな》に賜った歌であろうと言われている。二人の信頼しきった温かい関係をうかがうことができる。「強《し》ふる志斐《しひ》のが強《し》ひ語り」と、「しふ」「しひ」を続けて言葉遊びのように詠っているのがおもしろい。

柿本朝臣人麻呂が羈旅《きりよ》の歌（八首中四首）

玉藻刈る敏馬《みぬめ》を過ぎて夏草の野島《のしま》の崎に船近づきぬ　（二五〇）

稲日野《いなびの》も行き過ぎかてに思へれば心恋しき加古《かこ》の島見ゆ　（二五三）

燈火《ともしび》の明石大門《あかしおほと》に入らむ日や漕ぎ別れなむ家のあたり見ず　（二五四）

天離る鄙《あまざかるひな》の長道《ながち》ゆ恋ひ来れば明石の門《と》より大和島《やまとしま》見ゆ　（二五五）

（歌意）海女たちが玉藻を刈る敏馬《みぬめ》を過ぎて、夏草の生い茂った淡路の野島の崎に船は近づいた。（二五〇）
稲日野も行きすぎかねる思いでいると、心恋しい加古の島が見える。（二五三）
〈燈火《ともしび》の〉我が乗る船が明石海峡に入る日には、いよいよ大和と別れることであろう。もはや家のあたりは見ずに。（二五四）
〈あまざかる〉地方からの長道を恋しく思って上って来ると、明石海峡から懐かしい大和の島が見える。（二五五）

人麻呂の船旅の歌八首中の四首である。この船旅は、難波の津を出港して、淡路島北端の野島の崎から明石海峡を過ぎ、兵庫県明石市の藤江の浦、同じく明石から加古川にかけての印南国原《いなみくにはら》を過ぎて、加古川を通過して瀬戸内海を西に向かう旅であった。目的地は不明であるが、詠われた八首は、出発してわずかな間（六〇～七〇キロ程の行程）の畿内を出立する時の歌と、畿内へ帰ってきた時の歌である。古代の旅は今と違って、無事戻れるかも分からない不安の大きい旅であった。特に出発したての不安は大きかったであろうし、反対に帰ってきた時の喜びはまた格別であっただろう。四首中三首は、畿内を出て行く時の歌である。通過した地名を入れて、明石海峡を出て畿外へと進んでいく人麻呂の心境を詠っている。二五四番では、明石海峡を通過して畿外へ出ると、「漕ぎ別れなむ家のあたり見ず」と、大和と離れてしまうであろう旅愁・不安の高まりを詠う。そして瀬戸内海を西へ旅立っていったのである。最後の四番目の歌では、今度は畿内へ帰ってきた時の喜びを「明石の門より大和島見ゆ」と詠い上げている。どの歌も人麻呂らしい滑らかな詠いぶりである。

柿本朝臣人麻呂、近江の国より上り来る時に、宇治の川辺に至りて作る歌一首

もののふの八十《やそ》宇治川の網代木《あじろき》にいさよふ波のゆくへ知らずも　（二六四）

（歌意）〈もののふの〉宇治川にかかる網代木に漂う波が、いずこへ行くか分からないように、現世の無常をしみじみと感じることだ。

柿本朝臣人麻呂が歌一首

近江《あふみ》の海《うみ》夕波千鳥汝《な》が鳴けば心もしのにいにしへ思ほゆ　（二六六）

（歌意）近江の海の夕波に浮かぶ千鳥よ、お前がしきりに鳴くので我が心もしなえてしみじみと昔のことが思われることだよ。

二首とも大好きな歌である。人麻呂の代表作であろう。網代とは「網の代わり」と書くように、冬に川の瀬に設置して川魚を捕らえるための仕掛けであり、網代木とは網代を固定する杭である。宇治川の網代木のところに立つ白波の行方に人生の無常を感じて詠った歌であろう。二六六番の歌では、夕日を受けて波間に浮かぶ千鳥の群れの鳴き声に、昔のことが思われてならないと切々と詠っている。これは、二九・三〇・三一番で人麻呂が詠った、近江の荒れた都を訪れた時の

寂寥感・無常観を詠った歌と同じ思いである。前の歌と季節が違っているから、同じ時に詠んだ歌ではないだろうが、思いは同じである。

高市連《むらじ》黒人が羈旅《きりよ》の歌（八首中の三首）

旅にしてもの恋《こほ》しきに山下《やました》の赤《あけ》のそほ船《ふね》沖に漕ぐ見ゆ　（二七〇）
桜田へ鶴《たづ》鳴き渡る年魚《あゆ》市潟《ちかた》潮干《しほひ》にけらし鶴鳴き渡る　（二七一）
我が舟は比良《ひら》の港に漕ぎ泊《は》てむ沖へな離《さか》りさ夜更《ふ》けにけり　（二七四）

（歌意）旅先で恋しい思いを募らせていると、山の下に見える赤いそほ船が沖へ漕いで行くのが見えて寂しさが増してくる。　（二七〇）
桜田へ向かって鶴が鳴きながら飛んでいく。年魚市潟《あゆちがた》は潮が引いたらしい。鶴が鳴きながら飛んでいく。（二七一）
我が舟は比良の港に舟泊まりしよう。沖の方に離れていくな。夜も更けてしまった。　（二七四）

高市連黒人の旅先での歌である。「赤のそほ船」は、赤く塗った船。「そほ」は、塗料の赤土である。沖を進んでいくから大型の船である。黒人には、この船が都へ通う官船と見えて寂しさが更に募ったのであろう（以上、二七〇）。次の歌の「桜田」は、名古屋市南区。「年魚市潟《あゆちがた》」はそこの低地帯。昔、入海であった。繰り返しのリズムが心地よい。巻六にある山部赤人の、「若の浦に潮満ち来れば潟をなみ葦辺をさして鶴鳴き渡る」（九一九）と同じような情景であり、旅の歌の材料には干潟や鶴がよく使われている（以上、二七一）。二七四番の、「比良の港」は、滋賀県志賀町にあった港で、琵琶湖の西側である。ここには「比良の宮」という離宮があった。「沖へな離り」の、「な」は打消しの助詞。「沖の方へ離れていくなよ」とは、暗い夜中に海上で不安が募って発した言葉である。巻七に作者不詳の歌として、「我が舟は明石の水門に漕ぎ泊てむ沖へな離りさ夜更けにけり」（一二二九）がある。湊の名が違うだけであとは同じである。黒人の歌は従駕の歌が多く、旅先での自然詠に優れている。

穂積《ほづみ》朝臣老《おゆ》が歌一首

我が命しま幸《さき》くあらばまたも見む志賀の大津に寄する白波　（二八八）

（歌意）私の命が無事であったならばまた見よう。志賀の大津に寄せる白波を。

「我が命し」強調の助詞「し」を用いて、わが命の無事を強く願っている。穂積朝臣老《おゆ》は、養老六年（七二二年）一月に、元正天皇を批判した罪で、斬刑に処せられるところであったが、皇太子（首皇子《おびとのみこ》、後の聖武天皇）が減刑を天皇に申し上げたことで、死一等を降し、佐渡島に配流された。聖武天皇の時代になって、天平十二年（七四〇年）に赦免され京にもどった。まる十八年間も配流されていたことになる。元正天皇にどのような批判をしたのか興味がわくが、そのことは続日本紀には書かれていない。天平十六年（七四四年）大蔵大輔《おおくらたいふ》（大蔵省の次官）になり、天平勝宝元年（七四九年）に亡くなっている。大蔵省の次官になるほどの人だから優秀な人であったのだろう。こんな背景を知ると「我が命しま幸くあらばまたも見む」と願う穂積朝臣老の真情に触れることができる。護送される途中の志賀の大津で詠んだ歌であろう。巻十三に「天地を嘆き祈《こ》ひ禱《の》み幸《さき》くあらばまたかへり見む志賀の唐崎」（三二四一）があり、歌の後に、「ある書によると、穂積朝臣老が佐渡に流された時に作った歌であるという」との解説がついている。この事件も、有馬皇子の事件と同じように当時の人々に広く知れ渡り、同情された事件であったのだろう。

柿本朝臣人麻呂、筑紫の国に下る時に、海道《うみぢ》にして作る歌二首

名ぐはしき印南《いなみ》の海の沖つ波千重《ちへ》に隠りぬ大和島根《やまとしまね》は　（三〇三）

大君の遠《とほ》の朝廷《みかど》とあり通ふ島門《しまと》を見れば神代《かむよ》し思ほゆ　（三〇四）

（歌意）その名もうるわしい印南の海の沖の波、その千重の波の彼方に隠れてしまった。我が郷の大和の地は。　（三〇三）

大君の遠く離れた政庁（大宰府）へと行き通い続ける海峡を見ると、神代の昔が思われる。　（三〇四）

船は明石海峡を抜けて、播磨の国の印南の沖を筑紫に向かって進んでいる。遠の朝廷とは、都から遠く離れた朝廷の意味で、ここでは大宰府を言う。人麻呂は、京から西の地方によく旅をしている。大宰府にも行っているのである。島門は、島と陸地との間、島と島との間のような狭い瀬戸を言う。

暮春の月に、吉野の離宮《とつみや》に幸《いでま》す時に、中納言大伴卿、勅《みことのり》を奉りて作る歌一首幷せて短歌

み吉野の　吉野の宮は　山からし　貴《たふと》くあらし　川からし　さやけくあらし　天地と　長く久しく　万代に　改《かは》らずあらむ　幸《いでま》しの宮　（三一五）

反歌

昔見し象《きさ》の小川を今見ればいよよさやけくなりにけるかも　（三一六）

（歌意）み吉野の吉野の離宮は、その緑濃い神聖な山故に貴くあるらしい。その水の澄んだ吉野川故にすがすがしくあるらしい。天地と共に永く久しく万代に変わらずにあるだろう。この行幸の吉野の離宮は。（三一五）

反歌

昔見た象の小川を今再び見ると、いよいよすがすがしくなったことだなあ。（三一六）

神亀元年（七二四年）暮春三月に、聖武天皇が吉野離宮に行幸した時に、従駕した大伴旅人が勅を賜わって作った歌である。「吉野離宮は、山紫水明の地にあり神聖な所だ。だから、永久に変わらずにあり続けるだろう」と宮を賛美する。「象の小川」は、象谷《きさだに》を流れて宮滝《みやたき》辺で吉野川に注ぐ川で、この川もよく詠われている。この行幸の時、中納言旅人は六十歳。持統天皇の吉野行幸に従駕した時を回想しつつ今回の行幸での感慨を詠っている。「いよよさやけくなりにけるかも」と詠うことで聖武天皇を賛美することにもなる。

旅人よりも前の時代には、「貴くあらし」や「さやけくあらし」の「あらし」は、「あるらし」と言っていた。言葉が変化してきているのだろうが、私としては、「あるらし」の方がしっくりする。

山部宿禰赤人、富士の山を望《み》る歌一首并せて短歌

天地《あめつち》の　分れし時ゆ　神《かむ》さびて　高く貴き　駿河なる　富士の高嶺《たかね》を　天の原
振り放《さ》け見れば　渡る日の　影も隠《かく》らひ　照る月の　光も見えず　白雲《しらくも》も　い行
きはばかり　時じくぞ　雪は降りける　語り継ぎ　言ひ継ぎ行かむ　富士の高嶺《たかね》
は　（三一七）

反歌

田子の浦ゆうち出《いで》て見れば真白にぞ富士の高嶺《たかね》に雪は降りける　（三一八）

（歌意）天地が分かれた時から、神々しくて高く貴い、駿河にある富士の高嶺を大空に振り仰ぎ見ると、空を渡る太陽の姿も隠れ、照る月の光も見えず、白雲も進み行くことをためらい、時ならず雪が降っている。語り継ぎ言い継いでいこう、富士の高嶺のことは。　（三一七）

反歌

田子の浦を通って、視界の開けた所に出て見渡すと、真っ白に富士の高嶺に雪は降り積もっている。　（三一八）

短歌は有名な歌で、赤人の代表作の一つである。「田子の浦ゆ」と歩き廻った状況を記し、「うち出て見れば真白にぞ」と視界が開けた時に前方に現れた景観への驚きを巧みに表現し、「富士の高嶺に雪は降りける」とその実景を的確に表している。言葉に無駄が無く張りつめた声調が実に爽やかである。新古今和歌集では、「たごの浦に打ち出てみれば白妙の富士の高ねに雪はふりつつ」となっていて、百人一首にも採られているが、比べてみると万葉集の本歌のよさがよく分かる。

神岳《かみをか》に登りて、山部宿禰赤人が作る歌一首并せて短歌

みもろの　神なび山に　五百《いほ》枝《え》さし　繁《しじ》に生ひたる　栂《つが》の木の　いや継ぎ継ぎに
玉《たま》葛《かづら》　絶ゆることなく　ありつつも　やまず通はむ　明日香の　古き都は　山高

み　川とほしろし　春の日は　山し見《み》が欲《ほ》し　秋の夜は　川しさやけし　朝雲に
鶴は乱れ　夕霧に　かはづは騒《さわ》く　見るごとに　音《ね》のみし泣かゆ　いにしへ思へ
ば　（三二四）

反歌

明日香川川淀《かはよど》さらず立つ霧の思ひ過ぐべき恋にあらなくに　（三二五）

〈歌意〉《序　三諸の神のいます山に、多くの枝が出て茂って生えている栂の木のツガという言葉のように》いや次々に〈玉葛〉絶えることなく常に止まず通おうと思う明日香の旧都は、山が高く、明日香川は雄大である。春の日は、山がきれいで山を見たいし、秋の夜は、川音が清《さや》かである。朝の雲に鶴は乱れ飛び、夕べの霧に河鹿ガエルはきれいな声で鳴き騒ぐ。それを見るたびに声を上げて泣けてくる。いにしえのことが偲ばれるので。（三二四）

反歌

《序　明日香川の川淀ごとに立っている霧がすぐに消えるように》思いがすぐに消え去るような明日香旧都への思慕ではないのだ。　（三二五）

明日香の神岳に登ったときに、明日香旧都を懐かしんで赤人が作った歌である。この神岳は、一五九番の天武帝が崩じた時に持統皇后が詠った歌に出てくる神岳と同じ山であろう。天武帝が愛した神岳へ登り、天武帝の飛鳥浄御原宮時代に思いを巡らし感傷して作ったものである。

今は、かつての栄華の面影は何一つない。あるのは、美しい山河である。「山高く、川が雄大である」という表現は、信州のアルプスを見慣れた者からみるとかなりの誇張であると感じるが、大きさは別としても現在でも箱庭のような美しい山河をみせているから、当時の山々や明日香川の風情はこの歌のような優れた景観をみせていたのだろう。そんな景色に触れて、かつての一つの理想の時代であった天武朝を懐かしみ、感涙したのであろう。平凡な内容の歌ではあるが、整ったよい歌である。

大宰少弐《だざいせうに》小野老《おゆ》朝臣が歌一首

あをによし奈良の都は咲く花のにほふがごとく今盛りなり　（三二八）

（歌意）〈あをによし〉奈良の都は咲く花が芳しく香るように今が真っ盛りです。

防人司佑《さきもりのつかさのすけ》大伴四綱《よつな》が歌　（二首中の一首）

藤波《ふぢなみ》の花は盛りになりにけり奈良の都を思ほすや君　（三三〇）

（歌意）藤波の花は盛りになりました。奈良の都のことを思い出されますか。長官様は。

帥大伴卿《そちおほとものまへつきみ》が歌　（五首中の二首）

わが盛《さか》りまたをちめやもほとほとに奈良の都を見ずかなりなむ　（三三一）

我が命も常にあらぬか昔見し象《きさ》の小川を行きて見むため　（三三二）

（歌意）　わが盛りの時のように再び若返ることがあるであろうか。それは叶わぬことだ。ほとんど奈良の都を見ないで終わってしまうことになるであろうか。　（三三一）

我が命は永遠にあってくれないものかなあ。昔見た象の小川をまた行って見るために。　（三三二）

この四首は、赴任先大宰府で詠まれたものである。神亀六年（七二九年）の春であろうか。大宰府も花が咲く季節となり、奈良の都のことが話題になった。大宰府の次官で都から赴任しただろう小野老が、奈良の都の春の華やかさを懐かしく思い出し、朗々と詠い上げた。これに続いて大伴四綱が、「奈良の都のことを思い出されますか、長官様」と続けたので、六十四歳で遠く大宰府に赴任した旅人にとっては、故郷の奈良の都がたまらなく懐かしく、強い望郷の念に駆られたものと思われる。三三一番では、年の衰えを嘆いている。「をち」は若返ること。「をちめやも」の「や」は反語。「も」は詠嘆の助詞。「若返ることがあるだろうか、いやない」。三三二番では、昔見た吉野を懐かしんでいる。「昔見し象《きさ》の小川」とあるが、これは、七二四年の聖武天皇の吉野行幸に従駕した折のことで（三一六番）、五年前の出来事である。年老いた旅人には、五年が遠い昔に思われたのだろうか。象の小川は象谷《きさだに》から吉野川へ流れ出る細い山川である。今でも、深い杉林の中を静かに流れている。

山上憶良臣、宴を罷《まか》る歌一首

憶良らは今は罷《まか》らむ子泣くらむそれその母も我《わ》を待つらむぞ　（三三七）

（歌意）　憶良めは、もうおいとま致しましょう。子どもが泣いていることでしょう。そしてその子の母も、私を待っていることでしょうぞ。

山上憶良が宴を退席する時の歌である。この歌は、子どもや妻思いの憶良が宴会を中座して退出した歌と若いころは解釈していた。「子らを思う歌」などで憶良像を描いていたからである。さらに言えば、次にあげる旅人の、「酒を讃《ほ》むる歌」の中の、「あな醜賢しらをすと酒飲まぬ人をよく見れば猿にかも似む」（三四四）の歌は、憶良を思い描いて詠ったのではないかと思ったりもしていた。しかし、それは全く違うようで、この歌もどうもそういう歌ではないようだ。憶良は筑前守であるから、筑紫での宴会では上席にいるはずである。例えば天平二年（七三〇年）一月十三日に、大宰府の旅人の宅で行われた「梅花の宴」では、憶良は、集まった三十名程の招待客の中で第四番目に位置付けられているのである。そんな高官が、旅人の目の前で、中座して退出することなどできるはずがないからである。事実は次のようだろう。憶良を主賓または主賓の内の一人とした宴会の終盤で、憶良が代表してこの歌を詠って宴会をお開きにさせたものであろう。「憶良らは―憶良めは」と自分を謙遜したり、自分の妻のことを「それその母も」などと言って笑いを誘って座を盛り上げている。

大宰帥大伴卿《だざいのそち》、酒を讃《ほ》むる歌（十三首中の九首）

験《しるし》なきものを思はずは一坏《ひとつき》の濁れる酒を飲むべくあるらし　（三三八）

いにしへの七《なな》の賢《さか》しき人たちも欲《ほ》りせしものは酒にしあるらし　（三四〇）

賢《さか》しみと物言ふよりは酒飲みて酔《ゑ》ひ泣きするしまさりたるらし　（三四一）

なかなかに人とあらずは酒壺《さかつぼ》になりにてしかも酒にしみなむ　（三四三）

あな醜《みにく》賢《さか》しらをすと酒飲まぬ人をよく見ば猿にかも似む　（三四四）

価《あたひ》なき宝といふとも一坏《ひとつき》の濁れる酒にあにまさめやも　（三四五）

世間《よのなか》の遊びの道に楽しきは酔《ゑ》ひ泣きするにあるべかるらし　（三四七）
この世にし楽しくあらば来《こ》む世には虫に鳥にも我れはなりなむ　（三四八）
黙居《もだを》りて賢《さか》しらするは酒飲みて酔《ゑ》ひ泣きするになほしかずけり　（三五〇）

（歌意）甲斐もないことを思わないで一杯の濁り酒を飲むべきだろう。（三三八）
いにしえの七賢人たちも欲しかったものは酒であるらしい。（三四〇）
賢ぶって物を言うよりは、酒を飲んで酔い泣きする方が勝っているようだ。（三四一）
中途半端に人間でいなくて、酒壺になってしまいたいものだ。そうすれば、しっかり酒に染みることができるだろう。（三四三）
ああ見苦しい。賢ぶって酒を飲まない人をよくよく見れば、猿に似ているよ。（三四四）
価の知れない宝物といっても、一杯の濁り酒にどうして勝ろうか。（三四五）
世の中の遊びの道で楽しいことは、酔い泣きすることにあるべきであろう。（三四七）
この世の中で、楽しくさえしていられたら、来世には、私は、虫にでも鳥にでもなってもかまわない。（三四八）
黙り込んで利口ぶった振る舞いをするのは、酒を飲んで酔い泣きするのに比べればやはり及ばない。（三五〇）

現代でも、年を取っての遠地への赴任は、会社勤めの宿命とはいえ辛いものである。夫婦同伴ならまだしも、単身赴任だとなおさらに厳しい。奈良の昔では、その辛さは私たちの想像をはるかに超えたものであっただろう。

旅人は、名門大伴氏の総領として生まれ育ち、時が時ならば奈良の都で出世できたであろうものを、時はすでに藤原氏の時代となり、大伴の威光は薄れてきていた。そんな状況の中で、神亀五年（七二八年）に大宰帥《だざいのそち》（大宰府の長官）を拝命し九州に赴いた。大宰府長官という役は、それは名誉な役ではあったが、歳はすでに六十四歳であるので遠い九州への赴任は複雑な思いであっただろう。正妻の大伴郎女を伴って行ったが、任地で程なくして妻を亡くしてしまった。異母妹の坂上郎女が都から来て、旅人や家持の世話をすることになったが、心の支えであった妻を亡くした旅人の気持ちの落ち込みは大きかった。都へ帰りたい、ああ帰りたい。旅人のそんな思いの歌が幾つか見られるのである。彼の鬱憤を晴らす一つの手段が酒であった。酒を飲んで、酔い泣くことで辛さを紛らせていたのかもしれない。「酒を讃《ほ》むる歌」十三首の中に、「酔い泣く」という言葉が三回も使ってあるのがそれを物語っている。酒を飲むなら、できれば喜びの酒でありたいと思うが、そうせざるを得ない旅人の辛さが歌の底にあるように感じられる。

湯原王《ゆはらのおほきみ》、吉野にして作る歌一首

吉野なる菜摘《なつみ》の川の川淀《かはよど》に鴨そ鳴くなる山蔭《やまかげ》にして　(三七五)

(歌意)　吉野の菜摘の川の川淀に鴨が鳴いている。あの山陰の静かなところで。

とてもすがすがしく美しい歌である。また、「吉野」「菜摘」など発音のきれいな言葉を選んだり、「川の」「川淀に」「鴨そ」「山蔭にして」などカ音を多用したりして声調が流暢でさわやかな感じのする秀歌である。菜摘の川が澄み渡り、水底までがきれいに見えているような清々しさを覚える。湯原王は天智天皇の孫で、志貴皇子の第二子である。奈良時代中期の歌人で、作歌は秋の歌や月を詠んだ歌が多く、やさしくこまやかな感受性をうかがわせる。万葉集に十八首の歌が載っていて、万葉後期を代表する歌人の一人である。

筑波の岳《たけ》に登りて、丹比真人国人《たぢひのまひとくにひと》が作る歌一首幷せて短歌

鶏が鳴く　東《あづま》の国に　高山は　さはにあれども　二神《ふたがみ》の　貴き山の　並《な》み立ちの

見が欲《ほ》し山と　神代より　人の言ひ継ぎ　国見する　筑波《つくは》の山を　冬こもり　時じき時と　見ずて行《ゆ》かば　まして恋しみ　雪消《ゆきげ》する　山道すらを　なづみぞ我《あ》が来《け》る　（三八二）

反歌

筑波嶺《つくはね》を外《よそ》のみ見つつありかねて雪消《ゆきげ》の道をなづみ来《け》るかも　（三八三）

（歌意）〈鶏が鳴く〉東の国には高い山はたくさんあるが、二人の神が坐《ま》します貴い山で、並び立つ二つの峰をぜひ見たい山だと神代の昔より、人々が言い伝え、国見をする筑波の山を、〈冬こもり〉春であっても、登るのに適していないとして見ないで行き過ぎたら、一層恋しく思われるから、雪解けの山道であるのに行きなやみながら苦労して登って来たことだ。　（三八二）

反歌

筑波の峰を、よそからだけ見てはいられなくて、雪解けの山道を苦労しながら登ってきたことだ。　（三八三）

春の雪解けの筑波山を苦労して登ってきて、登りついた時の成就感と喜びを素直に詠っている。筑波山は、当時から都人にも有名で人気のあった山である。丹比真人国人は、天平八年（七三六年）従五位下。天平宝字元年（七五七年）に従四位上で摂津大夫となり、さらに遠江守になったが、橘奈良麻呂の変に連座して伊豆に流された。天平勝宝七年（七五五年）五月に、国人の宅に左大臣の橘諸兄を招待して宴をした時に、諸兄を寿ぐ歌を詠っている。「我がやどに咲けるなでしこ賄はせむゆめ花散るなゆめをちに咲け（私の庭に咲いているなでしこよ、お礼をしようぞ。だから、決して散らずにいっそう若返って咲け）」（四四四六）。諸兄は奈良麻呂の父である。家持とも交流があった人物である。

譬喩歌《ひゆか》

紀《きの》皇女の御歌一首

軽の池の浦廻《うらみ》行き廻《み》る鴨すらに玉藻《たまも》の上にひとり寝なくに　（三九〇）

（歌意）軽の池の浦廻（曲がって入り組んだところ）を泳ぎ回る鴨でさえも、玉藻の上には一人で寝ないのに（私は、今夜も一人さびしく寝なくてはならない）。

紀皇女は、天武天皇の皇女である。母は、蘇我赤兄《あかえ》の娘の大蕤娘《おおぬのいらつめ》。穂積皇子の同母妹である。皇女に関する記録は殆どないので詳しいことは分からないという。弓削皇子が紀皇女を恋い偲んだ歌が巻二の相聞に四首載っている（一一九〜一二二）。この歌は一人寝の寂しさを詠った歌であり、皇女の嘆息が聞こえてくるようだ。彼女がどのような状況にあったのか想像をかき立てられる歌である。

大宰大監《だいげん》大伴宿禰百代《ももよ》の梅の歌一首

ぬばたまのその夜《よ》の梅をた忘れて折らず来にけり思《おも》ひしものを　（三九二）

（歌意）〈ぬばたまの〉その夜の梅をすっかり忘れて、手折らずに帰って来てしまったことだなあ。折ろうと思っていたのに。

梅を宴に侍っていた女性に喩えている。「大宰の大監」は、大宰府の三等官のこと。酒に酔いすぎてしまったからだろう。残念なことをしてしまった。

笠女郎《かさのいらつめ》、大伴宿禰家持に贈る歌三首

託馬野《つくまの》に生ふる紫草《むらさき》衣《きぬ》に染めいまだ着ずして色に出《い》でにけり　（三九五）

陸奥《みちのく》の真野《まの》の草原《かやはら》遠けども面影《おもかげ》にして見ゆといふものを　（三九六）

奥山の岩本菅《いはもとすげ》を根深《ねふか》めて結びし心忘れかねつも　（三九七）

（歌意）託馬野に生える紫草を衣に染めて、まだ着ないうちに人に知られてしまいました（まだ恋の思いを遂げないのに自分の心を人に知られてしまいました）。　（三九五）

陸奥の真野の草原は遠いけれども面影に浮かんで見えるといいますのに（あなたは近くにいらっしゃるのにお目にかかれないとは残念です）。　（三九六）

奥山の岩の根元の菅の根が深いように、深く契り合った気持ちは忘れられません。　（三九七）

笠女郎は、生没年不明の女性であるが、万葉集に二十九首の歌が載っていて、全て家持への贈歌である。枕詞・序詞の技巧、斬新な比喩表現、効果的な地名の使用などに特色があると言われる。この三首の歌にも、地名や比喩が巧みに用いられている。「恋を情緒的に美化し、なおかつ機知を働かせて詠む歌は、天平期相聞歌の典型とみなしうる」（『万葉集を読むための基礎百科』學燈社）。実にうまい歌である。

大伴宿禰家持、同じき坂上家の大嬢《おほいらつめ》に贈る歌

朝に日《け》に見まく欲《ほ》りするその玉をいかにしてかも手《て》ゆ離《か》れずあらむ　（四〇三）

石竹《なでしこ》のその花にもが朝《あさ》な朝《さ》な手に取り持ちて恋ひぬ日無《な》けむ　（四〇八）

（歌意）　朝にも昼にも見たいと思うこの玉を、どのようにすればその玉が手から離れずにいるだろうか。　（四〇三）

あなたがなでしこの花であってほしい。そうしたら毎朝毎朝手にとって愛でない日はないだろう。　（四〇八）

大嬢《おおいらつめ》を玉やナデシコに譬えて恋しさを強く訴えている。家持は、他の女性へはゆとりや戯れもある相聞歌を返しているが、大嬢にだけは実に率直で誠実な詠いぶりである。それだけ大嬢を心底愛していたのであろう。大嬢から家持への贈歌に、「玉ならば手にも巻かむをうつせみの世の人なれば手に巻きかたし（あなたが玉だったらしっかりと手に巻きつけようものを、あなたは〈うつせみの〉世の人であるので手に巻くこともできません）」（七二九）とある。この歌を意識して、逆に家持を玉に喩えて大嬢の気持ちを贈ったものであろう。後に巻四で二人の相聞歌を紹介する。大嬢は大伴宿奈麻呂の娘で家持と従妹である。母は大伴坂上郎女。後に家持の正妻となった。

挽歌

勝鹿《かつしか》の真間娘子《ままのをとめ》が墓を過ぐる時に、山部宿禰赤人が作る歌一首幷せて短歌

いにしへに　ありけむ人の　倭文機《しづはた》の　帯解き交《か》へて　伏屋《ふせや》立て　妻どひしけむ

勝鹿の　真間の手児名が　奥城《おくつき》を　こことは聞けど　真木《まき》の葉や　茂りたるらむ
松が根や　遠く久しき　言《こと》のみも　名のみも我れは　忘らゆましじ　（四三一）

反歌

我れも見つ人にも告げむ勝鹿の真間の手児名が奥城《おくつき》ところ　（四三二）
勝鹿の真間の入江にうち靡《なび》く玉藻刈りけむ手児名し思ほゆ　（四三三）

（歌意）その昔、ここにいたという男が、倭文機《しずはた》の帯（舶来の帯に対して日本古来の帯）を解き交わして、伏せ屋を造って求婚したという葛飾の真間《まま》の手児名《てごな》の墓は、ここだとは聞くが、真木の葉が茂っているためだろうか、また、松の根が年を経たようにその時以来遠く久しくなったためだろうか、今はその跡も定かではないが、その手児名の話だけでも、その名前だけでも私は忘れることができないよ。（四三一）

反歌

私も確かに見て感動した。人にもぜひ知らせよう。葛飾の真間の手児名の墓所のところを。（四三二）
葛飾の真間の入江に靡いている美しい藻を刈ったという手児名のことが偲ばれることだ。（四三三）

葛飾の真間娘子の墓を過ぎる時に、山部赤人が詠んだ歌である。葛飾の真間の手児名《てごな》は、葛飾の真間（現在の千葉県市川市真間の辺）に住んでいたという伝説上の美しい娘であった。巻九にも真間の手児名に関する高橋虫麻呂の長歌と反歌が載っている（一八〇七・一八〇八）。それによると、彼女は、その美貌に惹かれて言い寄る男たちの求婚を避けて、世をはかなんで入水自殺した。当時、この伝説は広く知られていて有名な場所であったようだ。真間の入江にうち靡く玉藻は手児名を連想させる。薄幸の美女に関わる題材は、当時も歌人たちにとって創作意欲を湧き立たせるものであったに違いない。

神亀《じんき》五年戊辰に、大宰帥《だざいのそち》大伴卿、故人を偲ひ恋ふる歌三首

美しき人のまきてし敷栲《しきたへ》の我が手枕《たまくら》をまく人あらめや　（四三八）

帰るべく時はなりけり都にて誰《た》が手本《たもと》をか我が枕かむ　（四三九）

都なる荒れたる家にひとり寝《ね》ば旅にまさりて苦しかるべし　（四四〇）

〈歌意〉いとしい我が妻が枕にした〈敷栲《しきたへ》の〉私の手枕を、また枕にする人が他にあるだろうか。　（四三八）

帰京の時になった。都に帰って一体誰の腕を私の枕にするというのだ。　（四三九）

都にある荒れた我が家に帰って一人寝たら、旅寝よりも一層つらいだろう。　（四四〇）

大宰帥大伴旅人が亡くなった妻を恋い偲んだ歌である。旅人は、神亀五年（七二八年）六十四歳の時に大宰府の長官として着任するが、同行した妻の大伴郎女《いらつめ》は、その年の夏に病死してしまう。その悲しみを詠った歌である。最初の歌は、死別して程なくして作った歌であり、後の二つの歌は、妻の死から二年半ほど経て、帰京直前の歌である。つまり、題詞と合う歌は四三八番で、後の二つは、時期は合わないが、故人を偲び恋うる歌として一緒にしたものであろうと思われる。齢六十四歳になっての九州への赴任もつらいのに、更に追い打ちをかけた最愛の妻との死別は、老齢の旅人にとってはこの上もなく辛く悲しいものであった。

故郷の家に還《かへ》り入りて、すなはち作る歌三首

人もなき空《むな》しき家は草枕旅にまさりて苦しかりけり　（四五一）

妹としてふたり作りし我が山斎《しま》は木高く茂くなりにけるかも　（四五二）

我妹子が植ゑし梅の木見るごとに心咽《む》せつつ涙し流る　（四五三）

（歌意）人もいない空っぽの家は、〈草枕〉旅にもまして苦しいものである。　（四五一）

亡き妻と二人で作った我が庭園は、木が高く伸びて大きく茂っていることだ。　（四五二）

我が妻が植えた梅の木を見るたびに、悲しみにむせびつつ涙が流れる。　（四五三）

旅人は、天平二年（七三〇年）冬に、大納言となって奈良の自宅へ帰ってくる。六十六歳の時であった。従者は大勢いても心の支えであった最愛の妻がいない自宅は、旅人にとっては空っぽ同然の辛いものであった。庭を見ると妻との思い出が懐かしくよみがえる。妻と二人で作った庭園は、木が大きく育って姿を変えている。妻が植えた梅の木を見ると、亡き妻のことが思い出され悲しみにくれる。旅人の気持ちを率直に詠った歌である。

天平三年辛未《かのとひつじ》の秋七月に、大納言大伴卿の薨《こう》ぜし時の歌　（六首中の三首）

はしきやし栄《さか》えし君のいましせば昨日も今日も我《わ》を召《め》さましを　（四五四）

かくのみにありけるものを萩の花咲きてありやと問《と》ひし君はも　（四五五）

遠長《とほなが》く仕《つか》へむものと思へりし君しまさねば心どもなし　（四五七）

（歌意）　なんとお慕わしいことか。あんなに栄えた君がおいでになったら、昨日も今日も、私をお召しになるでしょうに。　（四五四）
このようになることだったのに、「萩の花は咲いているか」とおたずねになった君であられたことだなあ。（四五五）
遠く長くお仕えしようと思っていた君がもはやおいでにならないので、心の張りを失ってしまったことだ。（四五七）

天平三年（七三一年）七月に、旅人は六十七歳の生涯を閉じた。都へ帰って半年余であった。この時に、旅人の資人余《しじんよの》明軍《みようぐん》が詠んだ挽歌である。「資人」とは、雑役・警護のために位や職分に応じて都の高官に与えられた舎人《とねり》である。旅人は当時、従二位大納言であったから、位分で八十人、職分で百人、計百八十人もの資人がいたことになる。余明軍は詳細不明だが、百済王族の血を引く帰化人だろうと言われている。旅人に忠実に仕え、旅人の信頼の大層厚かった舎人であろう。

四五五番の歌は、抒情歌人の旅人らしさがうかがえる歌である。臨終間際の床で、余明軍に「萩の花は咲いているか」と尋ねている。旅人の人生の名場面を見ている思いがする。

十一年己卯《つちのとう》の夏の六月に、大伴宿禰家持、亡妾《ぼうせふ》を悲傷《かな》しびて作る歌一首

今よりは秋風《あきかぜ》寒く吹きなむをいかにかひとり長き夜《よ》を寝む　（四六二）

（歌意）　今からは、秋風が寒く吹くだろうが、どのようにして一人で長い夜をすごしたらよいだろうか。

また、家持、砌《みぎり》の上の瞿麦《なでしこ》の花を見て作る歌一首

秋さらば見つつ偲《しの》へと妹が植ゑしやどのなでしこ咲きにけるかも　（四六四）

（歌意）秋になったら見て私を思い出してくださいと妻が植えた、我が家のナデシコが咲いたことだ（「砌の上」は石畳のそばの意）。

また、家持の作る歌一首幷せて短歌

わがやどに　花そ咲きたる　そを見れど　心もゆかず　はしきやし　妹がありせば　水鴨《みかも》なす　ふたり並《なら》び居《ゐ》　手折《たを》りても　見せましものを　うつせみの　借《か》れる身なれば　露霜《つゆしも》の　消《け》ぬるがごとく　あしひきの　山道《やまぢ》をさして　入日《いりひ》なす　隠《かく》りにしかば　そこ思《も》ふに　胸こそ痛き　言《い》ひも得《え》ず　名付《なづ》けも知らず　跡《あと》もなき　世の中なれば　せむすべもなし　（四六六）

反歌

時はしも何時《いつ》もあらむを心《こころ》痛《いた》くい行《ゆ》く我妹《わぎも》かみどり子《こ》を置きて　（四六七）

出でて行く道知らませばあらかじめ妹を留《とど》めむ関《せき》も置《お》かましを　（四六八）

妹が見しやどに花咲き時は経《へ》ぬ我が泣く涙いまだ干《ひ》なくに　（四六九）

（歌意）我が家にナデシコの花が咲いている。それを見ても心は満たされない。愛しい妻が生きていれば、〈水鴨なす〉二人並んで手折って見せもしようを、〈うつせみの〉仮の身であるから、露霜がはかなく消えてしまうように、妻は〈あしひきの〉山道をさして、入日のように隠れてしまったので、そのことを思い出すと胸が痛くなる。言いようもなく、名づけようもなく、無常な世の中であるからどうにもしようがないことだ。（四六六）

反歌

別れるときはいつでもあるだろうに、悲しくも死者となって去っていく我が妻であることよ。幼子を置いたままで。（四六七）

妻が黄泉の国へ出て行く道を知っていたのなら、前もって妻を引き留める関を置くのだったのに。（四六八）

妻が見た庭にナデシコの花が咲き早くも時は過ぎてしまった。私の泣く涙は未だ乾かないのに。（四六九）

家持の妾の亡くなった悲しみを詠った歌群で、天平十一年（七三九年）六月の作である。「妾」は、正妻に次ぐ妻であった。家持二十二歳の時である。夏が終わり、いよいよ秋風が吹き虫の声が聞こえだすと、寂しい気持ちが起こってくるものである。愛した若妻をなくしたばかりの家持にはとりわけ辛い秋の訪れであった。繰り返し詠っていることからもその悲しみの強さが推し量れる。挽歌には、悲しみを誇張する傾向の歌がよくみられるが、家持のこの歌群は、悲しみを大げさにせずに実直に詠っているので、かえって真情が表出されていてよいと思う。

巻四

橘寺の五重の塔の心礎

巻四は、「相聞」三百九首。初めの方に万葉一、二期の歌を載せ、後に奈良時代の歌を載せている。ここでは、その中から五十八首を選んで載せた。

相聞

額田王、近江《あふみ》天皇（天智天皇）を偲《おも》ひて作る歌一首

君待つと我《あ》が恋ひ居れば我《わ》がやどの簾《すだれ》動かし秋の風吹く　（四八八）

（歌意）君のお越しをお待ちして恋しい思いをしていると、我が家の簾を動かして秋の風が吹いてくる。

鏡《かがみのおほきみ》王女が作る歌一首

風をだに恋ふるは羨《とも》し風をだに来《こ》むとし待たば何か嘆かむ　（四八九）

（歌意）風だけでも待ち恋いているとはうらやましいわ。風だけでも来るだろうと思って待つのなら、何を嘆くことがあるでしょうか。

鏡《かがみのおおきみ》王女は、額田王の姉ではないかとも、舒明天皇の皇女か皇孫、または皇妹ではないかとも言われているがはっきりしたことは分からない。

この二つの歌はとても品のある歌である。まず、額田王の歌である。静かな秋の夕方、天皇のお越しを一心に待っている額田王の姿が浮かぶ。一時の風で簾がかすかに動いたその音にもハッと心が躍るが、また風は止んでしまって、再びも

との静寂に戻った。額田王の心の動きを巧みに表した歌である。歌の材料は秋風と簾のみで、愛しい人を待つ女性の気持ちをこれ程に表せるとはすごいと思う。発音にも気を配っていて、二句、三句、五句の頭は、我《あ》が、我《わ》が、秋《あき》と、ア音をうまく置いて、メリハリのついたよい調べになっている。

鏡王女は、額田王の歌を受けて、「風だけでも恋しく思えるあなたはうらやましい。私には、風さえも吹いて来はしない」と嘆く。鏡王女も天智天皇との贈答歌があるが、後に藤原鎌足の正室になった。この歌は、内容から言って、天智天皇と歌をやりとりしていたころの作ということになる。

田部忌寸櫟子《たなべのいみきいちひこ》、大宰《だざい》に任《ま》けらゆる時の歌四首

衣手《ころもで》に取りとどこほり泣く子にもまされる我《われ》を置きていかにせむ

舎人吉年《とねりのえとし》　（四九二）

置きて去《い》なば妹《いも》恋ひむかも敷栲《しきたへ》の黒髪敷きて長きこの夜《よ》を

田部忌寸櫟子　（四九三）

我妹子《わぎもこ》を相知《あひし》らしめし人をこそ恋のまされば恨めしみ思へ　（四九四）

朝日影《あさひかげ》にほへる山に照る月の飽《あ》かざる君を山越《やまご》しに置きて　（四九五）

〈歌意〉　衣の袖《そで》にとりすがって泣く子にもまさって別れを悲しむ私を後に残して、あなたはどうするというのでしょう。

舎人吉年　（四九二）

あとに残して行けば、あなたは恋しく思うだろうなあ。〈敷栲《しきたへ》の〉黒髪を敷いて長きこの夜を独りで寝て。

田部忌寸櫟子　（四九三）

あなたを私に紹介してくれた人のことを、このように恋しさが増してくると恨めしく思うよ。（四九四）

朝日のさしそめた山に残っている月のように、見飽きることのないあなたを山越に置いて心もとないですわ。（四九五）

田部忌寸櫟子《たなべのいみきいちいこ》が、大宰府の官人として赴任していくときに、舎人吉年《とねりのえとし》という女性と、櫟子との別れ際の贈答歌である。三、四番目の歌には作者名が記されていないが、相手の呼び方から三番目は櫟子、四番目は吉年の歌だと考えられる。櫟子については伝未詳である。舎人吉年は、天智天皇への挽歌を詠っている（一五二）ので、天智・天武朝の人であるらしい。舎人氏出身の女官であろうといわれる。

大宰府の役人として赴任することになったが、恋人の吉年を連れていくことはできない。別れの悲しみを吉年が詠う。「衣手に取りとどこほり泣く子」は悲しみを極める情景である。信濃の国の防人、他田舎人大島《おさだのとねりおおしま》の歌「韓衣裾に取り付き泣く子らを置きてぞ来ぬや母なしにして」（四四〇一）が思い出される。切ない歌である。その悲しみにもまさると吉年は嘆く。櫟子は、吉年が一人悲しみながら寝る姿を思い描き、さらに恋しさがまさり、二人を引き合わせてくれた恩人をも恨めしく思う。最後の歌は、早朝に櫟子が出発して、もう姿が見えなくなった時に吉年がその辛さを詠った別れの歌である。

柿本朝臣人麻呂が歌三首

娘子《をとめ》らが袖布留《ふる》山の瑞垣《みづかき》の久しき時ゆ思ひき我れは　（五〇一）

夏野《なつの》行く小鹿《をしか》の角の束《つか》の間も妹《いも》が心を忘れて思へや　（五〇二）

玉衣《たまぎぬ》のさゐさゐしづみ家《いへ》の妹《いも》に物言はず来《き》にて思ひかねつも　（五〇三）

（歌意）《序　乙女らが袖を振るという、その布留山《ふるやま》の石上神宮の瑞垣《みずがき》が久しい昔からあるように》ずっと長くあなたを思い続けていたことだ、私は。　（五〇一）
《序　夏の野を行く牡鹿の角が短いように》束の間も妻の心を忘れていられようか。　（五〇二）
〈玉衣の〉旅立ちの騒がしさがおさまってみると、家に待つ妻にろくに物も言わずに来てしまって恋しさに堪えないことだ。　（五〇三）

「娘子らが袖布留山の瑞垣の」は、「久しい」を起こす序詞。「娘子らが袖を振る、その布留《ふる》山の社、すなわち石上神宮の瑞垣（瑞々しい垣根）が、ずっと久しい昔からあるように」という凝った作りの序詞となっている。次の、「夏野行く小鹿の角の」も「束の間」を起こす序詞（説明は省略）。この二つの序詞とも、きれいな言葉と、動きのある言葉から成り立っている。そのことによって歌に美しさと動きとが生じてくる。日本語を巧みに操る人麻呂ならではの技法である。五〇一番の歌に関しては、巻十一に、「娘子らを袖布留山の瑞垣の久しき時ゆ思ひけり我は」（二四一五）という異伝歌がある。同じく人麻呂歌集の歌である。

五〇三番の「さゐさゐしづみ」の「さゐさゐ」は、「さやさや」や「さわさわ」など物が動き騒ぐ様子を表す擬音語である。それが、「しづむ」ということは、ざわざわしていたことがおさまることをいう。旅に出て後悔している歌であるから、ここでは、「旅立ちの騒がしさがおさまってみると」とした。類歌として、巻十四の東歌で、人麻呂歌集にあった歌に「あり衣のさゑさゑしづみ家の妹に物言はず来にて思ひ苦しも」（三四八一）や、巻二十の防人の歌に「水鳥の立ちの急ぎに父母に物言はず来にて今ぞ悔しき」（四三三七）がある。

三首とも、旅先にあって家で待つ妻を恋い偲んで詠んだ歌である。流れるように言葉をつなぎ感情を高めている。

阿倍女郎《いらつめ》が歌一首

我が背子が着せる衣《ころも》の針目《はりめ》おちず入りにけらしも我が心さへ　（五一四）

（歌意）あなたが着ていらっしゃる着物の、縫い目の一つ一つに入り込んでしまったらしい、縫った私の心までもが。

中臣朝臣東人《あづまひと》、阿倍女郎に贈る歌一首

ひとり寝て絶えにし紐《ひも》をゆゆしみと為《せ》むすべ知らに音《ね》のみしぞ泣く　（五一五）

（歌意）（せっかく思いを込めて縫っていただいた着物なのに）一人寝ていて切れてしまった紐が不吉で、どうしてよいか分からずにただただ泣くばかりです。

阿倍女郎が答ふる歌一首

我が持てる三相《みつあひ》に搓《よ》れる糸もちて付《つ》けてましもの今ぞ悔《くや》しき　（五一六）

（歌意）私が持っている、三相《みつあい》に縒った丈夫な糸でしっかりと付けておけばよかったのにと、今、後悔しています。

阿倍女郎と中臣東人の相聞歌。最初の女郎の歌は、彼女の気持ちをまっすぐに込めて素直に詠った。「針目おちず入りにけらしも我が心さへ」には、一針ごとに東人を想いながら、真心を込めて衣を縫っている女郎の姿が浮かぶ。実によい歌である。それに対して東人は、「紐が切れてしまって不安でどうしてよいか分からなくて」と詠う。紐が切れるということは二人の関係が絶えることを意味する。しかし結句では、「音のみしぞ泣く」と大げさにおどけてみせる。この歌はもちろん冗談の歌である。東人は、阿倍女郎の贈り物がとても嬉しかったに違いない。ありがとうの気持ちをこのような歌で返したのである。女郎も、にやっと笑って負けてはいない。「丈夫な糸でしっかりと付けておけばよかったのに、ああ残念だった」と大げさに返答することで逆にやりかえしているのである。このような歌のやりとりはユーモアがあって面白い。二人の温かい関係を偲ぶことができる。

京《きやうしき》職藤原大夫《だゆう》が大伴郎女《いらつめ》に贈る歌（三首中の二首）

よく渡る人は年にもありといふをいつの間にぞも我《あ》が恋ひにける　（五二三）

むし衾《ぶすま》なごやが下に伏《ふ》せれども妹とし寝ねば肌《はだ》し寒しも　（五二四）

（歌意）よく耐える人は年に一度の逢瀬でも待てるというのに、いつの間に私は耐え切れずにあなたを恋しくなってしまったのか。　（五二三）

柔らかいカラムシの夜具にくるまって寝ているけれど、あなたと寝ないので肌が寒いことだ。　（五二四）

大伴郎女《いらつめ》が和《こた》ふる歌（四首中の三首）

佐《さ》保《ほ》川《がは》の小石踏み渡りぬばたまの黒《くろ》馬《ま》来る夜は年にもあらぬか　（五二五）

千鳥鳴く佐保の川瀬《かはせ》のさざれ波やむ時もなし我《あ》が恋ふらくは　（五二六）

千鳥鳴く佐保の川門《かはと》の瀬を広み打橋《うちはし》渡す汝《な》が来《く》と思へば　（五二八）

（歌意）　佐保川の小石を踏み渡って、〈ぬばたまの〉黒馬に乗ってあなたが来る夜は、一年中であるとよいのに。

（五二五）

千鳥の鳴く佐保の川瀬のさざれ波のように止むときがない。私があなたを恋しく思うことは。　（五二六）

千鳥の鳴く佐保川の渡り場の瀬が広いので橋板を打ち渡します。あなたがいらっしゃると思うから。

（五二八）

藤原大夫は、不比等《ふひと》の第四子藤原麻呂《まろ》のことである。大伴郎女は大伴坂上郎女のことであり、旅人の妻の大伴郎女ではない。五二八番の後に、次のような説明がある。「大伴郎女は佐保大納言大伴安麻呂卿の娘である。はじめ一品穂積《ほづみ》皇子に嫁ぎ寵愛を受けること多大であった。皇子が亡くなった後、藤原麻呂大夫が郎女に求婚した。郎女は坂上の里に住んでいた。よって一族の者は坂上郎女と呼んだ」。

二人の歌は、大層情熱的な歌である。五二三番の歌については、巻十三の古歌に「年渡るまでにも人はありといふを何時の間にそも我が恋ひにける（一年を経ても人はそのまま堪えているというのに、いつの間に私はあなたを恋しくなってしまったのか）」（三二六四）があり、それを模倣した歌であるという。五二四番の歌はよく知られた歌である。「むし衾」は、カラムシの繊維で作った寝具とされるが、一説には絹の夜具とする説もあるという。いずれにしても柔らかく温かい夜具である。五二五番の「年にもあらぬか」の解釈は、「一年中であるとよいのに」としたが、「七夕並みに年に一度はあってほしい」とする説もある。一年中と年に一度ではずいぶん違う。この情熱的な二人には一年中が似合う。

神亀《じんき》元年甲子《きのえね》の冬の十月に、紀伊《き》の国に幸《いでま》す時に、従駕《じゆうが》の人に贈らむために娘子《をとめ》に誂《あとら》へらえて作る歌一首并せて短歌　笠朝臣金村《かなむら》

大君の　行幸《みゆき》のまにま　もののふの　八十伴《やそとも》の男《を》と　出《い》で行きし　愛《うるは》し夫《づま》は　天《あま》

飛《と》ぶや　軽《かる》の路《みち》より　玉たすき　畝傍《うねび》を見つつ　あさもよし　紀伊道《きぢ》に入り立ち
真土山《まつちやま》　越ゆらむ君は　黄葉《もみちば》の　散り飛ぶ見つつ　にきびにし　我《われ》は思はず　草
枕　旅をよろしと　思ひつつ　君はあるらむと　あそそには　かつは知れども
しかすがに　黙《もだ》もえあらねば　我が背子が　行きのまにまに　追はむとは　千《ち》た
び思へど　たわや女《め》の　我《あ》が身にしあれば　道守《みちもり》の　問はむ答《こた》へを　言ひやらむ
すべを知らにと　立ちてつまづく　（五四三）

反歌

後《おく》れ居《ゐ》て恋ひつつあらずは紀伊《き》の国の妹背《いもせ》の山にあらましものを　（五四四）
我が背子が跡踏《あとふ》み求め追ひ行《ゆ》かば紀伊《き》の関守《せきもり》い留《とど》めてむかも　（五四五）

（歌意）大君の行幸に従って、〈もののふの〉多くの官人と共に出て行った最愛のあなたは、〈天飛ぶや〉軽の道から、〈玉たすき〉畝傍山を見つつ、〈あさもよし〉紀州路に入り、今頃真土山を越えているでありましょう。そのあなたは、黄葉の散り飛ぶのを見ながら、慣れ親しんだ私のことは思わずに、〈草枕〉旅はまたよいものだと思っているだろうと、うすうす承知してはいるけれども、それでも、私は黙っていることができないので、あなたが行った道のままに追いかけて行こうとは何度も思うけれども、か弱いわが身であるので、途中で道の関の番人に尋ねられたらどう答えてよいか、その手立てが分からなくて進みかねてためらっています。　（五四三）

反歌

家に残されて恋しがっていないで、紀伊の国の、あの向かい合っている妹背の山でありたいものです。（五四四）

私の夫が通った跡をたずねて追いかけていったなら、紀伊の関守は私を引きとどめるだろうか。（五四五）

「あさもよし」は紀伊にかかる枕詞、「にきびにし」は、慣れ親しんだの意。「あそそには」は、薄々は。「黙もえあらねば」は、黙っていることができないので。

神亀元年（七二四年）十月に、聖武天皇が紀伊の国に行幸した時に、従駕する人に贈るために、ある娘子《おとめ》に頼まれて笠金村が作った歌である。十月五日から二十三日までの十九日間の冬の行幸であった。奈良の都を出発し、軽の路（橿原市大軽付近）から真土山を越えて紀伊の国に入って行った。紀伊の国の妹背の山とは、和歌山県の妹山と背の山で、夫婦共にあることの喩えであるという。従駕する愛しい夫を待つ娘子が、恋しさのあまり、夫を追って行きたいが行くことができない、どうしたらいいだろうと思案している娘子の気持ちになって、詠んだ歌である。

大宰帥《そち》大伴卿、大納言に任《ま》けらえて京に入る時に臨み、府の官人ら卿を筑前の国蘆城《あしき》の駅家《うまや》にして餞《はなむけ》する歌（四首中の三首）

岬《みさき》廻《み》の荒磯《ありそ》に寄する五百重《いほへ》波《なみ》立ちても居《ゐ》ても我が思《も》へる君

筑前掾《じよう》　門部連石足《かどべのむらじいそたり》　（五六八）

大和へ君が発《た》つ日の近づけば野に立つ鹿も響《とよ》みてぞ鳴く

大典《だいてん》　麻田連陽春《あさだのむらじやす》　（五七〇）

月夜《つくよ》よし川音《かはと》清《さや》けしいざここに行《ゆ》くも行《ゆ》かぬも遊びて行《ゆ》かむ

防人佑《すけ》　大伴四綱《よつな》　（五七一）

（歌意）《序　岬の廻りの荒磯に打ち寄せる五百重波《いおえなみ》が立つように》立っても座っても常にお慕いしているあなた様です。

筑前掾　門部連石足　（五六八）

あなたが大和に出立する日が近づいたので、野に立つ鹿さえもがそれを祝って声を響かせて鳴いています。

大典　麻田連陽春　（五七〇）

良い月夜です。川音も清い。さあここで、都へ行く人も留まる人も、楽しく遊んでいきましょう。

防人佑　大伴四綱　（五七一）

大宰府長官の大伴旅人が、大納言に任じられて都に上る時に、大宰府の官人らが、筑前の国の蘆城《あしき》の駅家《うまや》で旅人の送別の宴を催した時の歌である。筑前掾《ちくぜんのじょう》は、筑前国の三等官。大典《だいてん》は、大宰府の四等官。防人の佑《すけ》は、防人の司の二等官。これら送別の歌も相聞歌になるのである。旅人は、天平二年（七三〇年）十二月に大宰府を発って念願の都へ上った。主人旅人との別れを惜しみ悲しむ気持ちと共に、都への出発を祝う気持ちも多分にあったであろう。どの歌にも清々しい響きがある。

笠女郎《かさのいらつめ》、大伴宿禰家持に贈る歌　（二十四首中の九首）

わが形見《かたみ》見つつ偲《しの》はせあらたまの年の緒《を》長くわれも思《おも》はむ　（五八七）

（歌意）私の形見を見ながら私を想ってください。〈あらたまの〉年月長く私もあなたを想います。

「形見」は、偲ぶよすがとなる贈り物。「あらたまの」は、年にかかる枕詞。女郎の身代わりになる品物を家持に贈った時の歌。女郎の願いがしっとりとした情感の中にしっかりと位置づいている。

あらたまの年の経《へ》ぬれば今しはとゆめよわが背子わが名告《の》らすな　（五九〇）

（歌意）〈あらたまの〉年が経ったので今はもういいだろうと思って、私の名を人に言うことは絶対にしないでください。

「今しはと」は、「し」は強めの助詞で、「今は」を強調している。「今は（もういいだろう）と」。「ゆめよ」は、強い禁止を表す。「ゆめよ……告らすな」（決して告げないでください）。この歌は、私と交際していることを他人には絶対に知らせないでほしいと訴えている。女郎の強い思いがある。相聞歌を読んでいくと、人に知られること、人の噂になることをとても気にする歌が多い。二人の関係はあくまでも秘め事であり、他人が知ってしまうと、関係がうまくいかなくなるなどの不都合があったのだろう。貴族の社会は一夫多妻であり、しかも階級社会であれば、いろいろな不都合が考えられる。

わが思《おも》ひを人に知るれや玉《たま》櫛《くし》笥《げ》開きあけつと夢《いめ》にし見ゆる　（五九一）

（歌意）私の想いを人に知られたからでしょうか。いや、知られたはずもないのに、美しい櫛の箱を開けた夢を見たことです。

この歌は、前歌から一つ状況が深刻になった歌である。今度は櫛笥を開けた夢を見た。当時理由なく櫛笥を開けると二人の仲が壊れると思われていたようだ。それが夢に出たのだから女郎の不安は大きい。「わが思ひを人に知るれや」と強く案じている。

わがやどの夕陰草《ゆふかげくさ》の白露の消《け》ぬがにもとな思《おも》ほゆるかも　（五九四）

（歌意）《序　わが家の庭に生えている夕陰草に置く白露のように》消え入らんばかりに無性にあなたのことが偲ばれます。

「夕陰草」は、夕暮れの物陰にある草。「消ぬがに」の「がに」は、自然にそうなるという助詞。「もとな」は、副詞で何のわけもなく、やたらに、無性になどの意。ここから後の歌は、全て家持への深い恋心を切々と詠っている。「わがやどの夕陰草の白露の」は、「消ぬがに」を起こすのにぴったりの序詞となっている。源氏物語に登場する光源氏を待つ女性のイメージと重なってくる。

恋にもそ人は死にする水瀬川《みなせがは》下《した》ゆ我《あれ》痩《や》す月に日に異《け》に　（五九八）

（歌意）恋によっても人は死んでしまいます。〈水無瀬川〉人目につかない恋心から私は月ごと日ごとに益々痩せて行きます。

「水無瀬川」は水の見えない伏流水の川で「下」にかかる枕詞。「下」は目に見えない部分で、人目につかない心の意。これもまたよい歌である。人知れず心に秘めている恋心が益々大きくなることを歌っている。「水無瀬川下ゆ我痩す」がよい表現である。恋心が増すにつれて身は逆に痩せ細っていく。

朝霧のおほに相見《あひみ》し人ゆゑに命死ぬべく恋ひわたるかも　（五九九）

〈歌意〉〈朝霧の〉ほのかに逢ったお方なのに、死ぬほどに恋しく想いつづけています。

「朝霧の」は、「おほに」にかかる枕詞。「おほに」は、「おぼに」で、おぼろ月夜のおぼろにと同じ。ぼんやりしている様。「人ゆゑに」は、人だのにの意。この歌は、上の句と下の句の対比がすごい。上の句は、ほのかに逢ったとぼんやりとした様子であるのに、下の句は、「命死ぬべく恋ひわたるかも」ととても強い表現である。女郎の想いの強さがストレートに表現されている。巻十二に「夕月夜 暁 闇《あかときやみ》のおほほしく見し人故に恋ひわたるかも」（三〇〇三）という類歌がある。

思ひにし死にするものにあらませば千度《ちたび》そわれは死にかへらまし　（六〇三）

〈歌意〉恋の想いで死ぬことがあるならば、千回でも私は死ぬことを繰り返すでしょう。

女郎の激しい恋心を「千度そわれは死にかへらまし」と詠っている。巻十一に、人麻呂歌集の歌として「恋するに死にするものにあらませばあが身は千たび死にかへらまし」（二三九〇）があり、その歌を参考にして作ったものと思われる。一途で強い思いである。

皆人《みなひと》を寝よとの鐘《かね》は打つなれど君をし思《おも》へば寝《い》ねかてぬかも　（六〇七）

〈歌意〉皆の人々に、寝なさいと告げる鐘を打つ音が聞こえるが、あなたを恋しく想い続けているのでなかなか寝付けない。

「寝よとの鐘」は、就寝を告げる鐘である。午後十時に、四回打ち鳴らしたという。「寝ねかてぬ」の「かてぬ」はできないの意。この歌は、当時の都の状況が具体的に分かる歌である。静まった夜の奈良の都に響き渡る鐘の音、普段ならば風情がある鐘の音も、苦しい恋の思いの中では、不安を募らせて安眠することができなかった。

相思《あひおも》はぬ人を思ふは大寺《おほてら》の餓鬼の後《しりへ》に額《ぬか》つくごとし　（六〇八）

（歌意）相想ってもくれない人を恋い慕うのは、大寺の仏ではなくて餓鬼を、しかも後ろから額ずき拝むようなもので何ともばかばかしいことです。

想ってくれない家持を想う甲斐なさを、寺にある餓鬼の像を後ろから額ずいて拝むようなものだと譬えたものである。餓鬼とは、四天王に踏みつけられているあの餓鬼である。大胆な譬で、女郎の失望の大きさ、悲しみの深さが表現されている。この歌をもって女郎は、家持との関係を絶つことを決心して自分の故郷に帰って行った。

笠女郎は、情熱的な女性であり、溢れる思いをたくみな表現で詠った才女であった。これらの女郎の歌に家持はたった二首の歌を返しているだけである。「今さらに妹に逢はめやと思へかもここだあが胸いぶせくあるらむ（今はもうあなたに逢えないと思うので、こんなにも私の心が晴れないのでしょうか）」（六一一）どうもパッとしない歌である。笠女郎は、家持にとっては荷が重すぎた相手だったのかもしれない。

湯原王、娘子《をとめ》に贈る歌二首

うはへなきものかも人はしかばかり遠き家道《いへぢ》を帰《かへ》さく思《おも》へば　(六三一)

目には見て手には取らえぬ月の内《うち》の楓《かつら》のごとき妹をいかにせむ　(六三二)

(歌意)　愛想のない人ですね、あなたは。こんなに遠い家路をむなしく帰らせることを思うと。(六三一)

目には見えても手に取ることのできない月の内の桂のようなあなたを、どうしたら私のものになるのだろう。(六三二)

楓は当時「カエデ」ではなく「カツラ」と読まれていた。厳密には、桂は「メカツラ」で、楓は「ヲカツラ」と言ったようだが、普通には両方「カツラ」と読まれていた。「月の内の楓」とは、月には桂の木があると古代の中国人が想像していたことによる。目には見えても手に取ることのできないものの譬えである。

娘子《をとめ》、報《こた》へ贈る歌二首

ここだくに思ひけめかも敷栲《しきたへ》の枕片《かた》さる夢《いめ》に見え来《こ》し　(六三三)

家にして見れど飽《あ》かぬを草枕旅にも妻《つま》とあるが羨《とも》しさ　(六三四)

(歌意)　こんなにも深く私を思って下さったからでしょうか。〈敷栲の〉枕の一方を空けて寝たら、夢にあなたが見えたのは。(六三三)

私の家でお逢いしても満ち足りないのに、旅先で夫人と一緒におられるのがうらやましく思われます。(六三四)

湯原王、また贈る歌二首

草枕旅には妻は率《ゐ》たれども櫛笥《くしげ》のうちの玉《たま》をこそ思へ　（六三五）

我が衣《ころも》形見《かたみ》に奉《まつ》る敷栲《しきたへ》の枕を放《さ》けずまきてさ寝《ね》ませ　（六三六）

（歌意）〈草枕〉旅に妻は連れてきているけれど、櫛笥《くしげ》の中にある美しい玉（娘子のこと）のことこそが思われてならない。（六三五）

（歌意）私の衣を形見として差し上げます。〈敷栲の〉枕から離さず、身にまとってお休みなさい。（六三六）

娘子、また報へ贈る歌一首

我が背子《せこ》が形見の衣《ころも》妻どひに我が身は離《さ》けじ言問《ことと》はずとも　（六三七）

（歌意）あなたの形見の衣は、あなたがおいで下さったことと思って、私の身から離しません。衣は物を申しませんが。

湯原王、また贈る歌一首

ただ一夜《ひとよ》隔《へだ》てしからにあらたまの月が経《へ》ぬると心惑《まど》ひぬ　（六三八）

（歌意）たった一夜離れただけなのに、〈あらたまの〉ひと月も経ってしまったかと心が乱れました。

娘子、また報へ贈る歌一首

我が背子がかく恋《こ》ふれこそぬばたまの夢に見えつつ寝《い》ねらえずけれ　（六三九）

（歌意）あなたがこんなにも私を恋い慕ってくださるから、〈ぬばたまの〉夢にあなたがしきりに現れて、私は眠れなかったのですね。

湯原王、また贈る歌一首

はしけやし間近《まぢか》き里を雲居《くもゐ》にや恋ひつつ居《を》らむ月も経なくに　（六四〇）

（歌意）ああいとしい。すぐ近くの里なのに、雲居のように遠く恋しく思っていなければならないのか。まだひと月も経たないのに。

娘子、また報へ贈る歌一首

絶《た》つと言はばわびしみせむと焼大刀《やきたち》のへつかふことは幸《さき》くや我《あ》が君　（六四一）

（歌意）二人の関係を絶つと言ったら私が悲しむだろうと、〈焼太刀の〉やさしくおっしゃっておられることは、はたして幸せでしょうか、あなた。

湯原王が歌一首

我妹子《わぎもこ》に恋ひて乱《みだ》ればくるべきに懸《か》けて縒《よ》らむと我が恋ひそめし　（六四二）

（歌意）あなたに恋をして心の糸が乱れてしまったら、（乱れた私の心の糸とあなたの心の糸とを）糸車にかけて、縒り合わせて一つになればいいと、私は恋い始めたのです。

濃厚な相聞歌である。湯原王が、妻を同伴の旅先で逢った娘子に惚れて、こっそりと交換し合った歌である。気持ちの高まりが分かるように二人の歌を全部載せた。起承転結でいえば、承の部分が長く、徐々に盛り上がっていく。六三五番の「草枕旅には妻は率たれども櫛笥のうちの玉をこそ思へ」は、不倫の気持ちが濃厚である。そして、さらに二人の恋心は高まっていくが、最後に急激に転結がくる。転に当たる六四一番の歌は、「私を悲しませまいとして、あなたがやさしくおっしゃることは、はたして幸せでしょうか」と、湯原王の本気度を試しているようで、それまでの歌と比べるとても冷静で真剣である。待つ身を強いられる女性の本能的な不安の表出であろうか。その歌に対して湯原王も、「恋に乱れた二人の心を糸車にかけて縒り合わせ一つにしたい」と返している。最後の歌を贈られて、娘子は湯原王の求婚を受け入れたのだろうか。

大伴坂上郎女《いらつめ》が歌（六首中の三首）

思はじと言ひてしものをはねず色のうつろひやすき我《あ》が心かも　（六五七）

思へども験《しるし》もなしと知るものを何かここだく我《あ》が恋ひわたる　（六五八）

恋ひ恋ひて逢へる時だにうるはしき言《こと》尽《つく》してよ長くと思はば　（六六一）

（歌意）もう人を思わないようにすると言っていたのに〈はねず色の〉変わりやすい私の心であるよ。（六五七）
思っても何の甲斐もないと分かっているのに、どうしてこんなにひどく私は恋い続けるのだろうか。（六五八）

恋し続けてきてやっと逢えた、せめてこの時だけでも、私をうれしく幸せな気持ちにさせる優しい言葉を十分に聞かせてください。末長くと思うなら。（六六一）

「はねず色の」は、「うつろひやすき」の枕詞。はねずは庭梅のことで、花の色が変わりやすいことから、「うつろひやすき」の枕詞になった（以上、六五七）。「験《しるし》」は、ききめ。効験のこと。「ここだく」は、「ここだ」と同じで、こんなに多く。こんなに甚だしくの意（以上、六五八）。「うるはしき言」は、心惹かれる言葉、愛情の溢れた優しい言葉のこと（以上、六六一）。

坂上郎女の激しい恋心を詠った歌である。前二首は、恋に苦しむ郎女の心の内を率直にしかも巧みに表現している。「はねず色のうつろひやすき我が心かも」は、もう思わないでおこうと自分に繰り返し誓ってもどうしても思ってしまう女性の恋心の苦しさを表すのにぴったりの言葉である。次の歌は果たせぬ恋の本質を的確な言葉で言い表している。恋に苦しむとは、「ここだく恋ひわたる」のような思いに落ちることである。誰しも経験のあるほろ苦い思いであろう。

三番目の歌に関しては、「やっと逢えた時だから、私に優しい言葉を一杯かけてよ」との郎女の喜びの叫びであるくらいに解釈していたが、中西進氏は『万葉の秀歌』で、この歌について次のように深い考察をしている。氏は、「うつくし」と「うるわし」の比較から、「うるわしき言」とは、破綻の無い相手の心を乱させない言葉であると指摘し、次のように述べている。「巧言令色といわれても相手の心をよろこばせることばである。だからこのほうがいいというのは、危険な発言である。すくなくとも真実をぶつけあいながら、しかしおたがい傷つけあうという恋を彼女は好んでいない。うそでもいいから私をよろこばせることばを尽くしてほしいと願うのである。（中略）ここには、愛に、それほどの信頼をおいていない作者がある。しかも『だに』と強調し、『長くと思はば』と結ぶ表現には、生身の愛の体験はつかのまでしかなかった郎女の願いと、そのゆえに体験した、愛の永続には虚と実が必要だという哲学がこめられている。ほんとうの真実を尽くして傷つけあう愛は本物かもしれない。しかしそれはすぐ壊れてしまう。そんな愛は人生をほんとうには知らない若者の愛である。そこに愛の至福はないことを知ってしまった大人の、哀愁の霧に包まれた愛がこれである。そうした愛の省察において、この一首は『万葉集』の中でも屈指の秀歌としての深さをもつということができる」。

大伴宿禰家持、坂上家の大嬢《おほいらつめ》に贈る歌　（二首中の一首）離絶すること数年、また会ひて相聞往来す

忘れ草我が下紐《したひも》に付けたれど醜《しこ》の醜草言《しこくさこと》にしありけり　（七二七）

（歌意）恋の苦しみを忘れるという忘れ草を私の下紐に付けたけれど、役に立たない馬鹿草で、「忘れ草」とは名ばかりでした。

大伴坂上大嬢《おほいらつめ》、大伴宿禰家持に贈る歌　（三首中の二首）

玉ならば手にも巻《ま》かむをうつせみの世の人なれば手に巻きかたし　（七二九）

我が名はも千名《ちな》の五百名《いほな》に立ちぬとも君が名立たば惜《を》しみこそ泣け　（七三一）

（歌意）玉ならば手にも巻いて持っていましょうが、あなたは〈うつせみの〉今の世の人ですから手に巻いて持っていることはできません。　（七二九）

（歌意）私の名が世間の噂に千回も五百回もいくら立っても構いませんが、あなたの名が噂に立つと惜しいので泣くのです。　（七三一）

また、大伴宿禰家持が和《こた》ふる歌　（三首中の二首）

今しはし名の惜《を》しけくも我れはなし妹によりては千《ち》たび立つとも　（七三二）

我が思ひかくてあらずは玉にもがまことも妹《いも》が手に巻《ま》かれなむ　（七三四）

（歌意）今はもう、私の名など惜しくはありません。あなた故にうわさが千回立ったとしても。（七三二）こんなに苦しい思いばかりしていないで、ああ、玉になりたい。そうすれば本当にあなたの手に巻かれるだろうに。（七三四）

同じき坂上大嬢、家持に贈る歌一首

春日山霞《かすみ》たなびき心ぐく照れる月夜《つくよ》にひとりかも寝む　（七三五）

（歌意）春日山に霞がたなびいてぼんやりと照っている月夜に、私は一人さびしく寝ることでしょうか。

また家持、坂上大嬢に和ふる歌一首

月夜《つくよ》には門《かど》に出《い》で立ち夕占問《ゆふけと》ひ足占《あしうら》をぞせし行《ゆ》かまくを欲《ほ》り　（七三六）

（歌意）月夜の晩には家の門に出て、夕占いを聞いたり、足占いをしたりしました。あなたの所へ行きたくて。

夕占いとは、道行く人の言葉を聞いて吉凶を占うこと。足占いとは、歩いて行って、右足、左足のどちらで目標につくかによって吉凶を占うこと。

同じき大嬢、家持に贈る歌二首

かにかくに人は言ふとも若狭道《わかさぢ》の後瀬《のちせ》の山の後《のち》も逢はむ君　（七三七）

世の中し苦しきものにありけらし恋にあへずて死ぬべき思《おも》へば　（七三八）

（歌意）あれこれと人はうわさをしていますが、《序　若狭路の後瀬の山のように》後には必ず逢いましょう。あなた。（七三七）

世の中は苦しいものだと、とても感じます。恋に耐え切れずに死にそうなことを思うと。（七三八）

また家持、坂上大嬢に和《こた》ふる歌二首

後瀬《のちせ》山後も逢はむと思へこそ死ぬべきものを今日までも生《い》けれ　（七三九）

言《こと》のみを後《のち》も逢はむとねもころに我《われ》を頼めて逢はざらむかも　（七四〇）

（歌意）後瀬山のように、後も逢おうと思うからこそ、恋死にするところを今日までもずっと生きているのです。（七三九）

言葉だけは後に逢いましょうと私を深く頼らせて、実際には逢ってくれないのでしょうか。（七四〇）

家持と大嬢とのやりとりの歌も、その大部分を載せて気持ちの高まりを追ってみた。

大嬢の歌は、先の笠女郎の歌に比べれば軽いので、我々読む方も、肩が凝らずに気楽に読んでいくことができる。おそらく家持も安心して付き合えたのではなかろうか。家持は、大嬢が「玉」を歌の題材にすると家持の返歌もその「玉」を取り上げる。「月夜」を題材にすると家持も「月夜」を返歌で取り上げるというように、大嬢の贈ってくれた歌に合わせて和する歌を作っている。これが「相聞往来」の一つの姿であろう。大層工夫をして歌を贈っているのである。この後家持は、更に十五首の歌を大嬢に贈って一連のやり取りのまとめとしている。恋を成就するために、とても大変なエネルギーを費やしている家持である。

巻五

巻五の舞台となった大宰府政庁跡

巻五には、「雑歌」百十四首が載る。内訳は長歌十首、短歌百四首と少ないが、この他に、散文や漢詩が多くあり、歌にも長い序の文がついているものがある。作者は、山上憶良と大伴旅人・旅人に仕える官人などであり、多くの作が九州の筑紫で作られている。制作年代は、神亀五年（七二八年）から天平五年（七三三年）までの六年間である。憶良の、子らを思う歌、貧窮問答の歌、旅人の、梧桐の琴を房前に贈る歌、梅花の宴での九州の国司や大宰府の官人の歌などが載っている。ここでは、憶良の歌を中心に、梅花の宴の歌、旅人の梧桐の琴を房前に贈る歌、松浦川に遊ぶ歌など五十六首を取り上げる。序の文は訳文のみ載せる（序の訳は、岩波書店の新日本古典文学大系本による）。

雑歌

大宰帥《だざいのそち》大伴卿、凶問《きょうもん》に報《こた》ふる歌一首（大宰府長官大伴卿が、訃報の知らせに答えた歌一首）

（序訳）不幸が相重なり、訃報が引き続き来ます。いつまでも心崩れる悲しみを味わいつつ、ひとり腸のちぎれる涙を流しています。ただお二人の支えのお蔭によって、失うべき命を辛うじてつないでいるばかりです。

世の中は空《むな》しきものと知る時しいよよますます悲しかりけり　（七九三）

（歌意）世の中は空しいものであると分かったときに、いよいよますます悲しい思いがする。

神亀五年六月二十三日の日付のついた旅人の歌である。題詞の「凶問」の捉え方が二つある。一つは、凶事に対する弔問とする考え、もう一つは、凶事の知らせとする考えである。弔問と捉えると、旅人の妻大伴郎女の死の弔問への返答ということになる。一方凶事の知らせつまり訃報と捉えると、誰かの死の知らせへの返答になる。本を読み比べると訃報とする説が優勢であるが未だ意見は分かれている。『広辞苑』も両方を載せている。どちらを取るかが問題だが、私は題詞と序文とにある二つの「凶問」の解釈を同じにさせた方がよいとの考えから、「凶問」を訃報と捉えることにする。誰の訃報であるかは分からないが、都から届いた訃報に返答した歌と捉えると、序文の「不幸が相重なり、訃報が引き続き来ます」が分かりやすくなる。それ以後の序文や短歌の内容は、妻を亡くした旅人の現状を述べている。旅人の妻大伴郎女は、この年の四月頃に大宰府で亡くなっている。

「妻を亡くして悲しみに沈んでいるときに、また一人二人と去っていった。空しいなあ、世の中は。悲しいなあ、人生は」。妻を亡くして悲しみに暮れる旅人六十四歳の晩夏の作である。

日本挽歌《にほんばんか》一首

大君の　遠の朝廷《みかど》と　しらぬひ　筑紫の国に　泣く子なす　慕《した》ひ来まして　息《いき》だにも　いまだ休めず　年月《としつき》も　いまだあらねば　心《こころ》ゆも　思《おも》はぬ間《あひだ》に　うちなびき　臥《こ》やしぬれ　言《い》はむすべ　せむすべ知《し》らに　石木《いはき》をも　問《と》ひ放《さ》け知らず　家ならば　かたちはあらむを　恨めしき　妹《いも》の命《みこと》の　我《あれ》をばも　いかにせよとか　にほ鳥の　二人《ふたり》並び居《ゐ》　語《かた》らひし　心そむきて　家離《いへざか》りいます　（七九四）

反歌

家に行きていかにか我《あ》がせむ枕づくつま屋さぶしく思ほゆべしも　（七九五）

はしきよしかくのみからに慕《した》ひ来《こ》し妹が心のすべもすべなさ　（七九六）

悔《くや》しかもかく知らませばあをによし国内《くぬち》ことごと見せましものを　（七九七）

妹が見し楝《あふち》の花は散りぬべし我が泣く涙いまだ干《ひ》なくに　（七九八）

大《おほ》野《の》山《やま》霧立ちわたる我が嘆くおきその風に霧立ちわたる　（七九九）

神亀五年七月二十一日　筑前国守《ちくぜんのくにのかみ》山上憶良　上《たてまつ》る

（歌意）大君の遠い政庁として〈しらぬひ〉筑紫の国に〈泣く子なす〉慕ってやって来られて、息を整える間もなく、年月もまだ経ていないのに、全く思いもかけず、最愛の妻が力なく横に伏せられてしまったので、何といってよいか、何をしてよいか分からず、岩や木に向かって問うてみるわけにもいかない。家にいれば体だけはあるだろうに、恨めしくも妻が私にどうせよと言うのか。〈にほ鳥の〉二人並んで座って語り合った気持ちに背いて、家を離れて行ってしまわれたことよ。　（七九四）

反歌

家に帰って私はどうしたらいいのだろう。〈枕づく〉つま屋がさびしく思われることだろう。　（七九五）

ああ何ということだ。こんなはかない運命だったのに、私を慕ってここまで来た妻の気持ちを思うとどうしようもなく切ない。　（七九六）

とても悔しい。こんなふうになると分かっていたら、〈あをによし〉国中のすべてを見せておくのだったのに。（七九七）

妻が見た楝《おうち》の花は散ってしまうだろう。私の泣く涙はまだ乾かないのに。　（七九八）

大野山に一面に霧が立ち込めている。私の嘆くため息の風で霧が一面に立ち込めている。（七九九）
神亀五年七月二十一日、筑前の国守、山上憶良献上いたします。

「日本挽歌」とは、日本語で作った挽歌という意味。この歌の前に、漢文の挽歌が載っているのでそれに対して言った。この歌は、旅人の夫人大伴郎女の死に際しての旅人の気持ちを憶良が旅人に代わって詠んだ歌である。旅人に献上している。

長歌は、遠く筑紫の国へやってきて幾ばくもないのに、妻が思いがけず病気に伏して亡くなってしまって動揺する旅人の姿を詠い、五首の反歌で、旅人の気持ちを旅人になり代わって詠っている。旅人の洗練された歌とは幾分違う、憶良らしい骨っぽく粘りのある歌が並ぶが、味わいのある歌である。最後の二首は秀歌としてよく知られている。この中で私が注目するのは、七九六番と七九七番の短歌である。この二つの歌は共に妻のことを想いやって詠っている。普通には、「我が手枕をまく人あらめや」「ひとり寝ば旅にまさりて苦しかるべし」など、妻が亡くなった時の自分の悲しみ・辛さを詠う歌が多いが、相手を思いやって詠えるというのは、憶良らしい詠いぶりである。貧窮問答歌の所でも触れるが、憶良には、相手の立場に立って相手の気持ちに共感できる温かさがあったからだろう。七九六番の「はしきよしかくのみからに慕ひ来し妹が心のすべもすべなさ」はとても感情がこもった歌であると思う。

子等《こら》を思ふ歌一首幷せて序

（序訳）釈迦如来は、金色の口で正しく「平等に人々を思うことは、我が子羅睺羅《らごら》を思うのと同じだ」とお説きになられた。また、「我が子への愛にまさるものはない」とお説きになられた。至高の聖人ですら子を愛する心があった。まして、世の中の衆生に我が子を愛さない者がいるだろうか。

瓜《うり》食《は》めば　子ども思ほゆ　栗《くり》食めば　まして偲《しの》はゆ　いづくより　来たりしものぞ　まなかひに　もとなかかりて　安《やす》眠《い》しなさぬ　（八〇二）

反歌

銀《しろかね》も金《くがね》も玉も何せむにまされる宝《たから》子に及《し》かめやも　（八〇三）

（歌意）瓜を食べれば子どものことが思われる。栗を食べればさらに愛《いと》おしく思われる。一体子どもはどこから来たものなのか。面影が目の前にしきりにちらついて、安らかに眠りにつかせてくれないよ。　（八〇二）

反歌

銀も金も玉も一体何だというのだろう。これらの優れた宝も子どもに及ぶことができるだろうか。　（八〇三）

長歌の「もとなかかりて」の「もとな」は、「むやみやたらに」とか「いたずらに」の意で、むたみやたらに眼前にちらつくことを言う。反歌の「及かめやも」の「やも」は、反語の意を表す。「及ぶであろうか、いや及ばない」。有名な歌である。飾らない憶良の気持ちが素直に表れた歌であると思う。長歌が実によい。事実を素直に表現し子どもへの愛を引き出している。「瓜食めば　子ども思ほゆ　栗食めば　まして偲はゆ」はとてもよい表現である。普通このような発想は、自分には起こらないから一層新鮮に思える。短歌は、長歌の思いを凝縮している分、やや観念的になってしまうがやはりよい歌である。

世間《せけん》の住《とど》まりがたきことを哀《かな》しぶる歌一首幷せて序（この世の無常を悲しんだ歌）

（序訳）　次々と人を襲って払い難いのは、八大の辛苦である（涅槃教では、生・老・病・死・愛別離・怨憎会・求不得・五盛陰の八苦）。全うし難く、たちまちに終わってしまうものは百年限りの快楽である。これは、古人の嘆くところであり現在にも及んでいる。この故に一章の歌を作り、以て白髪混じりの嘆きを払おうとするものである。その歌に言う。

世間《よのなか》の　すべなきものは　年月《としつき》は　流るるごとし　とり続き　追《お》ひ来るものは
百種《ももくさ》に　迫《せ》め寄り来《きた》る　娘子《をとめ》らが　娘子さびすと　韓玉《からたま》を　手本《たもと》に巻かし　よち
子らと　手たづさはりて　遊びけむ　時の盛りを　留《とど》みかね　過《す》ぐしやりつれ
蜷《みな》の腸《わた》　か黒き髪に　いつの間か　霜の降りけむ　紅の　面《おもて》の上に　いづくゆか
皺《しわ》が来《きた》りし　ますらをの　男さびすと　剣《つるぎ》大刀《たち》　腰に取り佩《は》き　さつ弓を　手《た》握
り持ちて　赤駒《あかごま》に　倭《し》文《つ》鞍《くら》うち置き　這《は》ひ乗りて　遊びあるきし　世間《よのなか》や　常に
ありける　娘子《をとめ》らが　さ寝《ね》す板戸《いたと》を　押し開き　い辿《たど》り寄りて　真《ま》玉《たま》手《で》の　玉手
さし交《か》へ　さ寝し夜の　いくだもあらねば　手《た》束《つか》杖《づゑ》　腰にたがねて　か行《ゆ》けば
人に厭《いと》はえ　かく行けば　人に憎《にく》まえ　老《お》よし男《を》は　かくのみならし　たまきは
る　命《いのち》惜《を》しけど　為《せ》むすべもなし　（八〇四）

反歌

常磐《ときは》なすかくしもがもと思へども世の事理《こと》なれば留《とど》みかねつも　（八〇五）

神亀五年七月二十一日　嘉摩《かま》の郡《こほり》にして撰定《せんてい》す

筑前国守　山上憶良

（歌意）世の中のいたしかたない物は、年月が川のように流れることだ。続いて迫り来るものは、様々に責めてくる。娘子らが、娘子らしく振る舞うとて、きれいな韓玉を手もとに巻いて、同い年の子と手を取り合って遊んだであろう楽しみの盛りを、留めることもできずに過ごしてしまったので、〈蜷の腸〉真っ黒な髪に、いつの間にか霜が降ったように白髪が混じるようになってしまったのか、紅の顔の上にどこから皺が来たのだろうか。ますらおが男らしく振る舞うとて、剣大刀を腰に付け、猟の弓を握り持って、赤駒に倭文鞍《しつくら》を置いて這い上がって乗り、あちこち狩をしながら遊び歩いた、そんな時はずっとあっただろうか。娘子たちが寝ている部屋の板戸を押し開き、手探りに寄り臥し、玉の腕をさし交わして共に寝た夜の幾夜もないのに、いつのまにか、握り杖を腰にあてがい、あちらに行けば人にいやがられ、こちらに来れば人に憎まれ、年老いた男とはこのようなものらしい。〈たまきはる〉命は惜しいけれども、何とも仕方のないことだ。　（八〇四）

反歌

常磐のようにこのまま変わらずいたいと思うけれども、「無常」の世のこと故に留め難いことだ。　（八〇五）

神亀五年（七二八年）七月二十一日、嘉摩《かま》の郡において撰定しました。　筑前国守　山上憶良八大辛苦の中の老苦を詠んだ歌である。「娘子らが娘子さびすと」は、娘子らが娘子らしい振る舞いをするとして。「韓玉を手本に巻かし」は、舶来の玉を手首に巻いて。「よち子」は、同年齢の子。「蜷の腸」は、黒髪にかかる枕詞。蜷はタニシ。「倭文鞍《しつくら》」の「倭文《しつ》」は「しづ」とも読み、倭《やまと》の文《あや》の意で、舶来の織物に対して日本固有の模様のある布のことをいう。「倭文鞍」は、それを敷いた鞍のこと。「手束杖《たつかづゑ》」は、手に握る杖のこと。

「年月は川のように流れ去る。乙女らが乙女らしく振る舞った時も束の間で、白髪が混じり皺がよって来る。ますらおが、男らしく振る舞ったあの良い時も幾ばくもなかった。いつのまにか杖をつき、人に厭われ嫌われてしまう。人生とはこんなにも仕方のないことなのか」。歌の骨子はこのようである。そして、短歌では「世の事理《こと》なれば留みかねつも」と諦めを歌っている。年老いた憶良がたどり着いた人生観であるだろう。この歌が作られた神亀五年は、大伴旅人が大宰府に赴任した年である。憶良六十九歳の時であった。七月二十一日には、憶良は新任の大宰府長官大伴旅人に、この歌と日本挽歌を奏上している。

大伴淡等《たびと》謹《つつし》みて状《じやう》す

梧桐《ごとう》の日本琴《やまとこと》一面　対馬の結石《ゆひし》の山の孫枝《そんし》なり

この琴、夢《いめ》に娘子《をとめ》に化《な》りて曰はく、「余《われ》、根を遥島《えうたう》の崇巒《すうらん》に託《よ》せ、幹《から》を九陽《きうやう》の休光《きうくわう》に晞《さら》す。長く煙霞《えんか》を帯びて、山川《さんせん》の阿《くま》に逍遥《せうえう》す、遠く風波を望みて、雁《がん》木《ぼく》の間に出入す。ただに恐る、百年の後《のち》に、空しく溝壑《こうかく》に朽ちなむことのみを。たまさかに良匠《りやうしやう》に遭《あ》ひ、切りて小琴に為《つく》らる。質麁《あら》く音少なきことを顧《かへり》みず、つねに君子の左琴《さきん》を希《ねが》ふ」といふ。すなはち歌ひて曰《い》はく、

いかにあらむ日の時にかも声知らむ人の膝《ひざ》の上《へ》我が枕《まくら》かむ　（八一〇）

僕《われ》、詩詠《しえい》に報《こた》へて曰はく、

言《こと》とはぬ木にはありともうるはしき君が手馴《たな》れの琴《こと》にしあるべし　（八一一）

琴娘子《ことをとめ》、答へて曰はく、「敬《つつし》みて徳音《とくいん》を奉《うけたま》はる。幸甚《かうじん》々々」といふ。片時《しまらく》ありて覚《おどろ》き、すなはち夢の言に感《かま》け、慨然《がいぜん》止黙《もだ》をること得ず。故《ゆゑ》に公使に附けて、いささか進御《たてまつ》らくのみ。

謹状　不具

天平元年十月七日　使に附けて進上《たてまつ》る

謹通《きんつう》　中衛《ちゆうゑい》　高明閣下《かうめいかふか》　謹空

（訳）

大伴旅人、謹んで申し上げます。

梧桐の日本琴一面　対馬の結石山《ゆいしやま》の孫枝です。

この琴は、夢に娘子の姿となって現れ、次のように申しました。「私は根を遥かな島の高い山の上に張り、幹を太陽の麗しい光に曝しておりました。長いこと靄《もや》や霞《かすみ》を帯びては、山川のくまぐまを歩み行き、遠くに風に立つ波を望んでは雁や木々と交わっていました。ただ、百年の後には、谷間でむなしく朽ちてしまうのかと、そのことを心配しておりました。ところが幸いにも立派な匠に出会うことができて、削られて小さな琴に作られました。

質が悪く音の貧しいことは顧みず、君子のそばに置かれる琴になりたいと念願しています」と言って、そして次の歌を詠ったのでした。

（歌意）　いつの日のことでしょうか。琴の音を知る人の膝を私が枕にするのは　（八一〇）

私は、その歌に答えて次の歌を返しました。

言葉を話さない木ではあっても、立派な君子が親しく手にして馴染《なじ》まれる琴に違いないでしょう。　（八一一）

琴の娘子は答えました。「素晴らしいお言葉を謹んで承りました。何よりの幸せです」と申しました。しばらくして、目覚めて驚き、夢の中の娘子の言葉に感じ入って、そのまま黙って済ます気になれません。よって、そちらへ行く官使にこの琴を託して、お届けする次第です。

謹み記しましたが意を尽くしません。

天平元年十月七日　使いに託して奉ります。

謹んで中衛府の高明閣下にお便りします。　謹んで余白とします。

天平元年（七二九年）十月七日に、旅人は、都にいる藤原房前《ふささき》に、一面の日本琴を贈った。その経緯を綴った文と歌である。その琴は、旅人の所管する対馬の国の結石山《ゆいしやま》産の梧桐（アオギリのこと）で作ったものである。「質、麁《あら》く音少なき」とあるが、それは全くの謙遜であろう。後の枕草子の中に、桐の琴について「まいて琴に作りて、さまざまなる音のいでくるなどは、をかしなど世のつねにいふべくやはある。いみじうこそめでたけれ（まして、琴に作って、さまざまな音色が奏でられるのは、面白いなどと世間並みに言ってすまされようか。実にそれこそすばらしいものだ）」とあるのをみると、上等な琴は桐製であったことが分かる。そして、桐の中でも特に珍しい対馬産の桐で作った琴である。この桐の木は「太陽の光を一杯に浴び、靄《もや》や霞《かすみ》を帯びて、木々や鳥と交わってきた」とあるから、奏でる音もすばらしいものであったに違いない。おそらく絶品であっただろう。そのような貴重なものを房前に贈ったことにはそれなりの思惑があったに違いない。

旅人が琴を贈った天平元年は大きな事件のあった年である。それは、長屋王の変である。神亀六年（七二九年）二月に、漆部君足《ぬりべのきみたり》や中臣宮処東人《みやこのあずまびと》等によって、左大臣の長屋王が謀反を企てていると密告され、王は自尽させられ、室の吉備内親王を始め、四人の王子が自害させられるという事件が起こった。そして同年八月に「天平」と改元され、藤原不比等の娘の光明子が臣下から初めて皇后になったのである。この経緯をみると、この事件は藤原氏の陰謀によるものではないかと思われる。藤原四兄弟が光明子を皇后にしようとした時に、筋を通して反対したのが長屋王であったからである。長屋王は高市皇子の子で、当時左大臣の要職にあり藤原氏に対峙する勢力の中心人物であった。家持が編集に関わっている万葉集に、長屋王の短歌が五首、また王や王子の死を悼む挽歌も載っていることを考えると大伴氏（旅人）とも親交が深かったと思われる。藤原氏の台頭で、名門大伴氏の威光が薄れていく中で、旅人は長屋王に家門再興の一縷の希望を抱いていたのではないだろうか。それがこの事件で消え失せてしまったのである。大伴一族の将来を思うと、屈辱的ではあるが旅人は藤原氏に頭を下げざるを得なかったのである。

「君子の左琴を希ふ（君子のそばに置かれる琴になりたい）」とは、房前様の下で忠実にお仕えしたいという意味合いを持っているだろう。また、「いかにあらむ日の時にかも声知らむ人の膝の上我が枕かむ」の「声知らむ人」とは、琴の音《ね》を聞き分けて下さる人、すなわち房前のことを暗示している。「房前様のもとに置かれるのはいつの日でしょうか」と暗に帰京の願望を表しているのである。房前は、不比等の第二子で藤原四兄弟の一人である。時に四十九歳。正三位、中衛府大将でもあり絶大な権力を握っていた。旅人は、藤原四兄弟の中では人々の信頼も厚く、旅人とも交流のあった房前に頭を下げて帰京を願ったのである。

房前からの返書

跪《ひざまづ》きて芳音《はういん》を承はり、嘉懽《かくわん》こもこも深し。すなはち知る、竜門《りようもん》の恩、また蓬《ほう》身《しん》の上に厚しといふことを。恋望《れんばう》の殊念《しゆねん》は、常の心に百倍す。謹みて白雲の什《じふ》に和《こた》へ、もちて野鄙《やひ》の歌を奏《まを》す。房前謹状

言《こと》とはぬ木にもありとも我が背子が手馴《たな》れの御琴《みこと》地《つち》に置かめやも　（八一二）

十一月八日　還使《くわんし》の大監《だいげん》に附く

謹通　尊門《そんもん》　記室

（訳）ひざまずいて素晴らしいお便りを頂き、誠にありがたくも嬉しくも存じます。それにつけても、高徳の家の御恩の、私ごときの卑しい身の上に厚いことを知り、恋しくもそちらを望み見る特別な思いは、常の心の百倍にもなります。謹んで白雲に運ばれ至った御詩に奉和《ほうわ》して、拙い歌をお聞かせする次第です。房前が謹んで記しました。

（歌意）言葉を話さない木であったとしても、あなたが手に馴染んだ御琴を、地面に置くようなことをいたしましょうか。（八一二）

十一月八日　筑紫に還る使いの大監《だいげん》に託して

謹んで尊家の書記にお便りをお届けします。

ひと月経って房前からお礼の返事が届いた。簡潔明瞭にして若さを感じる文面である。絶大な権力を握っていても、威張るところもないし、また媚びるところもないのがよい。この返事の中で一番大事なところは、八一二番の歌の「我が背子が手馴れの御琴地に置かめやも」であろう。「あなたが手に馴染んだ御琴を、地面に置くようなことをいたしましょうか」とは、「あなたの願いは大事にしますよ」と暗示しているのである。旅人は、この返答が欲しくて、一か月も待ちに待っていたことであろう。

梅花《ばいくわ》の歌三十二首幷せて序（三十二首中八首）

（序訳）天平二年（七三〇年）正月十三日、師老の宅に集まって宴会を開く。あたかも初春のよき月、気はうららかにして風は穏やかだ。梅は、鏡台の前の白粉《おしろい》のような色に花開き、蘭草は腰につける匂袋のあとに従う香に薫っている。しかも、朝の嶺には雲が動き、松は雪の薄絹を掛けたように傘を傾ける。また、夕の山洞には霧が立ちこめ、鳥は霧の縮み絹に閉ざされたように林に迷い飛ぶ。庭には生まれたばかりの蝶が舞い、空には去年の秋に来た雁が北に帰って行く。さてそこで、天空を覆いとし大地を敷物としてくつろぎ、膝を寄せ合っては酒盃を飛ばす如くに応酬する。一堂に会しては言葉を忘れ、美しい景色に向かっては心を解き放つ。さっぱりとした心に憚《はばか》ることなく、快くして満ち足りている。詩歌を他にして、この思いを何によって述べようか。詩には落梅の篇を作るが、昔も今もどんな違いがあろう。さあ、園梅を詠んで、ここに短き歌を試みようではないか。

正月《むつき》立ち春の来《きた》らばかくしこそ梅を招《を》きつつ楽《たの》しき終《を》へめ　大弐《だいに》紀卿《きのきやう》（八一五）

（歌意）正月になり春が来たら、このように梅を客として招いて、楽しみの限りを尽くそう。

梅の花今咲けるごと散り過ぎず我が家《へ》の園《その》にありこせぬかも

少弐《せうに》小野大夫《まへつきみ》　（八一六）

（歌意）梅の花は、今咲いているように、散ってしまわないで我が家の庭に（旅人の家の庭に）このまま咲いていてくれないだろうか。

梅の花咲たる園の青柳《あをやぎ》はかづらにすべくなりにけらずや

少弐粟田《あはた》大夫　（八一七）

（歌意）梅の花が咲いている庭の青柳は、かずらにして飾れるほどにきれいに芽吹いているではありませんか。

柳を通して梅をほめ、話題を転換している。

春さればまづ咲くやどの梅の花ひとり見つつや春日《はるひ》暮らさむ

筑前守山上大夫　（八一八）

（歌意）春になると最初に咲くこの家の梅の花を、ただ一人で見ながら春の長い日を過ごすことであろうか。

憶良は来客中の第四位の席である。

世の中は恋繁《しげ》しゑやかくしあらば梅の花にもならましものを

豊後守大伴大夫　（八一九）

（歌意）人の世は恋心がして苦しいものだ。こんなことなら、梅の花にでもなれたらいいなあ。

梅の花今盛りなり思ふどちかざしにしてな今盛りなり　筑後守葛井《ふぢゐ》大夫　（八二〇）

（歌意）梅の花は今盛りである。気心合った者同士、かざしにしよう。梅の花は今盛りである。

青柳《あをやなぎ》梅との花を折りかざし飲みての後《のち》は散りぬともよし　笠沙弥《かさのさみ》　（八二一）

（歌意）青柳の花と、梅の花とを折ってかざしにして、酒を飲んだ後は、花は散ってしまってもよい。

前歌の第四句を承《う》ける。

わが園《その》に梅の花散るひさかたの天より雪の流れ来るかも　主人《あるじ》　（八二二）

（歌意）我が家の庭に梅の花が散っている。いや、これは、大空から雪が流れ落ちてくるのだろうか。

前歌の結句を承ける。旅人の歌である。

天平二年一月十三日の梅花の宴には、三十一名が招待された。九州の国守や大宰府の高級役人等である。そこに主人の旅人が加わって、三十二名で、梅の花が満開の旅人の館の庭園で宴を催した。席は大きく二つに分けられた。上席と、下席である。身分に応じて、上席に十五人の席を設け、下席に十七人の席を設けた。そして、上席の一番目の客から順に歌を詠みつつ酒を飲んでいく、そんな趣向の宴である。優雅である。ここでは、短歌三十二首中、上席の歌八首を載せた。
前年の十一月には、藤原房前から、旅人の帰京の願いを大事にするとの返事をいただいているから、旅人は機嫌がよかったことだろう。参列者もみな、伸びやかで晴れ晴れと詠っている。

松浦川《まつらがは》に遊ぶ序

（序訳）　私は、折があって松浦の県《あがた》に赴いて逍遥し、玉島川の岸のあたりを遊覧した時に、たまたま、魚を釣る娘たちに出会った。花のような容姿は並ぶものがなく、輝くばかりの姿は類《たぐい》ない。眉は柳の葉が開いたようで、頰は桃の花が咲いたようで、とても美しい娘たちであった。その気品は雲を凌いで高く、その魅力はこの世のものとは思えなかった。私は問うた。「どちらの里の、どなたの娘さんか。もしかして神女であられるか」と。娘たちは、みな笑いながら答えた。「私たちは、漁夫の家の子、草庵に住む卑しい者、里もなく、家もありません。取りたてて言うほどの者ではありません。ただ生まれついて水に親しみ、また、心から山に親しんでいます。ある時は、洛浦《らくほ》の岸に立って大きな魚を手に入れたいと甲斐なく願い、またある時は、巫峡《ふきょう》に寝転んで、煙霞をあてなく眺めていました。今、たまたま貴い旅のお方に出会い、あまりの嬉しさに、つい心許したお話をいたしました。今日からは、老いを共にするお約束を結ばないでいられましょうか」と言った。私は、「承知しました。お言葉のままに」と答えた。その時、日は西に沈み、黒馬は家路に向かおうとした。そこで、我が思いの程を述べようとして次の歌を贈った。

あさりする漁夫《あま》の子どもと人は言へど見るに知らえぬ貴人《うまひと》の子と　（八五三）

（歌意）魚を取る漁師の子どもだと人は言うけれども、一目見てわかりました。貴い人の子であると。

答ふる詩《うた》に曰く（娘の歌）

玉島《たましま》のこの川上《かはかみ》に家はあれど君を恥《やさ》しみあらはさずありき　（八五四）

（歌意）玉島川の上流に私の家はありますが、あなたへの恥ずかしさに、家や身の上を明かしませんでした。

蓬客《ほうかく》の更に贈る歌三首　（卑しいさすらい人＝旅の一行の歌）

松浦川《まつらがは》川の瀬光り鮎釣ると立たせる妹《いも》が裳《も》の裾《すそ》濡《ぬ》れぬ　（八五五）

松浦なる玉島川に鮎釣ると立たせる児《こ》らが家路《いへぢ》知らずも　（八五六）

遠《とほ》つ人松浦の川に若鮎《わかゆ》釣る妹が手本《たもと》を我れこそまかめ　（八五七）

（歌意）松浦川の川瀬が美しく照り映えて、鮎を釣ろうと立っているあなたの裳の裾が水に濡れている。（八五五）

松浦の玉島川で鮎釣りをしているあなたたちの家へ行く道が分かりません。（八五六）

〈遠つ人〉松浦川で若鮎を釣っているあなたの腕《かいな》を、私こそ巻きたいものです。（八五七）

娘子らが更に報《こた》ふる歌三首

若鮎《わかゆ》釣る松浦の川の川波《かはなみ》の並《なみ》にし思《も》はば我恋ひめやも　（八五八）

春されば我家《わぎへ》の里の川門《かはと》には鮎子《あゆこ》さ走《はし》る君待《きみま》ちがてに　（八五九）

松浦川七瀬《ななせ》の淀《よど》は淀むとも我は淀まず君をし待たむ　（八六〇）

（歌意）《序　若鮎を釣る松浦川の川波の、そのナミという言葉のように》並々にあなたを思うならば、私はこんなにも恋しく思うでしょうか。　（八五八）

春になると、私の家のある里の川の渡し場には、子鮎が飛び跳ねる。あなたを待ちかねて。　（八五九）

松浦川の多くの瀬にある淀は淀もうとも、私の心は淀むことなくあなたをお待ちしましょう。　（八六〇）

後人《こうじん》の追和《ついわ》する詩《うた》三首　帥老《そちらう》（後の人が追和した歌　旅人の作）

松浦《まつら》川川の瀬速《はや》み紅の裳《も》の裾濡《ぬ》れて鮎か釣るらむ　（八六一）

人皆《ひとみな》の見らむ松浦の玉島を見ずてや我は恋ひつつをらむ　（八六二）

松浦川玉島《たましま》の浦に若鮎《わかゆ》釣る妹らを見らむ人のともしさ　（八六三）

（歌意）松浦川の川瀬が早いので、娘たちは紅の裳の裾を濡らして鮎を釣っているだろうか。　（八六一）

人が皆見ているだろう松浦の玉島を見ないで、私は恋しく思っているのだろうか。　（八六二）

松浦川の玉島の浦で若鮎を釣っているかわいい娘たちを見ているであろう人の羨《うらや》ましいことよ。　（八六三）

「松浦川に遊ぶ」と題するこの一連の歌や序の文は、旅人たちの創作である。肥前の国の松浦川は、神功皇后が新羅征伐の成否を占って吉兆の鮎を得たことに因んで、ここの土地の女たちが釣りをすると伝えられていて、その釣りをする娘たちとの出会いを物語化したものである。作者は、旅人を中心に大宰府の官人たちが加わったものであろうと言われる。「後人の追和する詩三首」は、帥老とあるから、旅人の作である。この世の人ならぬ美女と出会って、歌を詠み交わす趣向は、「梧桐日本琴一面」と共通していて、「遊仙窟《ゆうせんくつ》」の影響がみられるという。「遊仙窟」とは、唐の時代の小説。作者が旅の途中に、道に迷って神仙の洞窟に入り込み、美しい娘と兄嫁の歓待を受けた艶ごとを書いた小説で、奈良時代に日本に伝来し万葉集以降の文学に影響を与えたという。旅人六十六歳、死の一年前であるが、心は若い。

大伴君熊凝《きみくまごり》が歌二首　大典《だいてん》麻田陽春《やす》作

国《くに》遠き道の長手《ながて》をおほほしく今日や過ぎなむ言問《ことど》ひもなく　（八八四）

朝露《あさつゆ》の消やすき我が身他国《ひとくに》に過ぎかてぬかも親の目を欲《ほ》り　（八八五）

（歌意）故郷を遠く離れた旅の途中なのに、心も暗く今日死んでいくのだろうか。父母と言葉を交わすこともなく。
（八八四）

〈朝露の〉消えやすい私の身であるが、異国ではとても死にきれないことだ。親に逢いたくて。　（八八五）

大宰府の大典（文書役）麻田連《むらじ》陽春《やす》が、旅の途中で客死した大伴熊凝に代わってその心を詠んだ歌である。

熊凝《くまごり》のためにその志を述ぶる歌に敬和《けいわ》する六首　序を并せたり　筑前国守山上憶良

（序訳）大伴君熊凝《くまごり》は、肥後国（熊本県）益城《ましき》郡の人である。歳十八、天平三年六月十七日、相撲使を務めた国衙《こくが》の役人某の従人となって奈良の都に上る途中に、運悪く病気にかかり、安芸国（広島県）の佐伯郡高庭の駅家《うまや》で死亡した。臨終のとき、熊凝は深くため息をつきながら言った。「聞くところによると、仮合《けごう》の身は滅びやすく、水の沫のようなはかない命は留まり難いということです。それ故に、古来多くの聖人・賢人たちもみな世を去ってしまった。ましてや、凡愚のいやしき者としてどうして死を逃げさけることができましょう。ただしかし、年老いた両親は、貧しい我が家にあって、約束の日を過ぎても帰らぬ私を待ちわび、きっと心を痛めて悔やむことでしょう。また、帰るべき時がきても帰ってこない私に落胆して、必ずや目が見えなくなるまで涙を流すことでしょう。哀しい父、痛ましい母。私一人が死の旅に立つことは何でもないが、ただ後に残る両親の苦しみを思って悲しむのです。今日永遠にお別れしたら、またいつの世にお目にかかることができましょうか」。そうして歌六首を作って死んだ。その歌に言う、

うちひさす　宮へ上《のぼ》ると　たらちしや　母が手離《はな》れ　常知《つね》らぬ　国の奥処《おくか》を　百《もも》重山《へやま》　越えて過ぎ行《ゆ》き　いつしかも　都を見むと　思ひつつ　語らひ居《を》れど　おのが身し　労《いた》はしければ　玉桙《たまほこ》の　道の隈廻《くまみ》に　草手折《くさたを》り　柴《しば》取り敷《し》きて　床《とこ》じもの　うち臥《こ》い伏《ふ》して　思ひつつ　嘆き伏せらく　国にあらば　父とり見まし　家にあらば　母とり見まし　世間《よのなか》は　かくのみならし　犬じもの　道に伏してや　命《いのち》過ぎなむ　（八八六）

たらちしの母が目見《み》ずておほほしくいづち向きてか我《あ》が別《わか》るらむ　（八八七）

常《つね》知らぬ道の長手《ながて》をくれくれといかにか行かむ糧《かりて》はなしに　（八八八）

家にありて母がとり見ば慰《なぐさ》むる心はあらまし死なば死ぬとも　（八八九）

出《いで》て行《ゆ》きし日を数へつつ今日《けふ》今日《けふ》と我《あ》を待たすらむ父母らはも　（八九〇）

一世《ひとよ》にはふたたび見えぬ父母を置きてや長く我《あ》が別れなむ　（八九一）

（歌意）〈うちひさす〉都へ上るのだと〈たらちしや〉母の手を離れて、常には何も知らない、他国の奥深くを、山々を越えて過ぎ行きて、一日も早く都を見たいものだと思いつつ、互いに語り合っていたが、我が身が病んで苦しいので、〈玉桙の〉道の曲がり角ごとに草を手折り、柴を取って敷いて、寝床のようにして臥せって、思案しながら嘆いていたことは、「国にいたら父が看病してくれるだろうに、家にいたら母が看病してくれるだろうに。人の世の中とは、こんなものであるようだ。犬のように道に伏して死んでしまうのだろうか」。　（八八六）

〈たらちしの〉母にお目にかかれず、ふさいだ気持ちのまま、私はどの方向に向かって別れて行っているのであろうか。　（八八七）

勝手知らない長い道のりを、心暗くどのように行こうか。食べ物はないのに。　（八八八）

家にいて母が看病してくれたら、心慰むることができるだろうに。死んでしまうとしても。　（八八九）

出て行った日から何日経ったと数えながら、「今日かなあ、今日かなあ」と、私の帰りを待っておられる父母よ。（八九〇）

この世では再び会うことのできない父母を置いて、永久に私は別れてしまうのだろうか。　（八九一）

亡くなった熊凝に代わってその心を詠んだ麻田陽春《やす》の歌に、山上憶良が謹んで和した序と、長歌と短歌である。家族の絆を大切に思う憶良は、客死した若干十八歳の熊凝の無念さを人一倍感じ取ったことであろう。臨終の苦しみの中で父母を思い、嘆き悲しむ熊凝の気持ちを、熊凝に成りきって丁寧に詠っている。八九〇番の「出て行きし日を数へつつ今日今日と我を待たすらむ父母らはも」は、私もつい感情移入して目頭が熱くなるのである。父母を思いやる気持ちの溢れた歌である。

当時の旅は厳しいもので、道中で行き倒れてしまうことがままあった。旅の歌に不安感・寂しさが付きまとうのはそのためであろう。だから、無事に故郷へ帰れた時の嬉しさはまた格別であった。

貧窮問答《ひんきゆうもんだふ》の歌一首　幷せて短歌

風《かぜ》交《まじ》り　雨降る夜の　雨交り　雪降る夜は　すべもなく　寒くしあれば　堅《かた》塩《しほ》を
とりつづしろひ　糟《かす》湯《ゆ》酒《ざけ》　うちすすろひて　しはぶかひ　鼻びしびしに　しかと
あらぬ　ひげ掻《か》き撫《な》でて　我《あ》れをおきて　人はあらじと　誇《ほこ》ろへど　寒くしあれ
ば　麻《あさ》衾《ぶすま》　引き被《かがふ》り　布《ぬの》肩《かた》衣《ぎぬ》　ありのことごと　着《き》襲《そ》へども　寒き夜《よ》すらを　我《わ》
れよりも　貧しき人の　父母は　飢《う》ゑ寒《こご》ゆらむ　妻《め》子《こ》どもは　乞ひて泣くらむ
この時は　いかにしつつか　汝《な》が世は渡る
天《あめ》地《つち》は　広しといへど　我《あ》がためは　狭《さ》くやなりぬる　日《ひ》月《つき》は　明《あか》しといへど
我《あ》がためは　照りやたまはぬ　人皆か　我《あ》のみやしかる　わくらばに　人とはあ

るを　人並《ひとなみ》に　我《あ》れも作るを　綿もなき　布肩衣《ぬのかたぎぬ》の　海松《みる》のごと　わわけさがれる　かかふのみ　肩にうち掛け　伏廬《ふせいほ》の　曲廬《まげいほ》の内に　直土《ひたつち》に　藁《わら》解《と》き敷きて　父母は　枕の方《かた》に　妻子どもは　足《あと》の方に　囲《かく》み居《ゐ》て　憂《うれ》へさまよひ　かまどには　火気《ほけ》吹き立てず　甑《こしき》には　蜘蛛の巣かきて　飯炊《いひかし》く　ことも忘れて　ぬえ鳥の　のどよひ居《を》るに　いとのきて　短き物を　端《はし》切ると　いへるがごとく　しもと取る　里長《さとをさ》が声は　寝屋処《ねやど》まで　来立《きた》ち呼ばひぬ　かくばかり　すべなきものか　世間《よのなか》の道　（八九二）

世間《よのなか》を厭《う》しと恥《やさ》しと思へども飛び立ちかねつ鳥にしあらねば　（八九三）

山上憶良　頓首　謹上

（歌意）風に交じって雨が降る夜の、雨に交じって雪が降る夜は、どうしようもなくただただ寒いので、堅塩をちびちびと食べ、糟湯酒をすすりながら、咳き込んで、鼻をぐずぐず鳴らして、粗末な髭をかき撫でて、自分以外に人はあるまいと威張ってはみるのだが、とにかく寒くて仕方がないので、麻の夜具を引きかぶり、布肩衣《ぬのかたぎぬ》（布製の粗末な袖無し）をありったけ重ね着するのだがまだまだ寒い夜なのに、我よりも貧しい人の父母は飢えこごえているだろう。妻子は物をせがみながら泣いているだろう。こんな時には、どのようにしてお前は世の中を渡っていくのか。

天地は広いと言うけれど、我には狭くなったのか。日月は明るいと言うけれど、我には照ってもくださらない。

人皆がこうなのか、それとも我のみがこうなのか。幸いにも人間として生まれてきたのに、人並みに自分もせっせと働いているのに、綿の入っていない布肩衣の海松《みる》のようにぼろぼろに破れたぼろ布ばかりを肩に打ちかけて、掘っ立て小屋の歪んだ小屋の中に、地べたに藁を解き敷いて、父母は枕の方に、妻子たちは足の方に、（この頼りにならない我を）とり囲んで座っては、嘆きうめいている。かまどには火の気も立てず、こしきには蜘蛛の巣がかかり、飯を炊くことも忘れて、ぬえ鳥のように細々と悲しげにうめいているのに、「格別に短い物の端を切る」という諺のように、笞《むち》をかざした里長の声が、寝屋の戸口まで来て税を出せと呼び立てている。こんなにも致し方のないことなのか。この世の中を渡っていくということは。（八九二）

この世の中を厭なところ、身も細るような所だと思うけれども、飛び立っていってしまうこともできない。鳥でないのだから。（八九三）

山上憶良頓首《とんしゅ》し、謹んで献上いたします。

有名な「貧窮問答の歌」である。筑前の国から帰京後の天平四年の冬のころの作であるという。万葉集の中で貧困をテーマにした歌は、憶良のこの歌のみであり、しかも中身のとても濃い歌である。何回読んでも味がある。貧しさを詠っていて読者の共感を得られるということは、この歌の中に貧しい者への温かい思いが満ちているということである。

この歌は、題名のように貧者と窮者の問答という形になっている。歌の季節は冬、寒さにふるえるいやな季節である。そこに、まず貧者が登場する。その貧相な様は、「堅塩をちびちびと舐め、糟湯酒をすすり、せき込み、鼻をぐずぐずと鳴らし、粗末なひげを掻きなでて、それでも、『俺こそは』と威張ってみせるが寒さに震えている」と、実に具体的で写実的である。滑稽で哀れに思えるが、決して見下してはいない。温かい目で描いている。この貧者は、憶良から見れば貧しさに耐えながらどうにか現世を生きている人々の姿であり、愛すべき人々である。若いころの憶良自身を投影していると言えるだろうか。今は、国守になって豊かな生活ができるようになったが、かつて苦しさを経験してきた憶良には、この貧しい人々に共感できる心があったのである。そして、これらの人々の貧しさに共感できた時に、さらに貧しい窮者に思いを寄せることができるのである。

憶良は貧者をして窮者に問いかける。「このように寒い時には、お前はどのように過ごしているのか」と。すると、返ってきた答えは、それは惨《むご》いものであった。

窮者は、「天地は広いと言うけれど、我には狭くなったのか。日月は明るいと言うけれど、我には照ってもくださらない。人皆がこうなのか、それとも我のみがこうなのか。幸いにも人間として生まれてきたのに、人並みに自分もせっせと働いているのに」と、逆に問い返しつつ窮状が語られる。この問い返しは、現代社会にも全く通用する鋭い問い返しである。憶良の思想の根底には、儒教や仏教を学ぶ中から育んだ「弱者への愛」と言えるものがしっかりと根づいていると思われる。

さて、窮者の語る窮状は次のようである。住む家は、「掘っ立て小屋の歪んだ小屋の中に、地べたに藁を解き敷いて」と描写する。写実的な描写である。これは、憶良が国守として、伯耆国や筑前国を視察した時の実体験に基づいた描写であろう。当時の一般的な農家の姿である。こんな厳しい環境の中でも農民はたくましく生きてきたのである。しかし、食べ物については、「かまどには火の気も立てず、こしきには蜘蛛の巣がかかり、飯を炊くことも忘れて、ぬえ鳥のように細々と悲しげにうめいている」という描写である。ここがなんともやりきれない。貧しくてもどうにか食べ物があれば、寒い冬をしのいでいけるのであるが、全く食べ物がなく、かまどもこしきも使った形跡がない。極貧の姿である。この状況の中で窮者の家族はどのように描かれているのだろうか。「父母は枕の方に、妻子たちは足の方に、(この頼りにならない我を)とり囲んで座って……」と描写している。父母を敬い妻子を大事にする儒教の精神が反映している。人間窮すれば心も乱れてしまうのが世の常だが、ここに描かれる窮者の家族は善良な人々である。だから一層不憫に思うのである。そして更に追い打ちをかけるように里長が税を取り立てに来ると描く。この描写は、憶良が国守の時には書けなかった描写であろう。里長も国守のもとで税を取っているからである。

退職して都に戻った憶良は、当時を振り返り、農民の窮状を救ってやれなかった悔恨の念から、農民の窮状を上層部に伝えて改善してもらうべくこの歌を作り謹上したのであろう。歌の最後にある「山上憶良　頓首　謹上」がそれである。謹上した相手は誰であろうか。旅人はすでに亡くなっている。中西進氏は、多治比県守《たじひのあがたもり》であろうという。氏によると、県守は憶良と親しく、天平四年当時、中納言として太政官の有力者の一人であったという。

歌の達者な憶良は、自分にできる最善を尽くして貧民の窮状を訴え改善を願ったのであろう。温かい眼差しで国の民をみた憶良の人柄が偲ばれる。憶良が亡くなる一年前の歌である。

好去好来《かうきよかうらい》の歌一首反歌二首

神代《かむよ》より　言ひ伝《つ》て来《く》らく　そらみつ　大和の国は　皇神《すめかみ》の　厳《いつく》しき国　言霊《ことだま》の幸《さき》はふ国と　語り継ぎ　言ひ継《つ》がひけり　今の世の　人もことごと　目の前に見たり知りたり　人さはに　満ちてはあれども　高照《たかて》らす　日《ひ》の大朝廷《おほみかど》　神《かむ》ながら　愛《め》での盛りに　天の下　奏《まを》したまひし　家の子と　選ひたまひて　勅旨《おほみこと》　戴《いただ》き持ちて　唐国《からくに》の　遠き境《さかひ》に　遣《つか》はされ　罷《まか》りいませ　海原の　辺にも沖にも神《かむ》づまり　うしはきいます　もろもろの　大御神《おほみかみ》たち　船舳《ふなのへ》に　導きまをし　天地の　大御神たち　大和の　大国御魂《おほくにみたま》　ひさかたの　天《あま》のみ空ゆ　天翔《あまがけ》り　見わたしたまひ　事終《ことをは》り　帰らむ日には　またさらに　大御神たち　船舳《ふなのへ》に　御手《みて》うち懸《か》けて　墨縄《すみなは》を　延《は》へたるごとく　あぢかをし　値嘉《ちか》の崎より　大伴の　御津《みつ》

の浜《はま》びに　直泊《ただは》てに　御船《みふね》は泊《は》てむ　障《つつ》みなく　幸《さき》くいまして　早《はや》帰りませ
（八九四）

反歌

大伴の御津《みつ》の松原かき掃《は》きて我立ち待たむ早帰りませ　（八九五）

難波津《なにはつ》に御船泊《は》てぬと聞こえ来《こ》ば紐解《ひもと》き放《さ》けて立ち走《ばし》りせむ　（八九六）

（歌意）神代より語り伝えてきたことには、〈そらみつ〉大和の国は、皇神の威光が厳重な国、言葉の霊が幸せを与える国であると語り継ぎ、言い継いできた。今の世の人も皆、目の当たりに見たりして知っていることだ。この世に人はたくさん満ちているけれども、〈高光る〉天の日継ぎの朝廷で、神としての天皇の寵愛の御心のままに、天下の政治を奏上なされた家柄の子息としてお選びになって、大御言を承って、唐の遠い境に遣わされて下向なさる。海原の岸にも沖にも、神として留まって支配するあまたの大御神たちは、船の舳先《へさき》に先導をされ、天地の大御神たち、中でも大和の大国御魂《おおくにみたま》は〈ひさかたの〉天の大空に天がけってお見渡しになられてお守りする。遣唐使の仕事を終えて帰る日には、またさらに、大御神たちが、船の舳先に御手を掛けられて、墨縄を引いたように、〈あぢかをし〉値嘉《ちか》の入江から大伴の御津の浜辺に向けて、一直線に御船は港に入って泊まるでしょう。つつがなく無事に出発されて、早くお帰り下さい。　（八九四）

反歌

大伴の御津の松原を掃き清めて、私はそこであなた様のお帰りをお待ちしましょう。早くお帰り下さい。

（八九五）

難波津に御船が着いたと聞こえてきたら、結んだ紐を解き放って跳ね回って喜びましょう。（八九六）

天平五年（七三三年）の三月一日に、遣唐大使の多治比真人広成《たじひのまひとひろなり》が憶良の家を訪問した。憶良は大宝元年（七〇一年）に遣唐少録として唐に渡った大先輩であるので、広成は憶良の所へ挨拶に行ったのであろう。憶良は、返礼にこの歌を作り、三日に広成に献上している。

広成は、天平四年（七三二年）八月に遣唐大使に命ぜられ、翌五年（七三三年）の三月二十六日に、聖武天皇から節刀を授かっている。節刀は遣唐使の長官に天皇が授けた刀で、天皇の権限を代行する意味を持っていた。つまり日本国を代表する使いとして、それはそれは責任のある重大な使命を授かったのである。そして四月三日に、遣唐使の四船が難波の津を出港して唐へ向かった。一隻に百人以上が乗船し、総勢四、五百人程の大がかりなものであった。往路は全船が無事に大陸に着いて、唐の都長安に向かうことができた。しかし復路が大変であった。広成らの乗った第一船は、翌天平六年（七三四年）十一月二十日に種子島に漂着して都に向かい、翌天平七年三月十日に都に上り、授かった節刀を返上して無事役目を果たすことができた。しかし、第三船の平群広成らは、難破して崑崙国（ベトナム中部沿海地方）に漂流し、六年後の天平十一年（七三九年）に四人のみが帰国しただけで、第四船は難破して帰ることができなかった。だから、遣唐使に選ばれて行くことは、名誉であると共に決死の覚悟での参加であった。そういう状況を頭に入れて読むと、憶良の思いに共感できるのである。

長歌の骨組みは、まず大和の国のよさを詠い、次に広成が選ばれた訳を述べる。そして往復の航路の無事を祈り、最後は「障《つつ》みなく幸くいまして早帰りませ」で締めくくる形となっている。

まず初めの大和のよさとは、「皇神の威光が厳重な国、言霊《ことだま》が幸せを与える国である」と詠う。「言霊」は、言葉に宿っている不思議な霊威で、古代は、その言霊の働きで言葉通りになると信じられていた。

そして次に広成が選ばれた訳を述べる。「天の下奏したまひし家の子と」とある。（このすばらしい）大和の国の中にはたくさんの人がいるが、その中から天下の政治を奏上なされた家柄の子息として広成が選ばれたと詠う。彼の父、多治比嶋《しま》は持統・文武朝で、左右の大臣を勤めている。また、彼の兄の県守《あがたもり》は、前回の第九次の遣唐押使を務めている。遣唐押使は、遣唐大使よりもさらに上の役職であった。普通は遣唐大使が一番上だが、九次の時はさらに上の遣唐押使を設けていた。つまりこんな家系であるから、あなた様が最適の人物ですと讃えているのである。

そして一番中心の往復の航路の無事を祈る段になる。遣唐使にとって一番の不安は海難事故である。だからその不安を解消させるために神々を総動員させる。海の神は船の舳先を先導し、また天地の神、中でも大和の大国御魂《おおくにみたま》は、天上からずっと見守ってくれると詠う。そして無事仕事を終えて帰る時には、大御神たちが、船の舳先に手を掛けて、一直線に御津の浜辺に導いてくれると詠っている。神々に守られて無事に帰って欲しいと強く願っている。一見大げさに聞こえるが、憶良自身の体験からの切実な思いが込められている部分である。遣唐使の無事を願って真剣に詠んだ、憶良らしい真面目さが表れている歌であると思う。巻一には、憶良が遣唐使として唐にいる時に、日本を想って作った「いざ子ども早く日本《やまと》へ大伴の御津の浜松待ち恋ひぬらむ」(六三)がある。

短歌についての説明は省略する。巻八の一四五三番から一四五五番の歌では、笠金村が、同じ三月に遣唐使に同じように歌を贈っている。

老身《らうしん》に病を重ね、年を経て辛苦《しんく》して、児等《こら》を思ふに及びし歌七首　長歌一首、短歌六首

たまきはる　うちの限りは　平《たひ》らけく　安くもあらむを　事もなく　喪《も》なくもあらむを　世の中の　憂《う》けく辛《つら》けく　いとのきて　痛き瘡《きず》には　辛塩《からしほ》を　注《そそ》くちふがごとく　ますますも　重き馬荷《うまに》に　表荷《うはに》打つと　いふことのごと　老いにてある　我《あ》が身の上に　病をと　加へてあれば　昼はも　歎《なげ》かひ暮らし　夜はも　息

づき明かし　年長く　病みし渡れば　月累《かさ》ね　憂へ吟《さまよ》ひ　ことことは　死ななと
思へど　五月《さ》蠅《ばへ》なす　騒く子どもを　打《う》棄《つ》てては　死には知らず　見つつあれば
心は燃えぬ　かにかくに　思ひ煩《わづら》ひ　音《ね》のみし泣かゆ　（八九七）

反歌

慰むる心はなしに雲《くも》隠《がく》り鳴き行く鳥の音《ね》のみし泣かゆ　（八九八）
すべもなく苦しくあれば出《い》で走り去ななと思へど児《こ》らに障りぬ　（八九九）
富《とみ》人《ひと》の家の子どもの着る身なみ腐《くた》し捨つらむ絹《きぬ》綿《わた》らはも　（九〇〇）
荒《あら》たへの布《ぬの》衣《きぬ》をだに着せがてにかくや歎かむせむすべをなみ　（九〇一）
水《み》沫《なわ》なすもろき命も栲《たく》縄《なは》の千《ち》尋《ひろ》にもがと願ひ暮らしつ　（九〇二）
倭《し》文《つ》たまき数にもあらぬ身にはあれど千《ち》年《とせ》にもがと思ほゆるかも　（九〇三）

老いた身に病を重ねて、長年にわたって苦しみ、子どもたちのことを案ずるに至った歌

（歌意）〈たまきはる〉この世に居る限りは、平らかで安らかにありたいものを、何事もなく、災いもなくありたいものなのに、世間の憂く辛いことには、「とりわけ痛い傷にはさらに塩水を注ぐ」という諺のように、また、「重い馬荷には、ますます追加の荷物をのせる」というように、年とった私の体に病まで背負われているので、昼は昼で嘆き暮らし、夜は夜でため息をついては明かし、年長く病んできたので、月を重ねて嘆き悲しみ、同じことなら

死にたいと思うけれども、〈五月蠅《さばへ》なす〉騒ぐ子どもを見ると、打ち捨てて死ぬ気にはなれず、じっと子どもを見ていると心は燃え立つ。あれこれと思いわずらって泣けて泣けてしかたのないことである。（八九七）

反歌

憂いを慰めることもできずに、雲に隠れて鳴いて渡る鳥のように泣けて泣けて仕方のないことである。（八九八）

どうしようもなく苦しいので、家を出て走り去ってしまいたいと思うけれども、子どもたちに妨げられてしまう。（八九九）

裕福な家の子どもが、身に着けきれなくて腐らせて捨てるという絹布や真綿などよ。（九〇〇）

荒い布の着物でさえも、子どもたちに着せてやることができなくて、このように嘆くばかりだ。どうしようもなくて。（九〇一）

水の沫のようなもろい命であるが、〈栲縄の〉千尋のながさであってほしいと願い暮らしてきた。（九〇二）

〈倭文たまき〉数の内にも入らないようなつたない我が身であるが、千年も生きたいと思われることだ。（九〇三）

長歌の骨子は、「この世に生きる限りは平安無事でいたいが、年を取り病気まで患ってしまったので、悲嘆にくれ死にたいとも思う。しかし、元気に騒ぐ子どもを見ると、まだ頑張らねばと心が燃え立つ。いろいろと思い悩んで泣けてしまうことだ」となる。ここに、二つのことわざ「いとのきて痛き瘡には辛塩を注く」と「ますます重き馬荷に表荷打つ」を入れて苦痛を強調している。この二つのことわざは、貧窮問答歌の「いとのきて短き物を端切る」と同じ意味のことわざである。憶良は、このようなことわざを使って強調する表現方法が得意だったようだ。「辛くて死にたいとの弱音も起こるが、可愛い子どもを見ていると、自分はもっと頑張って生きなくてはならないと思う」憶良の気持ちは、嘘や偽りのないものである。

反歌は六首もある。普通には反歌は一、二首が多いが、憶良の場合は、「日本挽歌」では五首、「熊凝のためにその志を述ぶる歌に敬和する歌」でも五首と多い。それだけ思いが多いということである。ここの六首の歌は、内容で整理すると四つにまとめられる。一番目の歌は、長歌の終わりの部分と同じで現在の心境を総括している。二つ目の歌も長歌に述べた心境である。三・四番目の歌は、長歌ではふれなかった内容で、子どもによい着物を着せてやれなくて、裕福な家の子どもを羨む歌である。この歌を読むと意外な感じもして疑問も起こる。憶良は筑前の国守を務めた程の人物だから、今は退いていても、それなりの収入は保障されていて生活に困ることはなかったはずである。「荒たへの布衣をだに着せがてに」という状況ではないのに、なぜそのように詠うのか。しっかりとした答えを見いだせないが、今言えることは、子を思う親心故にということである。「かわいい我が子には、少しでもよい着物を着せてあげたい。少しでもよい生活をさせたい。けれど、年金生活では贅沢はできない。一方、国守を務めた仲間を見渡すと、裕福で贅沢な生活をしている家があちらこちらにあるではないか。この違いは一体何なんだ」との嘆きが聞こえてくるようである。五・六番目の歌は、全く同じ内容である。愛する家族を思うと自分はまだまだ生きていたいとの強い思いを詠っている。

この歌は、天平五年（七三三年）六月三日に作られた。齢七十四歳。そしてこの年に憶良は亡くなっているのである。死が迫りきても子どものために生に執着している憶良の気持ちを想う。

男子《をのこ》、名は古日《ふるひ》に恋ふる歌三首　長歌一首　短歌二首

世の人の　貴《たふと》び願ふ　七種《ななくさ》の　宝も我れは　何せむに　我が中の　生れ出《い》でたる
白玉の　我《あ》が子古日《ふるひ》は　明星《あかぼし》の　明《あ》くる朝《あした》は　しきたへの　床《とこ》の辺《へ》去らず　立て
れども　居《を》れども　ともに戯《たはぶ》れ　夕星《ゆふつづ》の　夕《ゆふへ》になれば　いざ寝よと　手をたづさ
はり　父母も　うへはなさがり　さきくさの　中にを寝むと　愛《うつく》しく　しが語ら

へば　いつしかも　人と成り出《い》でて　あしけくも　よけくも見むと　大船《おおふね》の　思ひ頼むに　思はぬに　横しま風の　にふふかに　覆《おほ》ひ来《きた》れば　為《せ》むすべの　たどきを知らに　しろたへの　たすきを懸け　まそ鏡　手に取り持ちて　天つ神　仰ぎ乞《こ》ひ禱《の》み　国つ神　伏して額《ぬか》つき　かからずも　かかりも　神のまにまにと　立ちあざり　我《あ》れ乞ひ禱《の》めど　しましくも　よけくはなしに　やくやくに　かたちくづほり　朝《あさ》な朝《さ》な　言ふことやみ　たまきはる　命絶えぬれ　立ち躍《をど》り　足すり叫び　伏《ふ》し仰ぎ　胸打ち嘆《なげ》き　手に持てる　我《あ》が子飛ばしつ　世間《よのなか》の道

（九〇四）

反歌

若ければ道行き知らじ賄《まひ》はせむ黄泉《したへ》の使負《お》ひて通《とほ》らせ　（九〇五）

布施《ふせ》置きて我《あ》れは乞《こ》ひ禱《の》むあざむかず直《ただ》に率《ゐ》行《ゆ》きて天道《あまぢ》知らしめ　（九〇六）

（歌意）世間の人が貴び欲しがる七種の宝も、私はなんで欲しかろうか。私たちの間に生まれた白玉のような、わが子古《ふる》日《ひ》は、〈明星の〉明けた朝には、〈しきたへの〉床の辺りにいつまでもいて、私たちが立っていても座っていても、一緒に戯れて遊び、〈夕星の〉夕方になると、「さあ、寝ようよ」と手をつないで、「父ちゃん母ちゃんも、ぼくのそばを離れないでね。〈さきくさの〉真ん中に寝たいよ」とかわいらしく、その子が言うものだから、「いつになったら一人前になるだろう。良くも悪くも、〈古日の〉将来を見とどけよう」と、〈大船の〉頼みにしていた時に、思いもかけず、邪悪な風が俄《にわ》かに吹きかかったので〈急に病魔に襲われたので〉、どうしてよいのか方法も分からず、〈しろたへの〉白いたすきを懸けて、まそ鏡を手に取り持って、天つ神をふり仰いで願い、国つ神に伏して額ずき、どうあろうとも神の思し召しのままと、取り乱して乞い願ったが、少しの間もよくなることはなく、次第次第に顔かたちがぐったりとしてきて、朝ごとに言葉も途絶えてきて、〈たまきはる〉尊い命が絶えてしまった。地団駄をふんで泣き叫び、伏し仰ぎ、胸を打ち嘆く。かくて、手に抱えた我が子を飛ばしてしまった〈亡くしてしまった〉。ああ、これが世の中の道ということなのか。（九〇四）

反歌

年端《としは》も行かないものだから、どう行ってよいか分からないだろう。お礼の贈り物をさしあげるから、黄泉への使者よ、この子を背負って連れて行っておくれ。（九〇五）

布施を奉って私は乞い願う。間違った方向に導かず、まっすぐに連れて行って、天上の道を知らせてやっておくれ。（九〇六）

この歌の後に「右の一首（九〇四・九〇五・九〇六）は、作者が判明しない。ただ歌の作り方が山上憶良の作風に似ているので、この場所に載せる」という説明がある。憶良の作とみて間違いなさそうである。問題になるのは、ここで詠う「古日」は、誰の子かということである。憶良の子なのか、はたまた知人の子なのか。憶良は、「日本挽歌」では旅人に成り代わって旅人の妻の死の悲しみを詠い、熊凝を詠った歌では熊凝に成り代わって詠っているから古日は憶良の子でないかもしれない。また作歌年代もはっきりしない。憶良の子であれば、歌の響きは更に高まり作品としては好都合であるが、そこはあえて考えないでおく。万葉集の中で、子どもの死を詠った歌は他には無いので、とても貴重な歌である。

長歌は、可愛い古日の様子が具体的に描かれていて、古日の成長を願う父親の思いに共感を覚える。そんな可愛い古日が、突然の病に冒されてしまい、禱る甲斐もなく徐々に衰えてついに亡くなってしまう。地団駄をふんで泣き叫び、伏し仰ぎ、胸を打ち嘆く様をきっちりと描いている。

反歌がとてもよい。九〇五番の「賄はせむ黄泉《したへ》の使負ひて通らせ」は、実際に子を亡くした親でなければ思いつかないような愛情に満ちた表現である。とても共感を覚える歌である。

巻六

離宮のあった吉野宮滝を流れる吉野川

巻六には、「雑歌」百六十首。奈良時代の宮廷をめぐる行幸歌や集宴歌など、種々の公の場での歌を載せている。時代としては、養老七年（七二三年）から天平十六年（七四四年）ごろまでにまたがっている。ここでは、その中から三十七首を選んで載せた。

雑歌

車持朝臣千年《くるまもちのあそみちとせ》が作る歌一首并《あは》せて短歌

味凝《うまこ》り　あやにともしく　鳴る神の　音《おと》のみ聞きし　み吉野の　真木《まき》立つ山ゆ
見下ろせば　川の瀬ごとに　明け来れば　朝霧立ち　夕されば　かはづ鳴くなへ
紐解《ひもと》かぬ　旅にしあれば　我のみして　清き川原を　見らくし惜《を》しも　（九一三）

反歌

滝の上の三船の山は畏《かしこ》けど思ひ忘るる時も日もなし　（九一四）

〈歌意〉〈味凝《うまこ》り〉妙に懐かしく、〈鳴る神の〉噂に聞いたみ吉野の真木繁る山から見下ろすと、吉野川の川の瀬ごとに明けてくれば、朝霧が立ち、夕方になると河鹿ガエルの鳴き声が聞こえる。紐解かぬ旅であるので、私だけで清き川原を見るのは惜しいことだ。　（九一三）

反歌

宮滝のほとりの三船の山を見ると、畏敬の念に身もつつしまれるが、大和へ残してきた妻を忘れる時は片時もない。（九一四）

「味凝《うまこ》り」は綾《あや》にかかる枕詞。「音のみ聞きし」の「音」は、うわさ、風聞。「紐解かぬ旅」は、妻を伴わない一人旅のこと。「畏《かしこ》けど」は、畏敬の念に身がつつしまれるがの意。

養老七年（七二三年）五月に、元正天皇が吉野離宮に行幸した時に、従駕した車持千年《ちとせ》が作った吉野賛歌である。「音のみ聞きし」とあるから、車持千年にとっては初めての吉野であろう。この歌のよいところは、吉野の山から見下ろした吉野川の景色を詠っているところである。見る位置が変わると風景も新鮮になる。川の瀬ごとに川霧が立ち込める景色は想像しても美しいと思う。そんな川に夕方は河鹿ガエルの鳴き声がする。河鹿ガエルはどんな鳴き声か興味があったのでインターネットで調べたらその動画があり声を聞くことができた。姿は普通の蛙であり、カジカとは違う。鳴き声はとてもきれいで澄んだ声であり、清流の流れに合った声で鳴く。清々しい夏の景色を印象付けている。そんな景色に感動し、妻にも見せたいものだと詠っている。反歌は、長歌の最後の部分「我のみして清き川原を見らくし惜しも」をさらに強めて、「（家にいる妻を）思ひ忘るる時も日もなし」と妻への思慕を詠う。

神亀元年甲子《きのえね》の冬の十月五日に、紀伊《き》の国に幸《いでま》す時に、山部宿禰《すくね》赤人が作る歌一首并せて

短歌

やすみしし　我ご大君の　常宮《とこみや》と　仕《つか》へ奉れる　雑賀野《さひかの》ゆ　そがひに見ゆる　沖つ島　清き渚に　風吹けば　白波騒き　潮干《ふ》れば　玉藻刈りつつ　神代より　しかぞ貴き　玉津島山《たまつ》　（九一七）

反歌二首

沖つ島荒磯《ありそ》の玉藻潮干《しほひ》満ちい隠《かく》りゆかば思ほえむかも　（九一八）

若の浦に潮《しほ》満ち来れば潟《かた》をなみ葦辺《あしへ》をさして鶴《たづ》鳴き渡る　（九一九）

（歌意）〈やすみしし〉我が大君が、永久不変の離宮として造られた雑賀野《さいかの》の離宮から、後方に見える沖の島の清い渚に、風が吹くと白波が揺れ、潮が引くと玉藻を刈ってきていて、神代からそのように貴いことよ、玉津島山は。（九一七）

反歌二首

沖の島の荒磯の玉藻が、潮が満ちてきて、波の間に隠れて見えなくなってしまったならば、恋しく思われることだなあ。（九一八）

若の浦に潮が満ちてくると干潟がなくなり、葦の生えている辺りをめざして鶴が鳴き渡っていく。（九一九）

神亀元年（七二四年）十月五日に、聖武天皇が紀伊の国に行幸した時に、山部宿禰赤人が作った歌である。

雑賀野《さいかの》は、和歌山市南部、和歌浦町の西北の一帯であるという。そこに離宮があり、紀伊の国への行幸では、ここに滞在した。その離宮の背後に見える沖の中にある島、玉津島の美しさを詠って離宮を賛美、ひいては天皇を賛美した歌である。かつて海の中にあった玉津島は、現在は陸上にあり、手前に玉津島神社があるという。反歌にある若の浦は玉津島神社付近で、現在は陸地になっているが、かつては和歌浦という海辺であった。鶴の群れが葦辺をめざして鳴きわたっていく冬の海辺の情景が浮かぶ。美しい情景をリズム感よく詠っている秀歌である。

山部宿禰赤人が作る歌（二首中の一首）幷せて短歌

やすみしし　我ご大君の　高知らす　吉野の宮は　たたなづく　青垣《あをかき》隠《ごも》り　川なみの　清き河内《かふち》ぞ　春へは　花咲きををり　秋されば　霧立ちわたる　その山の　いやますますに　この川の　絶ゆることなく　ももしきの　大宮人は　常に通《かよ》はむ　（九二三）

反歌二首

み吉野の象《きさ》山《やま》の際《ま》の木末《こぬれ》にはここだも騒く鳥の声かも　（九二四）

ぬばたまの夜の更けゆけば久《ひさ》木《き》生《お》ふる清き川原《かはら》に千鳥しば鳴く　（九二五）

（歌意）

〈やすみしし〉我が大君が立派にお作りになられた吉野の宮（離宮）は、幾重にも重なる青垣のような山々に囲まれて、川波の清冽なところである。春には花が咲き茂り、秋がくると、霧が一面に立ち渡る。その吉野の山のようにますます重ねて、この吉野の川のように絶えることなくいつまでも〈ももしきの〉大宮人はここへ通い続けることだろう。　（九二三）

反歌

美しい吉野の、象山《きさやま》の山あいの梢では、こんなにもたくさんの鳥が鳴き騒いでいることよ。　（九二四）

〈ぬばたまの〉夏の夜がしんしんと更けていくと、久木《ひさき》が生えている清い川原では千鳥がしきりに鳴いている。

（九二五）

赤人が詠った吉野賛歌である。長歌では、吉野離宮からの山河を春景と秋景とを対比させて賛美し、この離宮の永久不変を念じている。反歌では、昼間の山のすがすがしさと夜の川原の清冽さとを、共に鳥を配置させて詠っている。実に巧みに構成された歌である。言葉も洗練され、リズムも流暢で口ずさむとすがすがしさを覚える。特に短歌二首は、夏の吉野の景色のすばらしさを、日中の万緑の象山《きさやま》の木の梢と、夜の月光に映し出された吉野川の清冽な川原に焦点化し、そこに共に高い声でしきりに鳴く鳥を配することで、一層すがすがしさと静寂さとを引き立たせている。芭蕉の「閑かさや岩にしみいる蟬の声」を連想させる。写りのよい大型の写真機で克明に描写された美しい風景写真を見るような秀歌である。宮廷歌人として赤人も、行幸につき従って各地へ出かけて、たくさんの優れた長歌や短歌を作っているが、その中でもこの二首の短歌は傑出している。

冬の十月に、難波の宮に幸《いでま》す時に、笠朝臣金村が作る歌一首并せて短歌

おしてる　難波の国は　葦垣《あしかき》の　古《ふ》りにし里と　人皆の　思ひやすみて　つれもなく　ありし間に　績麻《うみを》なす　長柄《ながら》の宮に　真木《まき》柱《ばしら》　太高敷《ふとたかし》きて　食《を》す国を　治めたまへば　沖つ鳥　味経《あじふ》の原に　もののふの　八十伴《やそとも》の男《を》は　廬《いほ》りして　都成したり　旅にはあれども　（九二八）

反歌

荒野《あらの》らに里はあれども大君の敷きます時は都となりぬ　（九二九）

海女郎女《あまをとめ》棚《たな》なし小舟《をぶね》漕ぎ出《づ》らし旅の宿りに楫《かぢ》の音《おと》聞こゆ　（九三〇）

（歌意）〈おしてる〉難波の国は〈葦垣の〉古びた里だと、人皆が思いを寄せることもなく、心にもかけなくなっていたときに、〈績麻なす〉難波の長柄の宮に真木柱を太く高く据え立てて、天下をお治めになるので、〈沖つ鳥〉味経《あじふ》の原に、大勢の文武の官人たちは、仮小屋に宿って都としている。旅先ではあるけれども。　（九二八）

反歌

荒野のような所に里はあるけれども、大君が治められる時には都となったことよ。　（九二九）

海女郎女《あまおとめ》が棚なし小舟を漕ぎ出すらしい。旅の宿りに楫の音が聞こえる。　（九三〇）

神亀二年（七二五年）十月十日に、聖武天皇が難波の宮に行幸した時に、従駕した笠金村が作った歌である。難波の宮は、六五一年に孝徳天皇が遷居した難波長柄豊碕宮《ながらとよさきのみや》のことである。この宮は、六四五年のクーデター後に造営が始まり、立派な宮殿として完成したが、たった四年間しか使用せずに、後は顧みられなかった宮殿である。その宮殿に聖武天皇が、「真木柱を太く高く据え立てて、天下をお治めになる」と詠っている。短期間の行幸であっても行幸先で政治をすることになるので、宮殿を改築などして天皇の住処《すみか》を確保したことを言うのであろう。続日本紀には奈良の都に帰った日は記されていないが、記事から考察すると、ここに二、三週間ほど滞在したものと考えられる。付き従った文武百官は、味経《あじふ》の原に造られた仮小屋に宿って都としている。行幸の状況がうかがえる歌である。九三〇番の歌は旅の旅情を詠っている。「棚なし小舟」は、五八番の「いづくにか舟泊《ふなはて》すらむ安礼の崎漕ぎ廻《た》み行きし棚なし小舟」で、横板のない小さな舟である。新鮮な響きのある歌である。

山部宿禰赤人が作る歌一首幷せて短歌

やすみしし　我が大君の　神《かむ》ながら　高知《たかし》らせる　印南野《いなみの》の　邑美《おふみ》の原の　荒栲《あらたへ》の　藤井の浦に　鮪《しび》釣ると　海人舟《あまぶね》騒き　塩焼くと　人ぞさはにある　浦をよみ　うべも釣《つ》りはす　浜をよみ　うべも塩焼く　あり通《がよ》ひ　見《め》さくもしるし　清き白《しら》浜《はま》　（九三八）

反歌三首

沖つ波辺《へ》波《なみ》静けみ漁《いざ》りすと藤江の浦に舟ぞ騒《さわ》ける　（九三九）

印南野《いなみの》の浅茅《あさぢ》押しなべさ寝《ぬ》る夜の日《け》長くしあれば家し偲《しの》はゆ　（九四〇）

明《あか》石《し》潟《がた》潮《しほ》干《ひ》の道を明日よりは下笑《したゑ》ましけむ家近づけば　（九四一）

（歌意）〈やすみしし〉わが大君が神のままに立派にお治めになる、印南野《いなみの》の邑美《おうみ》の原の〈荒栲の〉藤井の浦には、マグロを釣ろうとして、海人の舟が入り乱れて騒いでいるし、塩を焼こうとして人々が大勢いる。よい浦だから、なるほど釣りをするわけだ。よい浜だから、なるほど塩を焼くわけだ。だから、いつも通ってご覧になるのももっともなことだ。この清い白浜よ。　（九三八）

反歌

沖の波、岸辺の波が静まっているので、漁をしようと、藤江の浦に舟が入り乱れ、舟人が騒いでいる。（九三九）

印南野の、浅茅（チガヤのこと）を押しなびかせて寝る夜が長くなったので、我が家が偲ばれることだ。（九四〇）

明石潟の潮が干た道を、明日からは心弾みながら行くことだろう。我が家が近くなることだから。（九四一）

万葉集には、神亀三年（七二六年）九月十五日印南野への行幸となっているが、実際には十月七日から十九日にかけて行幸した時の歌のようである。十日に播磨の国の印南野（明石から加古川付近にかけての平野）にあった、邑美《おうみ》の行宮《かりみや》に到着したと続日本紀にある。

赤人のこの歌は、賛歌の形が分かりやすいので取り上げた。

長歌は、印南野の邑美《おうみ》の原の藤井の浦を賛美している。「藤井の浦」は、反歌には「藤江の浦」とあって、現在も藤江があるので、藤江の誤りであるかもしれないと言われている。藤江の浦賛歌は、とても分かりやすい賛歌である。行幸の地を賛美することは、天皇を賛美することにもなるので、どのように賛美するか宮廷歌人の腕の見せどころである。赤人は、藤江の浦で漁師が漁をする場面と、浜で人々が塩を焼く場面とを取り上げて、「浦をよみ　うべも釣りはす　浜をよみ　うべも塩焼く」と正攻法で上手な賛歌を作っている。

反歌では、最初の短歌（九三九）は、長歌の凝縮である。「沖つ波辺波静けみ」の声調がよい。二番目は望郷を詠い、最後の歌はいよいよ帰れる喜びを詠っている。「下笑ましけむ」の「下」は、見えない部分である心を表す。どの歌も品格のある歌である。

唐荷《からに》の島を過ぐる時に、山部宿禰赤人が作る歌一首幷せて短歌

あぢさはふ　妹が目離《か》れて　敷栲《しきたへ》の　枕もまかず　桜皮《かには》巻き　作れる船に　真楫《まかぢ》

貫《ぬ》き 我が漕ぎ来れば 淡路《あはぢ》の 野島《のしま》も過ぎ 印南都麻《いなみつま》 唐荷《からに》の島の 島の際《ま》ゆ 我家《わぎへ》を見れば 青山の そことも見えず 白雲も 千重《ちへ》になり来ぬ 漕ぎ廻《た》むる 浦のことごと 行き隠《かく》る 島の崎々《さきざき》 隈《くま》も置かず 思ひぞ我が来る 旅の日《け》長み

（九四二）

反歌三首

玉藻刈る唐荷《からに》の島に島廻《しまみ》する鵜《う》にしもあれや家思はざらむ　（九四三）

島隠《しまがく》り我が漕ぎ来れば羨《とも》しかも大和へ上《のぼ》るま熊野の船　（九四四）

風吹けば波か立たむとさもらひに都太《つだ》の細江《ほそえ》に浦隠《うらがく》り居《を》り　（九四五）

（歌意）〈あじさはふ〉妻と別れて、〈しきたへの〉手枕も交わさず、桜皮《かにわ》を巻いて作った舟に左右の楫を通して我が漕いで来ると、淡路の野島も過ぎ、印南都麻《いなみつま》や唐荷の島の島の間から我が家の方を見ると、青い山々のどことも分からず、白雲も千重《ちえ》に重なってきた。漕ぎ廻る浦ごとに、行き隠れる島の崎ごとに、曲がり角も全て思い続けて我は来ることだ、旅の日数が長いので。　（九四二）

反歌三首

玉藻を刈る唐荷の島で、島を廻って魚を捕る鵜ででもあるというのか。鵜ではないのだから家を思わずにいられようか。　（九四三）

島に隠れながら我が漕いでくると、うらやましいなあ。大和の方へ上っていく熊野製の船が見えるよ。（九四四）
風が強く吹くので、波が立つだろうと様子をうかがって都太《つだ》の入江に入って浦隠れしている。（九四五）

「唐荷の島」は兵庫県西部、室津沖合の島。「桜皮《かには》」は樺のこと。船を造る時、木材の接合部分に浸水防止のため樺の皮を巻いた。「真楫貫き」は船の左右の舷に櫓《ろ》を付けること。比較的大きな船に付ける。「印南都麻《いなみつま》」は加古川河口の三角洲という。九四四番の「ま熊野の船」は、当時熊野は良船の産地であった。九四五番の「さもらふ」は様子をうかがうこと。「都太の細江」は、姫路市船場川河口の入江。「浦隠る」は、浦で波を避けてじっと待機していること。
長旅の中で、故郷大和や、別れてきた妻が恋しくなって詠んだ歌である。宮廷歌人の立場を離れて、一人の旅人として自分の思いを詠っている。「島隠り我が漕ぎ来れば羨しかも大和へ上るま熊野の船」に赤人の気持ちが凝縮している。

帥大伴卿、次田《すきた》の温泉《ゆ》に宿り、鶴《つる》の声を聞きて作る歌一首

湯の原に鳴く葦鶴《あしたづ》は我《あ》がごとく妹に恋ふれや時わかず鳴く　（九六一）

（歌意）　湯の原になく葦鶴《あしたづ》は、我のように妻を恋しく思うからか、いつもいつも鳴く。

次田《すきた》の温泉は、福岡県筑紫野市二日市にあった。大宰府郊外の温泉地であるから、大宰府の役人は時々行ったであろう。旅人もここを訪れて疲れを癒した。妻を求めてしきりに鳴く鶴の声に亡き妻への想いが高まって詠った歌である。「時わかず鳴く」に旅人の想いを重ねている。この歌の作られた時は、神亀五年十一月であるから、赴任したその年、妻の大伴郎女を亡くしてまだ半年ほどの時である。

坂上郎女、京に向かふ海道《うみぢ》にして、浜の貝を見て作る歌一首

我が背子に恋ふれば苦し暇《いとま》あらば拾《ひり》ひて行かむ恋忘れ貝　（九六四）

（歌意）あの方に恋すれば苦しい。暇があったら拾っていこう。恋を忘れるという恋忘れ貝を。

天平二年（七三〇年）十一月の作である。大伴坂上郎女は、旅人の妹で家持の叔母にあたる。最初、天武天皇第五皇子の穂積親王に嫁し、親王の死後、異母兄の大伴宿奈麻呂の妻となり、坂上大嬢（後に家持の妻となる）、二嬢を産んだ。神亀五年（七二八年）に旅人が大宰府赴任早々に妻の大伴郎女を亡くしたので、坂上郎女が大宰府に赴いて旅人の世話をしていた。天平二年十二月に、旅人が帰京できることになったので、坂上郎女は旅人を奈良の自宅へ迎え入れる準備のために、旅人の帰京よりも一足先に都へ帰った。その帰りの道中での歌である。彼女が詠う恋の相手「我が背子」とは誰であるか分からないが恋心多い女性である。ただ一途な思いではなく、かなり遊び心のある詠いぶりである。巻七に「暇《いとま》あらば拾ひに行かむ住吉の岸に寄るといふ恋忘れ貝」（一一四七）という類歌がある。

冬の十二月に、大宰帥《そち》大伴卿、京に上る時に、郎女《をとめ》が作る歌二首

おほならばかもかもせむを畏《かしこ》みと振りたき袖《そで》を忍《しの》びてあるかも　（九六五）

大和道《やまとぢ》は雲隠《くもがく》りたりしかれども我が振る袖をなめしと思《も》ふな　（九六六）

（歌意）普通のお方ならば、ああもこうもしましょうに、恐れ多くて、袖を振りたいのをこらえて振らずにおります。（九六五）

大和へ行く道は雲に隠れていますす（ですから、私の振る袖は見えないでしょう）。けれども、耐え切れずに私が振る袖を、無礼だとは思わないでください。（九六六）

郎女《おとめ》が作った歌の後に、次のような説明がある。「大宰帥大伴卿が大納言を兼任して都へ向かう道についた。その日に、馬を水城に留めて大宰府の建物を振り返って眺めた。その時、旅人卿を見送る官人たちに交って、遊行女婦《うかれめ》がいた。その名を児島《こしま》と言った。そこでこの娘子が、別れることがあっけなく、逢うことは難しいことを嘆いて涙を拭いて自ら吟じ袖を振った歌である」と。遊行女婦といえどもうまい歌を詠うものだと感心する。

大納言大伴卿が和《こた》ふる歌二首

大和道《やまとぢ》の吉備《きび》の児島《こしま》を過ぎて行かば筑紫の児島思ほえむかも　（九六七）

ますらをと思へる我や水茎《みづくき》の水城《みづき》の上に涙拭《のご》はむ　（九六八）

（歌意）大和へ行く道の吉備児島（岡山県児島半島）を通ったならば、筑紫の児島を思い出すだろう。（九六七）
ますらをと思っている自分も、〈水茎の〉水城の上に立って、涙を拭うことであろうか。（九六八）

旅人は大納言となって、天平二年（七三〇年）十二月に奈良に帰京することができた。齢六十六歳、亡くなる一年前であった。

山上臣憶良、沈痾《ちんあ》せし時の歌（病気が重くなった時の歌）一首

士《をのこ》やも空《むな》しくあるべき万代《よろづよ》に語り継ぐべき名は立てずして（九七八）

右の一首は、山上憶良臣の沈痾《ちんあ》せし時に、藤原朝臣八束《やつか》、河辺朝臣東人《あづまひと》を使はして疾《や》める状《さま》を問はしむ。ここに於いて、憶良臣報《こた》へ語ること已《すで》に畢《お》はり、頃《しばらく》有りて、涕《なみだ》を拭《ぬぐ》ひて悲しみ嘆きてこの歌を口吟《こうぎん》せしものなり。

（歌意）男たるもの、空しく終わってよいものであろうか。後世に永く語り継がれる英名を立てることなくして。

右の一首は、山上憶良臣が重病になった時に、藤原朝臣八束が河辺朝臣東人を使者として病状を尋ねさせた。そこで憶良臣は返答をし終わって、しばらくしてから、涙を拭い、悲しみ嘆きてこの歌を口ずさんだものである。

憶良の辞世の歌である。無位から身を起こして、遣唐使として唐に渡った。その実績が認められて、皇太子時代の聖武天皇の侍講となった。その後、従五位下の位を得て筑前守になった憶良には、懸命に生きた誇りと同時に十分に名を立てられなかった悔やみとがあった。その交錯した思いを表出した歌である。

巻五には、憶良の「沈痾自哀文」という千四百字にも及ぶ自分の重病を哀れんだ文があり、それに続く「老身に病を重ね、年を経て辛苦して、児等を思ふに及びし歌七首」が載っている。（前出）これらの歌の作られた日付が天平五年六月三日とあるから、九七八番の歌は、その少し後の作であろう。死の直前である。

大伴坂上郎女が月の歌三首

猟高《かりたか》の高円山《たかまとやま》を高みかも出《い》で来る月の遅く照るらむ　（九八一）
ぬばたまの夜霧の立ちておほほしく照れる月夜《つくよ》の見れば悲しさ　（九八二）
山の端《は》のささら愛壮士《えをとこ》天の原門《と》渡る光見らくしよしも　（九八三）

（歌意）猟高《かりたか》の高円山《たかまとやま》が高いので、出てくる月が遅く照っているのだろう。（九八一）
〈ぬばたまの〉夜霧が立ってぼんやりと照っている月夜の光を見ると、なんと悲しいことだろう。（九八二）
山の端の「ささら愛壮士《えをとこ》」が、天の原を渡っていく光を眺めるのは、いい気分だ。（九八三）

「高円山《たかまとやま》」は、奈良市東方、春日山の南に続く山。「ぬばたまの」は、黒、夜、月、暗き、今宵、夢、寝などにかかる枕詞。「おほほしく」は、ぼっと、明らかでない様。「ささら愛壮士《えをとこ》」とは、月の異名である。「ささら」は細かい、小さいの意。「え」は愛らしいの意。「門渡《と》る」の「と」は、瀬戸、水門などの「と」。山の端を出て大空を渡って行く月を舟にたとえた表現である。「見らくし」の「見らく」は見ること。「みる」のク語法。「し」は強調の助詞。

湯原王が月の歌二首

天にます月読壮士《つくよみをとこ》賄《まひ》はせむ今夜《こよひ》の長さ五百夜《いほよ》継ぎこそ　（九八五）
はしきやし間近《まちか》き里の君来《こ》むとおほのびにかも月の照りたる　（九八六）

（歌意）天におられる月読壮士《つくよみおとこ》よ、供え物をいたしましょう。どうぞ、今夜の長さを五百晩も継いでくださいまし。
（九八五）

ああ、素晴らしい。間近い里に居る君が遊びに来るだろうと、この月はのびのびと照っているのだろうか。

（九八六）

「月読壮士《つくよみをとこ》」は、月。月は男性であった。「おほのびにかも」ののびのびとして。

坂上郎女と湯原王、ともに当代一流の歌人である。二人の月を詠んだ歌を載せてみた。共に、月を擬人化して「さきらえをとこ」と言ったり「つくよみをとこ」と言っているところが面白い。月は男性として捉えられていたようだ。全般に明るい月を愛でているから、満月の夜であるだろう。今と違ってもっと明るく輝いて風情があったことだろう。ところで郎女は、夜霧にかすむ月も詠っている。「おほほしく照れる月夜」は悲しみがまさると詠った。郎女のすばらしい感性である。私もこのような月を見たことがある。平成二十五年の中秋の名月を朝の四時ごろ霧ヶ峰の八島湿原で見た。一面の霧の中にまんまるな月がぼんやりと輝いていてきれいだなあと思った。おぼろ月もまた風情がある。

大伴坂上郎女、元興寺《ぐわんごうじ》の里を詠む歌一首

故郷《ふるさと》の明日香はあれどあをによし奈良の明日香を見らくしよしも　（九九二）

（歌意）　旧都の明日香はともかくとして、今を時めく〈あをによし〉奈良の明日香を見るのは実によいことだ。

坂上郎女が、奈良の元興寺を詠んだ歌である。「元興寺の里」とは平城遷都後に明日香から移築された元興寺そのものを言う。旧都明日香の元興寺（飛鳥寺）は、そのまま残されていた。だから、故郷の明日香とは、蘇我馬子が建てた飛鳥寺のことであり、奈良の明日香とは、奈良の都へ移した元興寺のことである。奈良の元興寺は南都七大寺の一つとして栄えたという。

坂上郎女が初月《みかづき》の歌一首

月立ちてただ三日月の眉根《まよね》搔き日《け》長く恋ひし君に逢へるかも　（九九三）

（歌意）新月の、三日月の形をした眉を搔いたら、ずっと恋していたあなたにお会いできた。

大伴宿禰家持が初月《みかづき》の歌

振り放《さ》けて三日月見れば一目《ひとめ》見し人の眉引《まよび》き思ほゆるかも　（九九四）

（歌意）振り仰いで三日月を見ると、以前一目お会いして心ひかれた人の眉引きが思い出されることだ。

初月《みかづき》の歌と題して、坂上郎女と甥の家持の歌が載っている。まず歌の解釈だが、郎女の「眉根を掻いたら恋しい人に逢えた」とは、当時眉が痒いのは思う人に逢える前兆で、眉を掻くと実際に逢うことができると信じられていたことによる。次に甥の家持の歌である。郎女に和すような形で、「三日月を仰ぎ見ると、かつて一目お会いした人が思い出された」と詠う。郎女と家持の間に恋愛感情が起こるわけは無いので、この二つの歌をどのように解釈するとしっくりとするのだろうか。それは、郎女の娘の坂上大嬢《おおいらつめ》であるという。つまり、郎女は娘の気持ちになってこの歌を詠った。それを聞いた家持も、大嬢への気持ちをこの歌で表したということのようである。後に家持は大嬢を娶り正妻としている。家持十六歳の時の歌である。

寧楽《なら》の故郷を悲しみて作る歌一首短歌を幷せたり

やすみしし　我が大君の　高敷《たかし》かす　大和の国は　皇祖《すめろき》の　神の御代《みよ》より　敷《し》きませる　国にしあれば　生《あ》れまさむ　御子《みこ》の継ぎ継ぎ　天《あめ》の下　知らしまさむと　八百万《やほよろづ》　千年《ちとせ》をかねて　定《さだ》めけむ　奈良の都は　かぎろひの　春にしなれば　春日山　三笠の野辺《のべ》に　桜花《さくらばな》　木《こ》の暗隠《くれがく》り　かほ鳥は　間《ま》なくしば鳴く　露霜《つゆしも》の　秋さり来れば　生駒山　飛火《とぶひ》が岳に　萩の枝《え》を　しがらみ散らし　さ雄鹿《をしか》は　妻呼びとよむ　山見れば　山も見が欲《ほ》し　里見れば　里も住み良し　もののふの　八十伴《やそとも》の男《を》の　うちはへて　思へりしくは　天地の　寄り合《あ》ひの極《きは》み　万代《よろづよ》に　栄え行かむと　思へりし　大宮《おほみや》すらを　頼めりし　奈良の都を　新《あら》た世の　事にしあれば　大君の　引きのまにまに　春花《はるはな》の　移ろひ変はり　群鳥《むらとり》の　朝立ち行けば　さす竹の　大宮人の　踏《ふ》みならし　通《かよ》ひし道は　馬も行かず　人も行かねば　荒《あ》れにけるかも　（一〇四七）

反歌二首

立ちかはり古き都となりぬれば道の芝草《しばくさ》長く生《お》ひにけり　（一〇四八）

なつきにし奈良の都の荒れ行《ゆ》けば出《い》で立つごとに嘆《なげ》きし増さる　（一〇四九）

〈歌意〉〈やすみしし〉わが大君が立派にお治めになる大和の国は、皇祖神《こうそしん》の御代から治めている国であるから、お生まれになる御子が次々に天下をお治めになるだろうと、千年万年に亘る永遠の都として定めたであろう奈良の都は、〈かぎろひの〉春になれば、春日山や三笠の野辺では、桜花の咲く木立の暗がりに隠れて、かほ鳥がしきりに鳴く。また、〈露霜の〉秋が来ると、生駒山の飛火が岳では、萩の枝を身に絡めては散らしながら牡鹿は妻を呼び立てて声を響かせている。山を見れば山も見事である。里を見れば、里も住み良い所だ。だから、〈もののふの〉宮廷に奉仕する多くの人がずっと思ってきたことは、天地の寄り合うはるか彼方まで永遠に栄えていくだろうと思っていた大宮であったのに、頼みにしていた奈良の都であったのに、新しい代になったことであるので、大君の導かれるままに〈春花の〉移り変わって、群臣は〈群鳥の〉朝立ちして都移りをしていった。だから、〈さす竹の〉大宮人がいつも通って踏み平《な》らして通った道は、馬も往かず人も通わないので荒れ果ててしまった。（一〇四七）

反歌二首

移り変わって古い都になってしまったので、道の雑草が長く伸びてしまった。（一〇四八）
すっかり馴染んでいた奈良の都が荒れていくので、出て見るたびに嘆きがまさる。（一〇四九）

七一〇年の遷都から三十年間に亘って栄えてきた奈良の都であったが、聖武天皇はどう考えたのか、七四〇年に、京都府相楽郡に宮を遷してしまった。そしてそこに新しい久邇京《くにのみやこ》の建設を開始したのである。奈良の都は、「あをによし奈良の都は咲く花のにほふがごとく今盛りなり」（三二八）と、北東アジアの中にあっても大きく栄えた都であったが、国の中枢が移れば当然寂れてしまう。都が大きく、たいそう栄えていただけにその反動は大きく、住み慣れた人にとってその落胆はとても大きかったであろう。しかし、新たに着手した久邇京建設も四年ほどで頓挫し、難波宮をへて、七四五年には、再び平城京へ戻ることになった。この五年間の彷徨は一体何であったのか。相応の理由があるにせよ、つき合わされた官人や人民はたまったものではなかった。

この長歌には、都が代わったことへの恨みや批判は一つもない。ただ、都が代わって、奈良が寂れていく悲しさ・嘆きを素直に詠っていて、そこがかえって共感を呼ぶ。

巻七

三輪山

巻七には、「雑歌」二百二十八首、「譬喩歌」百八首、「挽歌」十四首、計三百五十首が載っている。個々の作者名は記されていない。柿本人麻呂歌集や古歌集などの古歌を部立て・分類ごとに先立て、後に奈良時代の新しい歌を載せている。ここではその中から四十八首を選んで載せた。

雑歌

天を詠む

天《あめ》の海に雲の波立ち月の舟星の林に漕《こ》ぎ隠《かく》る見ゆ　（一〇六八）

（歌意）天の海に雲の波が立って、月の舟が、たくさんの星の林の中に漕いでかくれて行くのが見える。

雲を天の海に立つ波にたとえ、月の舟が星の林に漕ぎ渡って行く様子を詠っている。月の舟は三日月だという。人麻呂歌集にあった歌である。おおらかである。巻十に、「天の海に月の舟浮け桂楫懸けて漕ぐ見ゆ月人壮士《をとこ》」（二二二三）がある。同様の趣向であるが、この歌の方が広がりがある。

月を詠む

ますらをの弓《ゆ》末《ずゑ》振り起し猟《かり》高《たか》の野辺さへ清く照る月夜《つくよ》かも　（一〇七〇）

（歌意）《序詞　ますらをが弓の末を振り立てて狩りをする》その、猟高の野辺までも清らかに照り渡っている月夜であることよ。

満月の澄んだ光が、夜の世界をこうこうと照らしている。向こうに見える猟高の野辺までも清らかだと月光に映し出される景色を愛でている。猟高を起こす序詞「ますらをの弓末振り起し」の響きが、澄み切った月光と合っている。「猟高《かりたか》の野辺」は、奈良市東方にある高円山《たかまとやま》の辺りの野だろうといわれる。

玉垂《たまだれ》の小簾《をす》の間通《まとほ》し一人居て見るしるしなき夕月夜《づくよ》かも　（一〇七三）

〈歌意〉〈玉垂の〉簾の隙間越しに一人座って見ていても、何の見る甲斐のない夕月夜であることよ。

恋しい君が訪れない寂しさを詠っている。月夜を美しいと思う気持ちに共感してくれる人がいると、月の夜はとても美しいと感じるが、一人で見てもつまらないものである。そのつまらなさ、侘しさを「小簾の間通し一人居て」と巧みな表現で的確に詠っている。見る対象は違うが、同じ趣の歌に、巻八、一六五八番の「我が背子とふたり見ませばいくばくかこの降る雪のうれしくあらまし」がある。藤原皇后が聖武天皇に奉った歌である。

春日山おして照らせるこの月は妹《いも》が庭にもさやけくありけり　（一〇七四）

〈歌意〉春日山を一面に照らしているこの月は、妻の庭にも清らかに照っていたことだ。

この歌を詠んだ男性は、妻の家からの帰宅途中に、今、春日山を近くに見ながら家路についている。夜半もだいぶ過ぎたころであろう。月光に一面に照らされている春日山を見ていると、先ほどまでの逢瀬が思い出される。妻の家の庭にも清々しい月光が降り注いでいたなあ、二人で見てきれいだったなあと、別れの情感を詠った歌である。

水底《みなそこ》の玉さへさやに見つべくも照る月夜《つくよ》かも夜の更《ふ》けゆけば　（一〇八二）

（歌意）水底の玉まではっきりと見られるほどに、こうこうと照っている月であるよ。夜が更けていくと。

「水底の玉」とは、水中の小石が月光に照らされて揺らぎながら淡く輝く様を言うのだろうか。夜が更けてくるほどに月は上空に登っていくから、月光は上から差し込むことになり、水底まではっきりと照らすようになる。満月の澄んだ夜であろう。すがすがしい歌である。

雲を詠む

穴師川《あなしがは》川波立ちぬ巻向《まきむく》の弓月《ゆつき》が岳《たけ》に雲居《くもゐ》立てるらし　（一〇八七）

（歌意）穴師川に川波が立っている。巻向の弓月が岳に雲が湧き上がっているらしい。

人麻呂歌集にあった歌である。「穴師川」は桜井市穴師を流れる巻向川。「弓月が岳」は三輪山東北の巻向山の最高峰。天候の急変していく様子を、強い調子で詠っている。目の前の穴師川には、川波が立っている。だから、上流の弓月が岳には雲が湧き上がっているらしいと実際に見ている景色に基づいて想像の景色を詠んでいる。共に自然の荒々しく力強い景色である。

あしひきの山川《やまがは》の瀬の鳴《な》るなへに弓月が岳に雲立ちわたる　（一〇八八）

〈歌意〉〈あしひきの〉山川の瀬が鳴り響くと共に弓月が岳に雲が一面に湧き上がっている。

同じく人麻呂歌集の歌である。「あしひきの」は山にかかる枕詞。「鳴るなへに」は、鳴るとともにの意。前歌の続きである。巻向の弓月が岳から流れ下る山川の瀬音が、高く鳴り響くと共に、弓月が岳には雲が一面に湧き上がっている。前歌では推測していた弓月が岳の状況が、今度は実景として描かれている。山川の瀬音と湧き上がる雲、聴覚と視覚とを巧みに使って、自然の荒々しい気象の変動をリアルタイムに捉えている。秀歌である。

雨を詠む

我妹子《わぎもこ》が赤裳《あかも》の裾《すそ》のひづちなむ今日《けふ》の小雨に我さへ濡《ぬ》れな　（一〇九〇）

〈歌意〉我妹子の赤裳の裾が濡れて汚れてしまうだろう今日の小雨に私も濡れたいなあ。

恋人と同じ状況を共有したいと思う恋心を詠っている。「赤裳の裾」が艶めかしい。妹の裾を濡らす小雨に自分も濡れたいと思う切ない男心である。

通《とほ》るべく雨はな降りそ我妹子《わぎもこ》が形見《かたみ》の衣《ころも》我《あ》れ下に着《け》り　（一〇九一）

〈歌意〉濡れ通るほどに雨は降らないでくれ。愛妻の形見の衣を私は下に着ているのだから。

「通るべく」は、雨が着物を濡れ通るほどにの意。「形見の衣」とは、旅に出る時などに、男女が旅の安全を願い再会を期して交換した下着をいう。旅先で妻を想った歌であろう。

山を詠む

みもろつく三輪山《みわやま》見ればこもりくの泊瀬《はつせ》の檜原《ひはら》思ほゆるかも　（一〇九五）

（歌意）〈みもろつく〉三輪山を見ると、〈こもりくの〉泊瀬の檜原が思われることだ。

「みもろつく」は、三輪山にかかる枕詞。「こもりくの」は、泊瀬にかかる枕詞。泊瀬は「ハツセ」と読み初瀬のこと。三輪山は大物主の神を祀る神聖な山であり檜が茂っていた。初瀬は渓谷深い所で檜の林が茂っていた。共に当時の人々が大事に守っていた場所である。厳粛な感じのする歌である。

川を詠む

巻向《まきむく》の穴師《あなし》の川ゆ行く水の絶ゆることなくまたかへり見む　（一一〇〇）

（歌意）巻向の穴師の川を流れゆく水が絶えないように、絶えることなくまたこの地に帰ってきてこの川の景色を見よう。

人麻呂歌集に載っていた歌である。「巻向の穴師の川ゆ行く水の」は「絶ゆることなく」を導き出す序詞的な使い方である。同じような用法が、巻一の三七番「見れど飽《あ》かぬ吉野の川の常滑《とこなめ》の絶ゆることなくまたかへり見む」とある。これは人麻呂の作であるので、この一一〇〇番の歌も人麻呂の作とみて間違いないだろうと言われている。人麻呂は、一〇九三番で「三諸《みもろ》のその山並に児らが手を巻向山は継ぎのよろしも」（三輪山のその山の並びに〈児らが手を〉巻向山が続いているのはまことによい）と詠うように、三輪から巻向の景色がたいそう気に入っていたようだ。

　ぬばたまの夜《よる》さり来れば巻向の川音《かはおと》高しもあらしかも疾《と》き　（一一〇一）

（歌意）〈ぬばたまの〉夜になってくると、巻向川の川音が高い。山の嵐がはげしいからだろうか。

　これも人麻呂歌集に載っていた歌である。人麻呂の作とみて間違いなさそうである。この歌の評価については、茂吉の言葉を借りれば、「内容極めて単純だが、この歌も流動的で強い歌である。無理なくありの儘に歌われているが、無理がないといっても、『ぬばたまの夜さりくれば』が一段、『巻向の川音高しも』が一段、共に伸々とした調であるが、結句の、『嵐かも疾き』は、強く緊《し》まって、厳密とでもいうべき語句である」（『万葉秀歌』）。

　この歌は、詠われた時間の推移から考えて、「雲を読む」のところで取り上げた、「穴師川川波立ちぬ巻向の弓月が岳に雲居立てるらし」（一〇八七）と、「あしひきの山川の瀬の鳴るなへに弓月が岳に雲立ちわたる」（一〇八八）の次に位置づく歌だろうと思われる。つまり、

　穴師川川波立ちぬ巻向の弓月が岳に雲居立てるらし　（一〇八七）
　あしひきの山川の瀬の鳴るなへに弓月が岳に雲立ちわたる　（一〇八八）
ぬばたまの夜さり来れば巻向の川音高しもあらしかも疾き　（一一〇一）

と並べると、気象の激しい動きと共に高揚していく人麻呂の気持ちも読み取ることができる。もともとはこれらの歌は、つながった一連の歌群であったと思われる。人麻呂がこれほどまでに巻向にこだわった訳については、後の「所に就きて思ひを発す」（一二六八・一二六九）のところで述べる。

草を詠む

妹《いも》らがり我が通《かよ》ひ道《ぢ》の細竹《しの》すすき我《われ》し通はば靡《なび》け細竹原《しのはら》　（一一二一）

（歌意）あの子のもとへ私が通う道の細竹《しの》やススキよ、私が通うときは靡けよ、細竹原《しのはら》よ。

「妹らがり」は、原文では「妹等所」とあり、妹のところへ、妹のもとへなどと訳されている。「細竹すすき」は、篠竹やススキのこと。妹の家に向かう道には、篠竹やススキが繁茂していて歩きにくかったのだろう。だから、私が通う時は、通りやすいように靡きなさいと命じている。同じような用法が、この後の一二七一番に「遠くありて雲居に見ゆる妹が家に早く至らむ歩め黒駒」がある。

鳥を詠む

佐保川に騒《さわ》ける千鳥さ夜《よ》更《ふ》けて汝《な》が声聞けば寝《い》ねかてなくに　（一一二四）

（歌意）佐保川に騒々しく鳴く千鳥よ。夜が更けて、お前の声を聞くと思いが増して寝られないことだよ。

当時、佐保川の名物は、千鳥とかわず（河鹿ガエル）であったようで万葉集にたびたび登場する。千鳥はかわいらしい小鳥で「ピー、ピー」と澄んだ声で鳴く。群れを成していたので、夜更けの千鳥の鳴き声は相当に目立っていたと思われる。恋しい思いが増して寝られないと嘆く作者は男性だろうか、はたまた女性だろうか。この歌の「騒《さわ》ける千鳥さ夜更けて」の部分は、いろいろに訓読されていて意味も微妙に違ってくる。手もとにある本にも、「さをどる千鳥　夜《よ》くたちて」（飛び回る千鳥よ、夜が更けて）『萬葉集注釋』や「さばしる千鳥　夜《よ》くたちて」（跳ねている千鳥よ、夜が更けて）新日本古典文学大系『萬葉集』などがある。ここでは、角川ソフィア文庫の『万葉集』の読みが一番分かりやすいのでそれに従った。

故郷《ふるさと》を思ふ

清き瀬に千鳥妻呼び山の際《ま》に霞《かすみ》立つらむ神《かむ》なびの里　（一一二五）

年月《としつき》もいまだ経《へ》なくに明日香川瀬々《せぜ》ゆ渡しし石橋《いはばし》もなし　（一一二六）

（歌意）清い瀬には千鳥が妻を求めて鳴き、山の間には霞が立っているだろう。明日香の神なびの里では。（一一二五）

年月もまだ経っていないのに、明日香川の瀬々に渡した石橋もない（世の中の変転が早いなあ）。（一一二六）

二首とも、奈良の都で、旧都飛鳥を偲んで詠んだ歌である。一首目の「神なびの里」の「神なび」は、神の降臨する神聖な山。明日香の神なびは、橘寺南東にあるミハ山と、甘樫の丘の近くの雷丘が候補にあげられている。どちらの場所も、その周りを明日香川が取り巻いて流れている。この山と川を含めた里一帯を「神なびの里」と言った。どちらの地もふさわしいが、私はミハ山のある場所を神なびの里と呼びたい。神なびを流れる明日香川の清い瀬には今ごろ、千鳥が鳴き、山の間には霞が立っているだろうと、奈良の都から、かつて見た明日香の景色を回想して懐かしんでいる。詠い方が美しい歌である。

二首目の歌は、世の変転の早さを嘆いた歌である。詠われた時が不明なので、はっきりしたことは言えないが、明日香の京を離れてまだ三十数年というところだろうか。明日香川の瀬々に渡してあった石橋が流されて無くなっている。官人たちが住まなくなったので、不要になり、捨て置かれている様に時の流れを感じている。

吉野にして作る

神《かむ》さぶる岩根《いはね》こごしきみ吉野の水分《みくまり》山《やま》を見れば悲しも　（一一三〇）

夢《いめ》のわだ言《こと》にしありけりうつつにも見て来るものを思ひし思へば　（一一三二）

（歌意）神々しい岩根がごつごつと聳え立つ、み吉野の水分山《みくまりやま》を見ると深く心惹かれることであるよ。（一一三〇）

「夢のわだ」というのは嘘であったよ。現に見てこれたんだもの。見たい見たいとずっと思っていたので。（一一三二）

一首目の「神さぶる岩根」は、神々しい岩根のこと。「こごしき」の「こごし」は、岩の固まってごつごつしていることをいう。水分山の神々しい岩根がごつごつと聳《そび》えている様子をいう。「水分山」は、水クバリの意味で分水嶺のこと。現在、吉野山の上千本の所に水分神社があるという。

二首目の歌は、吉野の「夢のわだ」を、夢で見たのではなく、実際に見ることができた喜びを詠っている。「夢のわだ」の「わだ」は、川が湾曲したところ。吉野川宮滝の地にある巨岩にかこまれた淵の景色は有名であった。「言にしありけり」は、言葉だけであったの意。「思ひし思へば」は、思いに思う。

摂津にして作る

さ夜ふけて堀江《ほりえ》漕ぐなる松浦船《まつらぶね》楫《かぢ》の音《おと》高し水脈《みを》早みかも　（一一四三）

（歌意）さ夜更けて、難波の堀江を漕ぐ松浦船の楫の音が高く聞こえる。水脈の流れが早いからだろうか。

「堀江」は、難波の堀江。仁徳天皇の時代に造られたと日本書紀にはある。「松浦船」は、肥前（佐賀県・長崎県の一部）の松浦で作った船。堀江に漕ぎ入ることができて、櫓を漕ぐ時に高い音が出たようである。この歌は、夜更けの堀江だけならば何も見えない静まり返った世界であるが、そこに楫の音の高い松浦船を登場させることによって、音と動きとが加わり力強い動画が生じる。

難波潟《なにはがた》潮干《しほひ》に立ちて見わたせば淡路《あはぢ》の島に鶴《たづ》渡る見ゆ　（一一六〇）

（歌意）難波潟の干潟から見渡すと、遠くの淡路島へ向かって鶴が鳴き渡って行くのが見える。

難波潟は、今の大阪市の上町《うえまち》台地の西側に広がっていた海で、旧淀《よど》川の河口にあたる。難波津《なにわづ》があり、浅い海だったので航路を示す「澪標《みおつくし》」が立てられ、あたり一面に葦が生い茂っていた。その潮の引いた干潟から見渡すと、遠く海の青、空の青の先に淡路島が見え、そこに向かって青い空の中を白い鶴の群が飛んで行くのが見える。広大で美しい景色である。

羈旅《きりよ》にして作る

足柄の箱根飛び越え行《ゆ》く鶴《たづ》の羨《とも》しき見れば大和し思ほゆ　（一一七五）

（歌意）足柄の箱根の山を西へ向かって飛び越えていく鶴の羨ましい姿を見ると、故郷の大和が思い出される。

「足柄」は相模の国（神奈川県）の西、静岡県と接しているところ。足柄上郡、下郡に分かれていて箱根は下郡にある。作者は箱根山の東側にいて、まだ先の東国へ向かっている。箱根山を西に飛び越えて行く鶴の羨ましい姿を見て故郷大和が恋しくなったのである。「鶴を」見るのではなくて、「鶴の羨《とも》しき」を見るという表現に作者の気持ちがより一層込められている。鶴はその美しい姿から、叙景歌の素材として沢山詠われてきた。ここでは、望郷の思いを更に高める鳥として描かれている。

家にして我は恋むな印南野《いなみの》の浅茅《あさぢ》が上に照りし月夜《つくよ》を　（一一七九）

（歌意）　家に帰れば、私は恋しく思うことだろう。印南野の浅茅の上に照った美しい月夜を。

「印南野」は、前にも出たが、兵庫県明石市から加古川市にかけての台地である。広い印南野の、浅茅の生える野に野営した時に見た景色に感動して作った歌である。月光に照らされた景色はいくつも歌に詠まれているが、「浅茅が上に照りし月夜」は個性的であり美しいと思う。旅の夜を詠む歌は、家を偲ぶことが多いが、ここではそうでなく、出会った景色に感動して心から愛でている。

大海《おほうみ》の水底《みなそこ》響《とよ》み立つ波の寄せむと思《おも》へる磯のさやけさ　（一二〇一）

（歌意）　大海の底まで鳴り揺るがして立つ波が寄せてくるだろう磯の、なんとすがすがしいことよ。

「水底響み」は、水底を響かせるほどにの意。「寄せむと思へる」は、「寄せようと思う」と波に意志を与え擬人化している。そのことによって、「大海の水底響み立つ波」の大きくダイナミックな動きが更に増す。前半部分は、金槐和歌集にある源実朝の「大海の磯もとどろに寄する波われてくだけてさけて散るかも」を思い起こす。とても力強い歌である。

藤原卿が作った歌

黒牛《くろうし》の海　紅《くれなゐ》にほふももしきの大宮人《おほみやひと》しあさりすらしも　（一二一八）

若《わか》の浦《うら》に白波《しらなみ》立ちて沖つ風寒き夕《ゆふへ》は大和《やまと》し思ほゆ　（一二一九）

我が舟の楫《かぢ》はな引きそ大和より恋ひ来《こ》し心いまだ飽《あ》かなくに　（一二二一）

紀《き》伊の国の雑賀《さひか》の浦に出《い》で見れば海人《あま》の燈火《ともしび》波の間《ま》ゆ見ゆ　（一一九四）

（歌意）黒牛の海が紅色に点々と映えている。〈ももしきの〉大宮人たちが、海岸で貝などを拾っているらしい。（一二一八）

若の浦に白波が立って、沖から吹く風の寒い夕べは故郷の大和が偲ばれる。（一二一九）

私の舟の櫓はまだ漕がないでくれよ。はるばる大和からこの景色を慕ってきた私の心は、まだ満足していないので。（一二二一）

紀伊の国の雑賀《さいか》の浦に出て見ると、海人の漁火《いさりび》が遠く波の間から見え隠れしている。（一一九四）

この四首は、紀伊の国への行幸の時に、藤原卿が作った歌である。（実際には七首ある）藤原卿とは、藤原四兄弟のうちの一人だろうと言われている。これについては、神亀元年（七二四年）十月の紀伊の国行幸の時に、藤原房前か麻呂が作った歌だろうとの説がある。

一二一八番では、「黒牛の海」は和歌山県海南市黒江・船尾あたりの海をいう。「紅にほふ」は紅色に輝いているの意。「あさり」は漁り。赤い裳を着けた女官たちが、黒牛の海辺で貝拾いをしたり小魚を獲ったりして遊んでいる様子を詠んでいる。少し離れた小高い場所から見下ろしたような情景である。黒牛の海の黒と紅との対比がきれいで、女官たちの美しさを引き立てている。

一二二九番では、同じ行幸の時の若の浦（和歌山市南部の和歌浦の海）の情景を詠んでいる。「沖つ風寒き夕は大和し思ほゆ」が、何ともいえずよい。若の浦といえば、赤人の「若の浦に潮満ち来れば潟をなみ葦辺をさして鶴鳴き渡る」（九一九）の秀歌が思い出されるが、赤人の歌も神亀元年十月の作である。つまり、同じ行幸の時に作られた歌であり赤人も参加していたのである。

一二二一番では、海上にあって「楫《かぢ》はな引きそ」（櫓は漕がないでくれ）と詠っている。今いる場所は、紀伊の国の若の浦か、雑賀《さいか》の浦の辺りの風光明媚な海上であろう。作者は、この美しい景色にまだ満足していなくてもっと見たいのだ。

一一九四番では、「雑賀《さいか》の浦」は、和歌山市雑賀崎の海岸で和歌浦の続きである。番号が戻っているが一連の歌であるのでここに置いた。巻六の九一七番でも述べたが、雑賀野《さいかの》には離宮があって行幸の時はここに泊った。夜に雑賀の浦に出た作者の目には、遠い波間から、海人の灯す漁火がちらちらと見えてきた。静まり返った夜間、異郷にあって旅愁を覚える光景である。「波の間ゆ見ゆ」の表現がよい。

我が舟は明石の水門《みと》に漕ぎ泊《は》てむ沖辺《おきへ》な離《さか》りさ夜《よ》ふけにけり　（一二二九）

（歌意）　わが舟は、明石の湊に泊まることにしよう。沖の方へ離れるなよ。夜がだいぶ更けてしまった。

「水門《みと》」は、湊《みなと》と同じ。「沖辺な離り」の「な」は禁止の副詞。沖の方へ離れるなの意。巻三に高市連黒人の歌で、「我が船は比良の港に漕ぎ泊てむ沖へな離りさ夜更けにけり」（二七四）があり、地名が違うだけである。黒人の歌の方が先に作られたと思うから、黒人の歌をまねて作ったと思われるが、声調のよい歌である。

君がため浮沼《うきぬ》の池の菱《ひし》摘むと我が染《そ》めし袖濡《そでぬ》れにけるかも　（一二四九）

（歌意）　あなたのために、浮沼《うきぬ》の池の菱を摘んでいると、私が染めた衣の袖は濡れてしまった。

「浮沼《うきぬ》の池」は、所在が分からない池であるが、浮沼という字から水草が生えている泥沼であろう。「菱」は池や沼の底に根を張り、水面にひし形の光沢のある葉を浮かばせているアカバナ科の植物で、夏に白い花が咲き、秋の初めにとげのある実ができる。実は食用や薬用になる。この歌では、菱の実を摘んでいる。「浮沼の池の菱摘む」という表現が、当時の生活感が出ていて面白いと思う。若く健康的な色気がある。

時に臨む

道の辺の草深百合《くさふかゆり》の花笑《はなゑ》みに笑みしがからに妻と言ふべしや　（一二五七）

（歌意）　道のほとりの草深い中に咲く百合の花のように、私がちょっとあなたにほほえみかけただけで、あなたの妻だというのですか。とんでもありませんわ。

「花笑み」は、花の咲くのを「花笑み」と言い、それになぞらえて女の笑うことも花笑みと言った。「からに」は、ただ……だけでの意。「言ふべしや」は、言ってよいのでしょうか。「や」は反語。一七番の「心なく雲の隠さふべしや」と同じ使い方である。

とても面白い歌である。私がちょっと微笑んだだけでもう求婚してくるとはと男を諫めている。男が言い寄った時に、このように詠ってきっぱりと断ると、男もたじたじだろう。なかなかしっかりした女性がいたものだ。しかし相手の男性はこんなにも虚仮《こけ》にされてかわいそうでもある。男というものは、ちょっときれいな女性から微笑まれただけで、すぐでれでれしてしまう情けない生き物であるから。

「草深百合の花笑み」はとても巧みな表現である。百合を用いた歌では、坂上郎女の「茂みに咲ける姫百合の知らえぬ恋」（一五〇〇）もある。共によい表現である。

西の市《いち》にただひとり出《い》でて目並《めなら》べず買ひてし絹の商《あき》じこりかも　（一二六四）

（歌意）西の市に一人で出かけて行って、見比べもしないで買った絹が、質が悪く買い損ないであった（歌垣で選んだ相手が見かけ倒しであった）。

平城京には東西に市が立った。「西の市」は、平城京右京八条二坊（今の大和郡山市九条）にあった。「目並べず」は、見比べもせず自分だけの判断での意。「商じこり」は、買い損ないの意。

西の市に出かけて行って絹を買ったが、十分な見比べをしないで軽率に買ってしまったために不良品を買わされたと嘆いている珍しい歌である。しかし、それだけの意味であったら大して面白くもない歌である。この歌を読むと、額面通りには受け取れない裏がありそうに思えてくる。この歌の寓意はなにか。いろいろ想像してみると面白い。市は出会いの場であり、歌垣もある。絹は高価なものだから高貴な女性と捉えてみる。すると、「市で出会った女がとてもすばらしく思えたので、求婚して妻にしたら、後でとんでもない見かけ倒しの女と分かり後悔している」と読めて面白い歌になる。当時の人々も、この歌を額面通りには受け取らずに、いろいろ想像して楽しんだであろう。万葉集にはこのような歌が結構たくさんあって面白い。

今年行く新島守《にひしまもり》が麻衣《あさごろも》肩《かた》のまよひは誰《たれ》か取り見む　（一二六五）

（歌意）今年出かける新しい島守の麻の衣の、肩のほつれは、誰がつくろってあげるのだろうか。

「新島守《にひしまもり》」は、新しく辺境防備のために派遣される防人。巻二十に防人の歌が出てくるが、東国の農民が徴集され、筑紫・壱岐・対馬などで三年間防備に当たった。「肩のまよひ」は、肩の辺りの糸のほつれ。「取り見む」は、面倒をみるという意。ここでは、繕ってあげるの意。

新島守の出発を見送っている見知らぬ女性の歌であろう。若い島守の着ている粗末な麻の衣のほつれにまで心をとめるこまやかさに、女性の優しさがよく表れている。涙もろい私は、口ずさむと麻衣を着た島守を思いやって目頭が熱くなる。

所に就きて思ひを発《おこ》す

子らが手を巻向山《まきむくやま》は常にあれど過《す》ぎにし人に行き巻《ま》かめやも　（一二六八）

巻向《まきむく》の山辺《やまべ》響《とよ》みて行く水の水沫《みなわ》のごとし世の人我《われ》は　（一二六九）

〈歌意〉〈子らが手を〉巻向山はいつも変わらずにあるけれども、亡くなってしまった妻の所へ行って手枕を交わすことはあるだろうか。　（一二六八）

巻向山の山辺をごうごうと音を響かせて流れゆく水の水沫のようにはかないものだ。現世に住む我が身は。

（一二六九）

この二首は、柿本人麻呂歌集に出ていたものである。おそらく人麻呂本人の歌だろう。

「子らが手を」は、「巻く」にかかる枕詞。「過ぎにし人」は、人麻呂の亡くなった妻をいう。「行き巻かめやも」は、行って手枕を交わすことがあろうかの意。「や」は反語。「も」は詠嘆。「山辺響みて」は、谷川がごうごうと音を響かせて流れる様をいう。「行く水」は、巻向山を流れ下って行く水で、穴師川のことである。

二首を合わせ読むと、永遠にある巻向山に対して愛する妻はすでに亡くなり、悲しみに暮れる自分も穴師川の激流の水沫のようなものだと、自然の偉大さと対照的にうつし身のはかなさを嘆いている。この歌を読むと、この巻で前に出た人麻呂の一連の歌が思い出される。

穴師川川波立ちぬ巻向の弓月《ゆつき》が岳に雲居《くもゐ》立てるらし　（一〇八七）
あしひきの山川の瀬の鳴るなへに弓月が岳に雲立ちわたる　（一〇八八）
巻向の穴師の川ゆ行く水の絶ゆることなくまたかへり見む　（一一〇〇）
ぬばたまの夜さり来れば巻向の川音《かはおと》高しもあらしかも疾《と》き　（一一〇一）

四首とも、巻向山と穴師川が詠まれていて、ここの二つの歌と同様である。だから本来はこの六つの歌は、一連のものとしてあったものが編集の中で分散されたと思われる。ここに六首を並べると見えてくることがある。

まず巻向山や穴師川の叙景であるが、尋常な景色ではなく荒々しくかつ動きのある大きな景色に描かれている。川波が立ち、瀬音が鳴り響く様はいったい何なのか、また、雲が湧き上がり激しい嵐となる様はいったい何なのか。その答えは、愛する妻の死から来ているのではないかと考える。妻を亡くした人麻呂の慟哭の響きが川波を立たせ、山川の瀬を鳴らし、川音を高めているのである。また、湧き上がる雲や激しい嵐も同様であろう。彼の、言葉に表し切れない激しい悲しみを、妻が葬られているであろう巻向山の景色に託して詠っていると捉えると、これらの歌が分かりやすくなると思う。

このように激しい巻向山の景色を人麻呂はこよなく愛した。それはそこが妻の里であったからだ。何度も通った人麻呂にとっては忘れがたい大切な場所であった。だから、「絶ゆることなくまたかへり見む」（一一〇〇）と詠うのである。

この巻向の里では、二〇〇九年に纒向遺跡の発掘で建物跡を発掘し、邪馬台国の宮殿跡かと大騒動になった。また近くには卑弥呼の墓ではないかと言われる箸墓《はしはか》古墳があり、近くを山の辺の道が通っているのどかで景色のよい里である。

旋頭歌《せどうか》

この巻には旋頭歌がたくさん載っている。旋頭歌は、五七七・五七七と片歌を反復した六句体の歌である。短歌よりも古い形式の歌で、次第に寂れてしまった。その理由については、大岡信氏が『私の万葉集』で分かりやすく説明している。それによると、旋頭歌は五七七・五七七の切り方でしか読めないので調子が間延びし単調になる。一方、短歌形式は、五七・五七・七でもよいし、五七五・七七でもよいし、五・七五・七七でもよいので、いくつもの切り方ができる。そのため、個人の内面の複雑な動きを詠もうとすると旋頭歌では物足りなくなり短歌形式に変わっていったということである。そういう古さを持った旋頭歌であるが、この形式もまた味があって楽しめる。

夏陰《なつかげ》のつま屋《や》の下に衣《きぬ》裁《た》つ我妹《わぎも》　うらまけて我《あ》がため裁たばやや大《おほ》に裁て

（一二七八）

（歌意）夏の日陰のつま屋の中で、衣の布裁つ我が妻よ。心積もりしてよ。我がために裁つならば、やや大きめに裁っておくれ。

「つま屋」は、夫婦の寝室。「うらまけて」は、心積もりしての意と、裏地を用意しての意と二つの考えがある。ここでは心積もりしてを採った。「大に」は、大きめに。

夏の日差しを避けたつま屋の中で、若い妻が着物を縫おうと布を裁っている。夫がそばで見ていて、私のなら少し大きめに裁っておくれと呼びかけている。特別これといって取り立てることのない日常の一場面であるが、これがよい。若妻は楽しそうに裁っているだろうし、夫は嬉しそうに見つめているだろう。穏やかで、伸びやかで、夫婦の温かい繋がりを感じる歌である。

君がため手力《たぢから》疲れ織《お》りたる衣《きぬ》ぞ　春さらばいかなる色に摺《す》りてばよけむ

（一二八一）

（歌意）　あなたのために、手力疲れさせて織った布ですよ。春になったら、どんな色に摺って染めればよいでしょう。

冬の間に一生懸命に布を織って、春になったら染めて愛する夫の着物を作る。どんな色に摺り染めしたら喜ばれるかなあと思案している。若い女の喜びや幸せな気持ちが率直に感じられるよい歌である。

この歌について、中西進氏の『万葉の秀歌』では、調布である布を女性集団で織っている時の労働歌であるという。「集団のみなに共感を呼ぶ男性を話題にし、共通の色彩豊かな夢を描きつつ、声を揃えて歌いつつ仕事を進めた。これが、集団の労働歌であり、旋頭歌の本質でもあった」と述べている。旋頭歌を理解するための大事な指摘である。

梯立《はしたて》の倉橋《くらはし》川の石《いは》の橋はも　男盛《をざか》りに我が渡りてし石《いは》の橋はも　（一二八三）

（歌意）〈梯立の〉倉橋川の飛び石の橋はどこへいってしまったのだ。男盛りの時に、おれがたびたび渡ったあの飛び石の橋は。

「梯立の」は枕詞。梯子を立てて倉に入る意から倉にかかる。「倉橋川」は、多武峯から北流し、桜井市倉橋を通り西流、橿原市十市町で寺川に合流、磯城《しき》郡川西町（西名阪道法隆寺ＩＣの近く）で大和川に注ぐ。「石《いは》の橋」は、石橋《いしばし》とは違って石橋《いわばし》で、川の浅瀬に飛び石を並べて渡れるようにしたものをいう。

年を経て、懐かしい倉橋川に来てみたら、周りの様子は昔と変わらないが、恋人のもとへ通うためによく渡った石橋《いわばし》が無くなっている。おれの青春の思い出の、あの石橋はどこへいってしまったのだと詠う。中年男が青春時代を回想した歌で、ユーモアの中にペーソスも感じる。そんな時があったなあと共感され、流行しただろう歌である。

「梯立の倉橋川」を詠む歌はもう一つある。「梯立の倉橋川の川のしづ菅我が刈りて笠にも編まぬ川のしづ菅」（一二八四）（倉橋川のしづ菅よ。おれが刈り取って、笠にも編まなかった川のしづ菅よ）。契りを交わしながらそのまま逢っていないことを寓しているという。この歌も面白い歌である。

青みづら依網《よさみ》の原に人も逢《あ》はぬかも　石走《いはばし》る近江《あふみ》県《あがた》の物語りせむ　（一二八七）

（歌意）〈青みづら〉依網の原で誰か人に会わないかなあ。〈石走る〉近江の国の物語をしたいものだ。

「依網の原」は不明の地。「石走る」は「たぎ（滝）」「たるみ（垂水）」「近江」などにかかる枕詞。「近江県」は、近江地方、近江の国などのこと。

依網の原の場所が分かると歌の意味も分かると思うが、所在地が不明なので歌の意味もよく分からない歌である。でもなにか気になる歌である。「近江県の物語りせむ」が、なにか惹きつけるものがある。この歌は人麻呂の歌だと思うから、人麻呂にとって近江の国とはいったいどんなところなのだろうか。まず思い浮かぶのは、壬申の乱である。人麻呂は高市皇子の挽歌の中で、壬申の乱の激しい戦闘の様子をダイナミックに描いているから、かなり知識と関心を持っていたものと思われる。そしてそれに続いて、廃都大津宮を過ぎた時の歌もある（二九～三一）。後世の平家物語も、法師によって源平合戦の様子が語り継がれていたことを思うと、壬申の乱物語とでもいうような語りがあったかもしれない。もう一つ考えられるのは、これも人麻呂の歌にある、吉備津の采女の死に関する歌（二一七～二一九）である。これも事件性のある歌で世間で語られる素材である。このようにこの歌は、なにか人麻呂の中に宿る不思議さを含んだ魅力を持つ歌である。

水門《みなと》の葦の末葉《うらば》を誰《たれ》か手折《たを》りし　我《わ》が背子《せこ》が振る手を見むと我《われ》そ手折りし

（一二八八）

（歌意）湊の葦の末葉を誰が折ったのだ。

舟に乗った我が背子が私に振る手をよく見ようと、私が折ったのよ。

「水門」は湊。「末葉」は、先っぽをいう。

問答体の歌であり内容も分かりやすい。しかし、「我が背子」と「我」との関係でいろいろに解釈できる歌である。湊は人の集まる場所で、いろいろなドラマが生まれやすいから、読み方によっていろいろなストーリーができる。夫と妻の場合もあるし、男と遊女の場合もある。夫と妻の場合も、漁に出る夫も考えられるし、長旅に立つ夫も考えられる。読む人の受け止め方によって内容や味わいがだいぶ違ってくる歌である。

ここまでの歌は人麻呂歌集にあった歌である。

春日なる三笠の山に月の舟出《い》づ　遊士《みやびを》の飲む酒坏《さかづき》に影に見えつつ　（一二九五）

（歌意）〈春日なる〉三笠の山に月の舟が出た。遊士《みやびを》の飲む杯に影を映して。

「月の舟」は三日月を舟に見立てた言い方。

この旋頭歌一つだけは人麻呂歌集の歌ではない。前出の人麻呂歌集の、地方の人々の生活の味わいがしたおおらかな旋頭歌とずいぶん違って、貴族趣味の雅な味わいの歌である。歌の中にゆったりとした遊びが無くて全体が繊細である。

み幣《ぬさ》取り三輪《みわ》の祝《はふり》が斎《いは》ふ杉原《すぎはら》　薪《たきぎ》伐《こ》りほとほとしくに手斧《てをの》取らえぬ　（一四〇三）

（歌意）み幣を手に取って、三輪の神官が大事に守っている杉原よ。その杉原に入って薪を採ろうとして、ほとんど手斧を取られるところだったよ（大事にされている箱入り娘に手を出して、ひどい目にあいかけたよ）。

巻七の最後の方にこの歌が、ぽつんと一つ載っているが、同じ旋頭歌であり面白い歌なのでここに入れた。「三輪の祝が斎ふ杉原」は、大神神社《おおみわじんじゃ》の神官が神聖な所として大事に斎《いつ》き守っている、ご神体の三輪山を含めた杉原であろう。そこに入って薪を採ろうとは、かなり大胆な行いであり、見つかれば厳罰ものである。妻問いの失敗を寓しているのである。この杉原は、大事にされている娘とも人妻とも譬えることができ、いろいろに想像ができる。ユーモアがあり面白い歌である。

譬喩歌

絹に寄《よ》する

紅に衣《ころも》染《そ》めまく欲《ほ》しけども着てにほはばか人の知るべき　（一二九七）

（歌意）紅に衣を染めたいと思うけれども、もし着て美しく映えたなら人が気づくだろうか（あなたの求婚を受け入れたいと思うけれども、うれしいそぶりが目立つと人に気づかれるだろうな）。

絹の衣を紅に染めることは女性にとって一番うれしいこと、心の躍ることであるから、「染めまく欲しけども」は、男性からの求婚を受け入れたいと思うけれどもになる。「着てにほはばか」の「にほふ」は、ニは丹で赤色、ホは穂・秀の意で外に現れることで、赤などの色にくっきりと色づくのが原義で、「美しく映える」の意味になる。そこから、「着てにほはばか」は、私のうれしいそぶりが目立つと、と読める。当時は正式に結ばれる前に人に知られると、二人の関係がうまくいかなくなると言われていたので、人に知られないように殊更気を付けたようだ。

玉に寄する

あぢ群《むら》のとをよる海に舟《ふね》浮《う》けて白玉《しらたま》採《と》ると人に知らゆな　（一二九九）

（歌意）あぢ鴨の群れが波に揺れ漂う海に舟を浮かべて、真珠を採っていると人に知られないようにしてください（口うるさい世間の看視の中で、私と交際していることを知られないように気を付けてください）。

「あぢ群のとをよる海」は、「あぢ群」はあぢ鴨の群。トモエ鴨の別名である。「とをよる」は揺れ動く。世間の口うるさい様を譬えている。「白玉」は真珠のことで美しい娘、すなわち作者のことをいう。「白玉採る」とは交際していることである。

大海《おほうみ》の水底《みなそこ》照らし沈《しづ》く玉斎《いは》ひて採《と》らむ風な吹きそね　（一三一九）

（歌意）大海の水底を照らして沈んでいる真珠を、身を清めて採ろうと思う。どうか風よ吹かないでおくれ（父母にしっかりと見守られて大事にされているあの美しい箱入り娘に、私は身を清めて（覚悟を決めて）求婚しようと思う。娘の父母も世間もどうか邪魔立てしないでほしい）。

弓に寄する

南淵《みなぶち》の細川山に立つ檀《まゆみ》弓束《ゆづか》巻くまで人に知《し》らえじ　（一三三〇）

（歌意）南淵の細川山で育つ檀《まゆみ》の木、立派な弓となって弓束《ゆづか》を巻くまで人には知られたくない（南淵の里に住むかわいい娘。成長して私と契りを結ぶまで人には知られたくない）。

「南淵」は明日香村稲淵。「細川山」は、明日香村の東北辺。多武峰から流れ出て西流する細川（冬野川）に臨んでいる。「檀」は、マユミの木。弓に用いられた。「弓束引くまで」は、いい弓となって握りの皮を巻きつけるまでの意で、二人で契りを結ぶまで。

草に寄する

月草《つきくさ》に衣《ころも》色どり摺《す》らめどもうつろふ色と言ふが苦しさ　（一三三九）

（歌意）つゆ草で衣を摺り染めにしようと思うけれども、色があせやすいと人が言うので心が苦しくなる（申し出を受け入れようと思うけれども、気の代わりやすい人だと聞くのが心配だ）。

月草《つきくさ》に衣《ころも》は摺《す》らむ朝露に濡《ぬ》れての後《のち》はうつろひぬとも　（一三五一）

（歌意）つゆ草で衣を摺り染めにしようと思う。朝露に濡れたあと、たとえ色があせてしまっても（あの人の申し出を受け入れよう。結婚した後で、たとえ気が変わってしまっても構わない）。

二つの歌とも女性の歌である。「月草」はツユクサのこと。この草で染めた藍色は水で落ちやすい。「摺る」は摺り染めにすること。「うつろふ色」は、染めてもすぐにあせてしまう色。二首とも、浮気っぽい色男に惚れてしまった娘の心を

詠んでいる　揺れる気持ちがよく出ている。

「草に寄せる」では、萱《かや》、山橘、菅、浅茅《あさじ》、杜若《かきつばた》、女郎花、コモ、小竹など、いろいろな草が詠われている。

藻に寄する

紫の名高《なたか》の浦のなのりその磯に靡《なび》かむ時待《ときま》つ我《われ》を　（一三九六）

（歌意）〈紫の〉名高の浦のなのりそが磯に靡く時をひたすら待っている私です（求めてもなかなか名を告げようとしないあなたが、心許すときをひたすら待っている私（男）です）。

「紫の」は「名高」にかかる枕詞。紫色は官位高い人の衣を染める色で、紫を上服に着る人は名高い人であることからきている。「名高の浦」は、和歌山県海南市名高の浦。「なのりそ」は海藻のホンダワラのこと。「名告《なの》りそ——名前を告げない」に通じることから、名を告らぬ女（求婚に応じない女）に譬えた。

巻八

明日香稲渕の朝の景色

巻八は、「春雑歌」・「春相聞」、「夏雑歌」・「夏相聞」、「秋雑歌」・「秋相聞」、「冬雑歌」・「冬相聞」の部立てで、計二百四十六首を載せている。作者名を記し、歌を年代順に並べている。ここでは、その中から五十五首を載せる。

春雑歌

志貴皇子の懽《よろこび》の御歌一首

石走《いはばし》る垂水《たるみ》の上のさわらびの萌《も》え出《い》づる春になりにけるかも　（一四一八）

（歌意）岩の上を激しく流れ落ちる滝の上に、さわらびが芽を出す春になったことだなあ。

有名な歌である。「岩走る」は、「イハソソク」とも「イハバシル」とも訓まれてきた。「垂水」は滝のことである。春の訪れを、水が激しく落ちたぎる滝の上に萌え出るワラビの姿に託してその喜びを詠っている。発想力の優れた歌である。しかし、ワラビが芽を出すのは、旧暦三月から四月で、新暦では五月から六月である。つまり田植えの時期で、季節では夏になる。だから、「ワラビが芽を出す春になった」という歌意がすんなりとは理解できないのであるがそのまま受け入れておく。

鏡王女《かがみのおほきみ》が歌一首

神《かむ》なびの石瀬《いはせ》の杜《もり》の呼子鳥《よぶこどり》いたくな鳴きそ我《あ》が恋まさる　（一四一九）

（歌意）神奈備の石瀬の杜に棲む呼子鳥よ、そんなにひどく鳴かないでおくれ。おまえが鳴くと、私の恋が募ってしまうので。

鏡王女は鎌足の正妻で不比等の母である。額田王の姉とも言われている。「神奈備の石瀬の杜」は、生駒郡の斑鳩《いかるが》町近辺にあった杜と言われている。呼子鳥は、カッコウだろうと考えられている。恋心を募らせる鳥としては、ホトトギスが多く詠われている。ホトトギスは、恋心に苦しむ胸を更に締め付けられるような鳴き声であるのに対してカッコウは、繰り返し鳴くことで、恋人への思いが徐々に高まっていくような鳴き方である。この歌は、簡明でしかも王女の気持ちが素直に表されている歌である。

山部宿禰《すくね》赤人が歌（四首中の二首）

春の野にすみれ摘みにと来《こ》し我《わ》れぞ野をなつかしみ一夜《ひとよ》寝にける　（一四二四）

明日よりは春菜《はるな》摘まむと標《し》めし野に昨日も今日も雪は降りつつ　（一四二七）

（歌意）春の野にスミレを摘もうとして来た私は、春の野の美しさに心惹かれて、そこで一夜を過ごしたことだ。（一四二四）

明日から春菜を摘もうと標《しめ》をした野に、昨日も今日も雪は降り続いている。（一四二七）

春の野遊びの宴の時に詠んだ歌のようだ。春を代表する草花を題材にして気持ちを詠み込んだ美しい歌である。一四二四番の、スミレの花咲く春の野とはいかにもロマンチックで美しい情景である。一四二七番は、赤人の名歌で、和漢朗詠集にも新古今和歌集にも載っている。「標めし野」とは、縄を張り巡らして立ち入りを禁止した野。雪のために春菜が摘めない状況を歌っているが、春雪が降り続く春野の風情もまた美しい。春菜とは春の七草などを言うのであろう。これらの歌を読むと、単なる春の風情ばかりでなくて何か恋心をも呼び起こすような趣がある。

山部宿禰赤人が歌一首

百済《くだら》野の萩の古枝《ふるえ》に春待つと居《を》りしうぐひす鳴きにけむかも　（一四三一）

（歌意）　百済野の萩の古枝で春を待ちながらとまっていたウグイスは、今は鳴いたことだろうか。

梅の小枝のウグイスは一般的だが、秋の代表の萩の古枝にとまって春を待つウグイスという発想が粋である。百済野は、奈良県北葛城郡広陵町辺りの野とも、藤原宮址付近とも言われる。ウグイスの鳴き声もまた美しい。赤人の歌は、視覚的にも聴覚的にも美しいものが多い。

大伴坂上郎女が柳の歌（二首中の一首）

うち上《のぼ》る佐保の川原《かはら》の青柳は今は春へとなりにけるかも　（一四三三）

（歌意）　さかのぼっていく佐保の川原の青柳は、柔らかく色づいてきて今は春の頃となったことだなあ。

柳の新芽が柔らかく色づく川辺の景色は人の心をときめかすような瑞々しい美しさがある。佐保には大伴氏の館があったから、自宅付近の景色であろう。そんな佐保川縁をさかのぼりつつ春の風情を楽しむとは、実に優雅である。

厚見王《あつみのおほきみ》が歌一首

かはづ鳴く神奈備《かむなび》川に影見えて今か咲くらむ山吹の花　（一四三五）

（歌意）　河鹿ガエルの鳴く神奈備川に影を映して、今頃は咲いているだろうか、山吹の花は。

「神奈備川」は、神奈備の地（神の鎮座する神聖な地）を流れる川で、この歌の川は、明日香川とも竜田川とも言われる。「かはづ」は河鹿ガエルのことでありカジカとは違う。澄んだ川辺に住み、初夏の頃美しい声で鳴く。河鹿ガエルの鳴く清く澄み切って神聖な川面に、黄色い影を映して山吹が咲いている光景は実に美しい。「今か咲くらむ」と詠っているから、実際に今見ている場面ではなくて、かつて見た景色をもとに頭の中に思い描いた景色であろう。厚見王は、生没年等不明である。巻四の六六八番にも歌がある。天平勝宝の頃少納言であったという。

河辺《かわへ》朝臣東人《あづまひと》が歌一首

春雨のしくしく降るに高円《たかまと》の山の桜はいかにかあるらむ　（一四四〇）

（歌意）　春雨がしとしと降っているのに、高円山の桜は今どんな様子だろうか。

春雨に煙る庭の景色を眺めながら、桜の名所、高円山の様子を思い描いた歌であろう。春雨と高円山の桜とが融合して柔らかい春の姿を描き出している。「しくしく降る」が、春雨の様子をよく表している。河辺朝臣東人は、天平五年（七三三年）山上憶良の病気が重くなった時に、藤原朝臣八束《やつか》の指示で憶良を見舞って病状を尋ねている人物である。

大伴坂上郎女《いらつめ》が歌一首

世の常に聞けば苦しき呼子鳥《よぶこどり》声なつかしき時にはなりぬ　（一四四七）

（歌意）　常日頃に聞いていると、聞き苦しい呼子鳥ではあるが、その声が懐かしくなる季節になった。

「呼子鳥」はカッコウと言われている。カッコウはしつこく鳴くので普段は聞き苦しく感じるのだろうか。鏡王女は、一四一九番で、「いたくな鳴きそ我が恋まさる」と詠っている。人により捉え方が違うのが面白い。そのカッコウの鳴き声の懐かしい季節がやってきたと詠んでいる。郎女はカッコウの鳴き声を肯定的に捉えているのである。この歌は天平四年（七三二年）三月一日に佐保の大伴氏の宅で詠まれた。晩春の情景である。大伴旅人が亡くなって七か月ほど過ぎた時である。

春相聞

大伴宿禰家持、坂上家の大嬢《おほいらつめ》に贈る歌一首

我がやどに蒔《ま》きしなでしこいつしかも花に咲きなむなそへつつ見む　（一四四八）

（歌意）　私の家の庭に蒔いたナデシコは、いつ花と咲くだろう。このナデシコを美しいあなたに見立てて見守っていよう。

坂上大嬢《おおいらつめ》は、大伴宿奈麻呂と大伴坂上郎女《いらつめ》との娘で、家持とは従妹《いとこ》であり、後に正妻となる。家持はナデシコがとても好きでよく歌に詠んでいる。その大好きなナデシコを最愛の大嬢になぞらえて想いを伝えている。

笠女郎《かさのいらつめ》、大伴家持に贈る歌一首

水鳥《みづどり》の鴨の羽色《はいろ》の春山のおほつかなくも思ほゆるかも　（一四五一）

〈歌意〉《序　水鳥の鴨の羽の色のような緑の春山が霞でぼんやりとしているように》あなたのお気持ちがはっきりしなくて気がかりに思えます。

笠女郎の歌は、全て家持へ贈った恋の歌である。前に述べたが、巻三の三九五～三九七番、巻四の五八七～六一〇番の歌は、どれも家持への想いを詠ったすばらしい恋歌であるにもかかわらず、家持からの返歌は、「なかなかに黙《もだ》もあらましを何すとか相見そめけむ遂げざらまくに（かえって黙っていればよかったのに、どうして逢い始めてしまったのだろう。二人の仲は遂げられないだろうに）」（六一二）と、悲観的で、避けているようにも思える歌である。このような歌を返された女郎の気持ちを思いやり同情してしまうのである。この歌も、はっきりしない家持に対して不安を訴えている歌である。池に浮かぶ鴨の緑の羽色から春山を導き出し、ぼんやりと霞む春山から「おほつかなく」を導き出すその技法の巧みさはみごとである。

天平五年癸酉《みづのととり》の春の閏三月に、笠朝臣金村、入唐使《にふたうし》に贈る歌一首并せて短歌

玉たすき　懸《か》けぬ時なく　息の緒《を》に　我《あ》が思ふ君は　うつせみの　世の人なれば
大君の　命《みこと》畏《かしこ》み　夕されば　鶴《たづ》が妻呼ぶ　難波潟《なにはがた》　御津《みつ》の崎より　大船に　真楫《まかぢ》
しじ貫《ぬ》き　白波の　高き荒海《あるみ》を　島伝《しまづた》ひ　い別れ行かば　留《とど》まれる　我《われ》は幣《ぬさ》引き
斎《いは》ひつつ　君をば待《ま》たむ　早《はや》帰りませ　（一四五三）

反歌

波の上ゆ見ゆる小島《こしま》の雲隠《くもがく》りあな息《いき》づかし相《あひ》別れなば　（一四五四）

たまきはる命《いのち》に向ひ恋ひむゆは君が御船《みふね》の楫柄《かぢから》にもが　（一四五五）

（歌意）〈玉たすき〉心にかけない時もなく、命の綱と、私が頼りにしているあなたは、〈うつせみの〉この世の人だから、大君の仰せを謹んで受けて、夕方になると鶴が妻を呼び求めて鳴く難波の三津の崎から、大船の両舷に楫をいっぱい通して、白波の立つ荒海を、島伝いに別れて唐の国へ行ったならば、後に残る私は、幣を手向けて無事を祈りつつあなたの帰りを待ちましょう。早くお帰りなさい。　（一四五三）

反歌

《序　波の上から見える小島が、雲に隠れて見えなくなるように》あなたが見えなくなって、ああ苦しいことだ。別れてしまったら。　（一四五四）

〈たまきはる〉命がけで恋しく思っているよりは、あなたの乗る船の梶の柄になってあなたのお側にいたい。（一四五五）

天平五年閏三月に、笠朝臣金村が入唐使に贈った歌である。この時の遣唐使の長官（大使）は、多治比真人広成《たじひのまひとひろなり》であり、山上憶良も遣唐使の無事を祈って広成に、巻五で「好去好来の歌」を献じている。

「大船に真楫しじ貫き」は、大きな船の両舷に楫をいっぱい通して。そして、荒波をも乗り越えて唐へ向かう。後に残った金村は、幣を手向けて、入唐使広成の無事の帰国を心から祈るのである。「白波の　高き荒海を　島伝ひ　い別れ行かば　留まれる　我は幣引き　斎ひつつ　君をば待たむ　早帰りませ」ここには、「必ず無事で帰ってきてください」という金村の渾身の思いが込められている。

紀女郎《きのいらつめ》、大伴宿禰家持に贈る歌二首

戯奴《わけ》がため我が手もすまに春の野に抜ける茅花《つばな》ぞ食《め》して肥えませ　（一四六〇）

昼は咲き夜は恋ひ寝《ぬ》る合歓木《ねぶ》の花君のみ見めや戯奴《わけ》さへに見よ　（一四六一）

右は、合歓《ねぶ》の花と茅花《つばな》とを折り攀《よ》ぢて贈る。

（歌意）そち（家持のこと）のために、私が手も休めずに春の野で摘んだ茅花であるぞ。食べて肥えなさいませ。（一四六〇）

昼間は咲き、夜は恋しく抱き合って寝るネムの花、主人（郎女のこと）だけが見てよいものでしょうか。そちも見なさい。　（一四六一）

右は、ネムの花とツバナとを折り取って攀じ合わせて贈った。

紀郎女は紀朝臣鹿人《かひと》の娘、名は小鹿。志貴皇子の孫の安貴王《あきのおおきみ》の妻となったが、王が失脚した後、家持と関係を持ち、家持との贈答歌が載っている。

「戯奴《わけ》」は、若輩、若造のこと。家持は年下であるから紀郎女がこう呼んだ。そして自分のことを「君」と言っている。もちろん戯れである。それほどに心が許し合える仲であったようだ。「茅花《つばな》」はチガヤの花穂で、食用にした。「合歓木の花」は、ネムの花のこと。夜になると葉が閉じ、その形が男女が抱き合って寝る形に似ているから「合歓の花」と書いた。それを、「一緒に合歓の花を見なさい」と戯れながらもしっかりと誘っている。とても官能的で、また、なかなかしたたかでもある。

大伴家持、贈り和《こた》ふる歌二首

我が君に戯奴《わけ》は恋ふらし賜《たば》りたる茅花《つばな》を食《は》めどいや痩《や》せに痩す　（一四六二）

我妹子《わぎもこ》が形見の合歓《ねぶ》木は花のみに咲きてけだしく実にならじかも　（一四六三）

（歌意）我が君に私は恋しているらしいです。頂いた茅花を食べましたが、恋のためにますます痩せるばかりです。（一四六二）

あなたから頂いたネムの木は、花だけ咲いておそらく実を結ばないのではないでしょうか。（一四六三）

いたずら心の戯れた前歌に対して家持も負けてはいない。十分に戯れた歌を返している。一四六三番の、「花のみに咲きてけだしく実にならじかも」は、「恋が実らないだろう」ということだが、これも冗談であろう。かえって心が結ばれて会う回数が増えたのではなかろうか。紀郎女は、家持より年上であるが男心を捉えるのがうまい魅力ある女性であったようで、家持が心から打ち解けている。

大伴家持、坂上大嬢《おほいらつめ》に贈る歌一首

春《はる》霞《かすみ》たなびく山のへなれれば妹に逢はずて月ぞ経《へ》にける　（一四六四）

（歌意）春霞の棚引く山が隔てているので、あなたに逢わずに月日が経ってしまった。

この歌は、家持が久邇《くに》の京から、奈良の佐保の家にいる大嬢《おおいらつめ》に贈った歌である。久邇の京は、天平十二年から十六年までの都であるから、家持二十三歳から二十七歳のころの作である。

夏雑歌

藤原夫人《ぶにん》が歌一首

ほととぎすいたくな鳴きそ汝《な》が声を五月の玉にあへ貫《ぬ》くまでに　（一四六五）

（歌意）ホトトギスよ、そんなに鳴かないでおくれ。お前の声を五月の玉に混ぜて緒に通すことができるようになるまでは。

「藤原夫人」は、藤原鎌足の娘の五百重娘《いおえのいらつめ》。天武天皇の夫人で、新田部皇子の母である。「五月の玉」は、五月五日の節句に邪気を払うために飾った薬玉で、菖蒲や橘の実などをつけて、五色の糸を垂らしたものだという。

ホトトギスの声を緒に通すという発想がおもしろい。ホトトギスは高い声で切れ切れに鳴くから、鳴き声の一つ一つを緒に貫くという発想が生まれたのだろう。「ほととぎす汝が初声は我にもが五月の玉に交へて貫かむ」（一九三九）などの類歌がある。ホトトギスは夏を代表する鳥で、万葉集には百五十三首もホトトギスを詠った歌がある。そしてその大部分がその鳴き声から、興を催す鳥、恋心を高ぶらせる鳥として登場している。官人たちの宴などで、歌の題材としてもてはやされた鳥である。ここでも以下にいくつか、ホトトギスの歌を載せてみた。

志貴《しき》皇子の御歌一首

神《かむ》なびの石瀬《いはせ》の杜《もり》のほととぎす毛無《けなし》の岡にいつか来鳴かむ　（一四六六）

（歌意）神なびの石瀬《いわせ》の杜のホトトギスは、毛無の岡にいつ来て鳴くだろうか。

「神なび」は神が降臨する神聖な所。「石瀬の杜」は生駒郡斑鳩町の車瀬の森だという。「毛無の岡は」、樹木の生えない岡ということで、ここでは、法隆寺の北方、「毛無池《けなしいけ》」の辺りとする説がある。歌の意味はしごく単純だが、「神なびの石瀬の杜」と「毛無の岡」という何か心惹かれる二つの固有の地名を入れることで、土地への興味がわき、あわせて空間的な広がりが出てくる。おおらかな気分で音読したくなる歌である。

式部大輔《だいふ》石上堅魚《かつを》朝臣が歌一首

ほととぎす来鳴き響《とよ》もす卯の花の伴《とも》にや来《こ》しと問はましものを　（一四七二）

（歌意）ホトトギスが飛んできて、鳴き声を響かせている。（奥様がおいでの時ならば）ホトトギスと仲良しの、卯の花と一緒に飛んできたのかと尋ねただろうに（奥様が亡くなられて、旅人卿と一緒に居られない今は、はばかられて、尋ねることもできない私です）。

大宰帥《そち》大伴卿が和《こた》ふる歌一首

橘の花散る里のほととぎす片恋《かたこひ》しつつ鳴く日しぞ多き　（一四七三）

（歌意）橘の花の散る里のホトトギスは、一人で恋いつつ嘆いて鳴く日が多いことです。

神亀五年（七二八年）、大伴旅人は大宰府長官として赴任した。妻の大伴郎女も同伴した。着任が一月一日付であれば、前年の暮れには二人は筑紫に下ったものと思われる。さて、妻の大伴郎女は、大宰府に着いてすぐに（四月ごろか）病気にかかり亡くなってしまった。そこで、勅命によって、式部大輔《だいふ》石上堅魚《かつお》を大宰府に遣わして弔問させ、見舞いの品を賜った。任務が終わり、堅魚ら都からの使いと、大宰府の高官たちが、共に記夷城《きいのき》に登って遊覧した日にこの歌を作ったとの説明が、一四七二番の後に載っている。記夷城は、大宰府の西南、肥前との境の山（基山）にあった城塞。使いの石上堅魚が、旅人の心中を案じて詠った歌の返礼に「ホトトギスは、一人で恋いつつ鳴いています」と詠う。ホトトギスは旅人自身である。

大伴家持が霍公鳥《ほととぎす》の歌一首

卯の花もいまだ咲かねばほととぎす佐保の山辺に来鳴き響《とよ》もす　（一四七七）

（歌意）　卯の花もまだ咲かないのに、ホトトギスが佐保の山辺に来て鳴きたてている。

「佐保の山辺」は、家持の家の周りの山辺である。「卯の花とホトトギスはセットであるのに、ホトトギスだけが早く来て鳴いている」と詠う中には寓意があるだろうか。あるとすれば、「まだ恋も成就していないのに、ホトトギスが鳴きたてるから恋の苦しみが増してたまらない」ということになるだろう。

大伴家持が唐棣花《はねず》の歌一首

夏まけて咲きたるはねずひさかたの雨うち降《ふ》らばうつろひなむか　（一四八五）

（歌意）　夏を待ちうけて咲いた唐棣花《はねず》は、〈ひさかたの〉雨が強く降れば色あせてしまうだろうか。

唐棣花《はねず》は、庭梅、木蓮、庭桜などの説があるという。六五七番の歌では、ハネズ色は移ろいやすいものと詠われている。「夏の来るのを待ちに待ってやっと咲いたハネズであるのに、雨が強く降れば色あせないだろうか」と心配している。これにも寓意がありそうである。

大伴家持が石竹《なでしこ》の花の歌一首

我がやどのなでしこの花盛りなり手折《たを》りて一目見せむ子もがも　（一四九六）

（歌意）　我が家の庭に咲くナデシコの花は今真っ盛りだ。手折って一目見せたい子がほしいなあ。

ナデシコは、家持が好んだ花である。万葉集にはナデシコが載る歌は二十六首あるが、その中で家持の歌は十一首と多い。女性との関係では、大嬢へ贈る歌が二首、紀女郎へ贈る歌が一首、亡妾を偲ぶ歌が一首ある。また、笠女郎から家持へナデシコの花の歌が贈られている。ここでは、誰を思い描いてこの歌を詠んだのだろうか。紀女郎は年上であり、笠女郎は才女である。「子もがも」とあるから、可愛い年下の娘、大嬢を想っているのではないかと想像してしまう。

夏相聞

大伴坂上郎女が歌二首

暇《いとま》なみ来まさぬ君にほととぎす我《あ》れかく恋ふと行きて告げこそ　（一四九八）

夏の野の茂みに咲ける姫百合《ひめゆり》の知らえぬ恋は苦しきものぞ　（一五〇〇）

（歌意）　暇がないからと言ってお出でにならない君に、ホトトギスよ、私はこんなに恋していると、行って知らせておくれ。　（一四九八）

《序　夏の野の茂みにひっそりと咲いている姫ゆりが目につかないように》あの人に知ってもらえない恋はとても苦しい。　（一五〇〇）

「夏の野の茂みに咲ける姫百合の」は、茂みにひっそりと咲いている姫ゆりは人に知られないことから、「知らえぬ」を起こす序詞。心寄せる人に知ってもらえない女性の片思いを導き出すのに、ぴったりの序詞である。乗鞍高原を散策した時に草の中にぽつんと咲いている山百合を見つけてきれいだなあと思ったことがあるが、女性の片思いと、ひっそりと咲く姫百合のイメージがよく合う。深い恋心を胸の奥に秘めて、ずっと耐えている女性がイメージされる。

大伴田村大嬢、妹《いもひと》坂上大嬢に与ふる歌一首

故郷の奈良思《ならし》の岡のほととぎす言《こと》告げ遣《や》りしいかに告げきや　（一五〇六）

（歌意）　故郷の奈良思の岡のホトトギスに、あなたへの伝言を頼みましたが、本当に伝えてくれましたか。

大伴田村大嬢は、坂上大嬢の異母姉。父は大伴奈良麻呂。田村の里に住んでいたのでこの名がある。奈良思の岡は不明。この姉妹は仲がよかったようで、田村大嬢は妹に歌を何回も贈っている。

秋雑歌

岡本《をかもと》天皇の御製歌一首　三十四代舒明天皇

夕されば小倉の山に鳴く鹿は今夜《こよひ》は鳴かず寐《い》ねにけらしも　（一五一一）

（歌意）夕方になると、妻を求めて鳴く鹿が今夜は鳴いていない。妻に逢えて一緒に寝てしまったらしい。

この歌に似た歌が、巻九の巻頭に雄略天皇の歌として載っている（一六六四番）。後述する。

大津皇子の御歌一首

経《たて》もなく緯《ぬき》も定めず娘子《をとめ》らが織る黄葉《もみちば》に霜な降りそね　（一五一二）

（歌意）たて糸もよこ糸も定めずに娘子《おとめ》らが美しく織った黄葉に、霜よ降らないでおくれ。

懐風藻に大津皇子の「志を述ぶ」と題する次の漢詩が載っている。

天紙《てんし》風筆《ふうひつ》雲鶴《うんかく》を画《えが》き
山機《さんき》霜杼《そうちょ》葉錦《ようきん》を織《お》らむ

天のごとく広い紙の上に、風のごとく自由に筆を運ばせて、雲間に飛ぶ鶴を描き、山が物を織る機《はた》となって、霜が横糸をつける杼《ひ》となって、黄葉《もみじ》という錦の織物を織る。
（このように自由にしかも彩のあるよい詩を作りたいものだ）

漢詩では、花の咲き乱れる様を錦に譬えることが多い。この漢詩の日本語版がこの短歌であろう。大津皇子の死に際しても、懐風藻と万葉集に漢詩と短歌が載っている。

長屋王が歌一首

味酒《うまさけ》三輪の社《やしろ》の山照らす秋の黄葉《もみち》の散らまく惜しも　（一五一七）

〈歌意〉〈味酒《うまさけ》〉三輪神社の山を照らすように色づいた秋の黄葉の散り行くのが惜しい。

「味酒」は三輪の枕詞。うまい酒を盛った神聖な土器「御わ」からきている。「うまさけ」というだけあって、三輪神社には現在もたくさんの酒樽が奉納されている。酒造会社の信仰が厚い神社である。三輪山を「三輪の社の山」というのも趣が出てよい。その山を照り輝く黄色に染める黄葉は実に鮮やかである。撮影で大町八坂の山へ行った時に、晩秋の陽が当たったカラマツの黄葉に感動したことがあるが、春の山桜、秋の黄葉と日本の景色は昔も今もすばらしいものである。

長屋王は、高市皇子の子である。母は元明天皇の姉の御名部皇女。妃は草壁皇子と元明天皇の皇女の吉備内親王。血筋がよくしかも官僚として優秀で、順調に出世して、養老二年（七一八年）には大納言、同五年（七二一年）には右大臣、神亀元年（七二四年）には左大臣にまでなった。ところが、神亀六年（七二九年）二月に、漆部君足《ぬりべのきみたり》、中臣宮処東人《みやこのあずまびと》によって、謀反を企てていると密告され、自尽させられた。室の吉備内親王、子の膳夫王《かしわでおう》、桑田王、葛木王《かつらぎおう》、鉤取王《かぎとりおう》もともに自害した。同年八月に天平と改元され、藤原不比等の娘の光明子が皇后になっていることを考えると、これは藤原氏の陰謀ではないかと思われる。藤原四兄弟が、光明子を皇后にしようとした時に、筋を通して反対したのが長屋王であったからである。長屋王はたいへんな文化人であり、漢詩集「懐風藻」に詩三篇、万葉集に歌五首が採られている。広大な邸宅に文化人や新羅からの使者を招いてしばしば詩や歌の会を開いた。また、長屋王は熱心な仏教徒でもあり、大般若経全巻の書写(「長屋王願経」)を二度も行っている。惜しい人物をなくしたものである。

山上憶良が七夕の歌(十二首中の三首)

秋風の吹きにし日よりいつしかと我《あ》が待ち恋ひし君ぞ来ませる　(一五二三)

彦星の妻迎へ舟《ぶね》漕ぎ出《づ》らし天の川原《かはら》に霧の立てるは　(一五二七)

霞《かすみ》立つ天の川原に君待つとい行き帰るに裳《も》の裾《すそ》濡れぬ　(一五二八)

(歌意)　秋風が吹き始めた日から、いつかなあ、いつかなあと待ち焦がれていたあなたがおいでになる。　(一五二三)
彦星が、妻を迎える舟を漕ぎ出したようだ。天の川原に霧が立っているのは。　(一五二七)
霞立つ天の川原で、あなたを待って行ったり来たりしていると、裳の裾が濡れてしまった。　(一五二八)

今から千三百年も昔の時代に、今と同じように七夕の祭りがあり、歌が詠まれたことは不思議な気持ちがする。七夕伝説は中国から伝わったものである。六世紀の中国の年中行事を記した書物によると、「天の川の東に織女がある。天帝の娘である。毎年機を織る仕事について、雲の錦で天の衣を織っていた。天帝は娘が一人であるのを哀れんで、天の川の西側に住む牽牛に嫁がせた。嫁いだ後、織女はしだいに織物の仕事を怠けてやめてしまった。天帝は怒り、彼女を川の東に帰らせ、一年に一度しか会うことができないようにした」(大岡信『私の万葉集』より)。万葉集の七夕の歌はどれも、年に一度の逢瀬の場面を詠っている。古代では、大の大人の官人たちが伝説の牽牛・織女になりきって競って歌に詠んで行事を楽しんだのだ。現代では考えられない姿である。

山上朝臣憶良、秋野の花を詠む歌二首

秋の野に咲きたる花を指《およびを》折りかき数ふれば七種《ななくさ》の花　（一五三七）

萩の花尾花《をばな》葛花《くずはな》なでしこの花　をみなへしまた藤袴《ふぢはかま》朝顔の花　（一五三八）

（歌意）秋の野に咲いている花を指折り数えれば、七種類の花がある。（一五三七）
萩の花、薄の花、葛の花、なでしこの花、女郎花、そして藤袴、朝顔の花。（一五三八）

春の七草と並んで有名な歌である。「朝顔の花は」木槿《むくげ》とも桔梗とも言われている。ちなみに春の七草は、一三六二年頃に書かれた「河海抄《かかいしよう》」（源氏物語の注釈書）の中にある「芹、なづな、御行、はくべら、仏座、すずな、すずしろ、これぞ七種」が初見とされる。憶良の秋の七草の方が古い。一五三八番は、五七七・五七七の旋頭歌の形式である。広く人々に愛唱されやすい形式である。

湯原王が七夕の歌二首

彦星の思ひますらむ心より見る我れ苦し夜の更《ふ》けゆけば　（一五四四）

織女《たなばた》の袖《そで》継《つ》ぐ宵の暁《あかとき》は川瀬の鶴《たづ》は鳴かずともよし　（一五四五）

（歌意）彦星が別れを切なく思っておいでであろう心よりも、それを見ている私の方が一層苦しい。七夕の夜が更けていくので。（一五四四）

織女が彦星と袖を並べて寝る夜の夜明けは、川の瀬にいる鶴は夜明けを告げて鳴かなくてもよい。（一五四五）

宵は、男が女をたずねる時間で、暁は、男が女の所から帰る時間である。湯原王の歌は、夜が更けていよいよ彦星が織女の所から帰らなくてはならない時刻が迫った時を詠っている。年に一度の逢瀬を全うさせたいと願う湯原王の想いが凝縮されていてよい歌だと思う。

湯原王が鳴鹿《めいろく》の歌一首

秋萩の散りの乱《まが》ひに呼びたてて鳴くなる鹿の声の遥《はる》けさ　（一五五〇）

（歌意）秋萩が乱れ散る中、妻を呼び立てて鳴く鹿の声がはるか遠くから聞こえてくる。

湯原王が蟋蟀《こほろぎ》の歌一首

夕月夜《ゆふづくよ》心もしのに白露の置くこの庭にこほろぎ鳴くも　（一五五二）

（歌意）夕月夜で心切なく思う時に、白露の置いているこの庭にコオロギが鳴いている。

二つの歌とも、声の効果をうまく使っている。遥かに聞こえる鹿の声、夕月夜に鳴くコオロギの声を主に、そこに、乱れ散る秋萩や白露をうまく配置して、秋の心切ない情景をたくみに創り出している。みごとである。湯原王の歌は、吉野の菜摘の歌（三七五）にしても、この四つの歌にしても、とても澄んだ美しい調で、やさしくこまやかな感受性がみられる。湯原王は、志貴皇子の第二子である。

仏前の唱歌《しやうが》一首

しぐれの雨間《ま》なくな降りそ紅《くれなゐ》ににほへる山の散らまく惜しも　（一五九四）

（歌意）しぐれの雨よ、休む間もなく降らないでおくれよ。紅色に映えている、山の木の葉の散るのが惜しいから。

この歌には、（天平十一年の）「冬十月、皇后の宮の維摩講《ゆいまこう》の最後の日に、唐や高麗の種々の音楽を仏前に奉納して、その時この歌を歌った。琴を演奏したのは、市原王と忍坂王《おしさかおう》。歌い手は、田口朝臣家守《やかもり》、河辺朝臣東人《あずまひと》、置始連長谷《おきそめのむらじはつせ》ら十数人であった」との説明がある。この短歌が琴の伴奏で十数人の官人によって歌われていたことが分かる。すばらしい琴の演奏に乗って、この歌が朗々と歌われたことであろう。どのような歌いぶりであったのか実際の姿を知りたいものだ。

秋相聞

笠女郎、大伴宿禰家持に贈る歌一首

朝ごとに我《わ》が見るやどのなでしこの花にも君はありこせぬかも　（一六一六）

（歌意）朝な朝な見る我が庭のナデシコの花。この花があなたであったらいいのになあ。

流れるように滑らかにつながる歌で、歌うと気持ちのよい歌である。笠女郎の歌は、凝っていてしかもすばらしい歌が多いが、この歌は飾らずに素直に詠っていて女郎の想いがよく出ている。

大伴家持、姑《をば》坂上郎女が竹田の庄《たどころ》に至りて作る歌一首

玉桙《たまほこ》の道は遠けどはしきやし妹を相見に出《い》でてぞ我《わ》が来し　（一六一九）

（歌意）〈玉桙の〉道は遠いけれど、愛しい妻に逢いたくて、私は、はるばる出かけてきました。

坂上郎女の竹田の家には、従妹の坂上大嬢が住んでいる。その大嬢に逢いたくてはるばる佐保の家から訪ねてきた。竹田の庄は、奈良県橿原市東竹田にあった。佐保から竹田庄まで、三十キロ弱はあっただろうから、今現在車で四十五分ほどかかるとすれば、馬で行けば半日はかかったであろう。道が遠いというのも実感できる距離である。天平十一年（七三九年）八月、家持二十二歳の時である。

大伴坂上郎女が和《こた》ふる歌一首

あらたまの月立つまでに来《き》まさねば夢《いめ》にし見つつ思ひぞ我《わ》がせし　（一六二〇）

（歌意）〈あらたまの〉月がかわるまでいらっしゃらないので、夢にまで見て心配していました。

大嬢の母親坂上郎女も、娘の婿様はなかなか来てくれないなあと心配していたところに、やっと訪ねてきたのでホッとしたのだろう。「月立つまでに来まさねば」というのは、六月には、家持の妾が亡くなっており、一か月ほど喪に服して

いたものと思われる。八月になってようやく出かける気になったのだろう。

大伴宿禰家持、坂上大嬢《おほいらつめ》に贈る歌一首并せて短歌

ねもころに　物を思へば　言はむすべ　為《せ》むすべもなし　妹と我《あ》れと　手たづさ
はりて　朝《あした》には　庭に出《い》で立ち　夕《ゆうへ》には　床《とこ》うち掃《はら》ひ　白栲《しろたへ》の　袖さし交《か》へて
さ寝し夜や　常にありける　あしひきの　山鳥《やまどり》こそば　峰《を》向《むか》ひに　妻どひすとい
へ　うつせみの　人なる我《あ》れや　何《なに》すとか　一日《ひとひ》一夜《ひとよ》も　離《さか》り居て　嘆き恋ふら
む　ここ思《おも》へば　胸こそ痛き　そこ故に　心なぐやと　高円《たかまと》の　山にも野にも
うち行《ゆ》きて　遊び歩けど　花のみ　にほひてあれば　見るごとに　まして偲《しの》はゆ
いかにして　忘れむものぞ　恋《こひ》といふものを　（一六二九）

反歌

高円《たかまと》の野辺のかほ花面影《おもかげ》に見えつつ妹は忘れかねつも　（一六三〇）

（歌意）つくづくと物を思うと、言うすべも、するすべもない。あなたと私と、手を取り合って、朝は庭に出で立ち、夕べには床を払い清めて、〈白栲の〉袖を差し交わして寝た夜は、常にあっただろうか。〈あしひきの〉山鳥は、山の向こうまで妻を求めて飛んで行くというのだが、〈うつせみの〉現世の人である私は、どうして、一日一夜で

もあなたと離れていれば嘆き恋うのだろうか。このことを思うと、胸が痛む。それゆえに、心が和むかと、高円の山や野に行って遊び歩くけれど、花ばかりが美しく咲いているので、それを見るたびに、いよいよあなたのことが偲ばれる。どうしたら忘れることができるのか。恋というものを。（一六二九）

反歌

《序　高円の野辺に咲くかほ花のように》面影にずっと見えて、あなたのことは忘れることができない。（一六三〇）

家持が坂上大嬢に贈った長歌と短歌である。よい歌だなあと思う。長歌は、特にこれといった華もないが、繰り返し読んでいると家持の気持ちが心にジーンと伝わってくる気がする。歌の構成がしっかりしているからかもしれない。大きく三段落から構成される。一段目は、逢うことが久しくなくてなかなか逢えない現状を述べ、二段目は、逢えない胸の苦しさを詠う。そして三段目は、恋忘れしようと野山を遊歩したが、かえって更に恋しくなったと詠う。反歌はさらによい。「高円の野辺のかほ花」は、面影を起こす序詞であるが、実際の体験に基づいた序詞であり、「面影に見えつつ妹は忘れかねつも」の真実味や訴える力を高めている。「かほ花」はどんな花かは不明である。

大伴宿禰家持、久邇《くに》の京より寧楽《なら》の宅《いへ》に留《とど》まれる坂上大嬢に贈る歌一首

あしひきの山辺《やまへ》に居《を》りて秋風の日にけに吹けば妹をしぞ思ふ　（一六三二）

〔歌意〕〈あしひきの〉山辺にいて秋風が日ごとに吹くとあなたのことが恋しく思われる。

久邇の京遷都は、天平十二年（七四〇年）十二月だから、この歌は、天平十三年（七四一年）から天平十五年（七四三年）の間に作られたことになる。家持が二十四〜二十六歳の時である。大嬢の住む坂上家は、佐保の歌姫越えというところらしい。

冬雑歌

大宰帥《そち》大伴卿、冬の日に雪を見て、京《みやこ》を憶《おも》ふ歌一首

沫雪《あわゆき》のほどろほどろに降りしけば奈良の都し思ほゆるかも　（一六三九）

（歌意）あわ雪がはらはらと降って一面白くなると、奈良の都が思い出されることだなあ。

「沫雪」は、細かく消えやすい雪のこと。大宰府へ赴任した一年目の冬のことであろうか。温かい大宰府では、雪が降り積ることはめったになかっただろうから、一面真っ白になった景色を見ていたら、懐かしい奈良の情景が浮かんできて、恋しさが募ったことであろう。飾るところがなく、思いを率直に詠っているところがよい。巻三に、旅人の「浅茅原つばらつばらにもの思へば古りにし里し思ほゆるかも」（三三三）がある。これも大宰府で詠んだ同趣の歌である。

小治田《をはりだ》朝臣東麻呂《あづままろ》が雪の歌一首

ぬばたまの今夜《こよひ》の雪にいざ濡《ぬ》れな明けむ朝《あした》に消なば惜しけむ　（一六四六）

（歌意）〈ぬばたまの〉今夜の雪にさあ濡れて遊ぼうではないか。夜が明けて、あしたの朝消えてしまっていたら惜しい

だろうから。

「ぬばたまの」は枕詞。黒、夜、夕、月、暗き、今宵、夢、寝などにかかる。この歌は、平城京で詠んだものか、はたまた大宰府で詠んだものか不明であるが、関西では、信州と違って根雪になることはまれで、普段は朝日が当たると融けてしまうことが多い。だから夜に雪遊びをしようということになる。自分も少年の頃を振り返ると、夜、雪が積もってくると嬉しくて何度も庭へ出て、暗い空から降ってくる粉のような雪を掌に受けて、わくわくしたことを思い出す。大人になったらそういう気持ちはなくなり、「ああ、また積もりそうだ」とため息をつくようになったが、万葉時代の都人は、私の少年の時と全く同じ気持ちで詠っている。大の大人が無邪気な気持ちで雪と戯れているのがおもしろい。

冬相聞

大伴坂上郎女が歌一首

酒坏《さかづき》に梅の花浮かべ思ふどち飲みての後《のち》は散りぬともよし　(一六五六)

和《こた》ふる歌一首

官《つかさ》にも許したまへり今夜《こよひ》のみ飲まむ酒かも散りこすなゆめ　(一六五七)

（歌意）

大伴坂上郎女の歌一首

酒杯に梅の花を浮かべて、親しい者同士で飲んだ後は、花は散ってしまってもかまわない。　(一六五六)

答えた歌一首

お上も許して下さっています。今夜だけ飲む酒でしょうか。（後にも飲む酒ですから）梅の花は、ゆめゆめ散らないでほしい。　（一六五七）

この歌の後には、次のような説明で禁酒令について述べている。「右、酒は官命により、次のように禁制された。『都の中、村の中で宴会を開いてはならない。ただし、親しい者同士寄り合って一人二人と飲んで楽しむ分には構わない』と。そこで、歌を返した人は、この発句を作ったのである」と。禁酒令が出されたということは、国の状態が異常であったということだろう。

禁酒令は、養老六年（七二二年）、天平四年（七三二年）、天平九年（七三七年）、天平宝字二年（七五八年）の四度発せられたことが続日本紀に記されているという。どんな時に禁酒令が出されたかと言うと、一つは、凶作の年に大赦して、禁酒・断奢を命令したもの（養老六年、天平四年、天平九年）であり、天平宝字二年のものは、二月二十日の詔に、「このごろ民間で宴会をやって、上をそしったり闘争に及んだりするのは不都合だから、王公以下の者は祭りや医療のほかには酒を飲んではいけない。友人や同僚で親しみのために飲む時は、官司に申して許可を得よ」とあり、罰則も述べているという（日本古典文学大系本（旧・新）参照）。そこで、この四度の禁酒令が出されたころの国情を年表で見てみると、次のようなことが分かった。まず養老六年一月には、多治比真人三宅麻呂、穂積朝臣老《おゆ》らが元正天皇を批判した罪で島流しになった事件が起こっている。天平四年には目立った事件はないが、天平九年には、疫病が流行し藤原四兄弟が相次いで亡くなるということがあった。また、天平宝字二年には、その前年に橘奈良麻呂の変が起こっている。この歌に書かれた禁酒令は、歌の配列からいって時期的には天平九年の禁酒令のことかと思われる。この年には、前述したように、凶作で国が疲弊し、更に疫病（天然痘）が流行して権力の頂点にいた藤原四兄弟が相次いで亡くなった年である。このような状況から政情が不安定になったので禁酒令が出されたのではないかと思われる。そんな状況下でも、大伴の親しい仲間たちは寄り集まってのどかに酒宴を楽しんでいる。人生、これでよいのだろう。

藤皇后《とうくわうごう》、天皇に奉《たてまつ》る御歌一首

我が背子《せこ》とふたり見ませばいくばくかこの降る雪の嬉しくあらまし　（一六五八）

（歌意）わが君と二人で見るのだったら、どんなにか、この降る雪は嬉しく感じられたことでしょう。

「藤皇后」は藤原皇后の略で光明皇后のことである。光明皇后が聖武天皇に差し上げた歌である。光明皇后は、藤原不比等と縣犬養三千代の娘で、神亀元年（七二四年）聖武天皇の即位と共に夫人となり、天平元年（七二九年）八月には、臣下から初めて皇后になった。この年の二月には、光明子立后に反対する長屋王が謀反を企てたとして捕らえられ、夫人の吉備内親王と四人の皇子も含めて自害させられている、いわゆる長屋王の変が起こっている。皇后の地位は、その血なまぐさい政争の末に獲得したものであった。そんなことから光明皇后はどんな人物かと思うのであるが、この歌を読む限り天皇を恋い慕うすばらしい女性に思えてしまう。「いくばくか　嬉しくあらまし」が訴える力を強く持っている。実際にもすばらしい女性であっただろう。仏教を篤く信じ、悲田院・施薬院を設けて窮民を救っている。また夫の死後四十九日に遺品などを東大寺に寄進し、その宝物を収めるために正倉院が建てられた。おかげで我々も正倉院展で天平の宝物にふれることができるのである。

紀小鹿女郎《きのをしかのいらつめ》が歌一首

ひさかたの月夜《つくよ》を清み梅の花心開《ひら》けて我《あ》が思《おも》へる君　（一六六一）

（歌意）〈ひさかたの〉月が清らかに冴えわたり、梅の花もいい香りを漂わせている。今宵こそあなたがお越しになるに違いないと思うとその嬉しさで心も開けてくる。恋しくお待ちしている我が君よ。

紀女郎が家持へ贈った歌である。恋しく思う家持を待つ気持ちをよどみなく表している。よい歌である。同趣の歌が一四五二番にある「やみならばうべも来まさじ梅の花咲ける月夜にいでまさじとや」(闇夜であったら、いらっしゃらないのももっともです。でも、梅の花の咲いているこんな美しい月夜なのに、あなたはいらっしゃらないとおっしゃるのですか)。同じく紀女郎が家持に贈った歌である。この二つの歌を並べておくと(一六六一の前にこの歌を置く)紀女郎の心の動きが見てとれておもしろい。

大伴宿禰家持が歌一首

沫雪《あわゆき》の庭に降りしき寒き夜を手《た》枕《まくら》まかずひとりかも寝む　(一六六三)

(歌意)　あわ雪が庭に降り敷いた寒い夜を、妻の手枕をせずに一人寂しく寝ることだろうか。

「手枕まかず」は、巻六の一〇三二番に家持の「大君の行幸《みゆき》のまにま我妹子が手枕まかず月ぞ経にける」がある。この我妹子は、妻の大嬢のことであるだろう。淡雪の降る寒い夜に大嬢を想って詠った歌であろう。

結句の「ひとりかも寝む」は、巻四の七三五番に、妻の大嬢が家持に贈った「春日山霞たなびき心ぐく照れる月夜にひとりかも寝む」がある。

巻九

春霞に浮かぶ、右より耳成山、畝傍山。手前は箸墓古墳

巻九には、「雑歌」百二首、「相聞」二十九首、「挽歌」十七首、計百四十八首が載っている。題詞には作者、作歌の年次や事情が記されている。多くの作品が、柿本人麻呂歌集、高橋虫麻呂歌集、田辺福麻呂《さきまろ》歌集などから採られている。特に、高橋虫麻呂歌集の各地の伝説に取材した長歌はこの巻の特色である。ここでは、三十三首を選んで載せた。

雑歌

泊瀬《はつせ》の朝倉宮《あさくらのみや》に天の下知らしめす大泊瀬稚武《おほはつせわかたけ》天皇の御製歌一首（雄略天皇の御製歌）

夕されば小倉の山に臥す鹿し今夜《こよひ》は鳴かず寐《い》ねにけらしも　（一六六四）

（歌意）　夕方になると、小倉の山で臥す鹿が、今夜は妻に会えたのか鳴かないで寝てしまったらしい。

この歌と似た歌では、巻八の一五一一に岡本天皇（舒明天皇）御製の歌として「夕されば小倉の山に鳴く鹿は今夜は鳴かず寝ねにけらしも」（夕方になると、妻を求めて鳴く鹿が今夜は鳴いていない。妻に逢えて一緒に寝てしまったらしい）が載っている。共に格調の高い歌である。

巻九の巻頭歌も、巻一と同様に雄略天皇の歌から始まっている。当時の感覚では、昔といえば、雄略天皇の時代が思い起こされたようである。これについてはおもしろい指摘がある。日本書紀の編集が始まった持統朝の段階では、雄略朝以降の編集が計画されていて、それ以前は編集方針の中になかった。それ以前の部分については、文武朝以降に付け足されたという説である（森博達氏の説を足立倫行氏が『激変！日本古代史』朝日新書で紹介）。もしそうだとすると、万葉集の編者は一番初めの天皇という意識で雄略天皇の歌を巻頭に載せていたということになる。興味のある話である。

岡本の宮に天の下知らしめす天皇（斉明天皇）の紀伊《き》の国に幸《いでま》す時の歌（二首中の一首）

朝霧に濡《ぬ》れにし衣《ころも》干さずしてひとりか君が山道越ゆらむ　（一六六六）

（歌意）　朝霧に濡れた衣を干さないままにひとりで君は山道を越えているのでしょうか。

斉明四年（六五八年）に、紀伊の国への行幸に従賀した夫を偲びながら家で待つ妻が詠った歌であろう。歌の調子が滑らかでしっとりした歌である。妻の思いが十分に伝わってくる。新古今和歌集に、「よみ人しらず」として、「朝霧にぬれにし衣ほさずしてひとりや君が山路こゆらん」と載っている。古来から人々に親しまれた歌であったのだろう。なおこの行幸の時、京では有馬皇子が謀反の疑いで捕らえられ、天皇や皇太子が滞在している紀の湯に連行された。そして翌日、藤白の坂まで連れ戻されて絞首された事件が起きている（巻二の一四一・一四二）。

大宝元年辛丑《かのとうし》の冬の十月に、太上天皇《おほきすめらみこと》・大行天皇《さきの》の紀《き》伊の国へ幸《いでま》す時の歌

大宝元年（七〇一年）の十月、持統上皇と文武天皇とが紀伊の国へ行幸された時に作られた歌が十三首載っている。作者名は書いてないが人麻呂歌集に載るだけに秀作が多い。十三首中の三首を載せる。

黒牛潟《くろうしがた》潮干《しほひ》の浦を紅《くれなゐ》の玉裳裾《たまもすそ》引き行くは誰《た》が妻　（一六七二）

藤白《ふぢしろ》のみ坂を越ゆと白《しろ》たへの我が衣手《ころもで》は濡《ぬ》れにけるかも　（一六七五）

背《せ》の山に黄葉《もみぢ》常敷《つねし》く神岡《かむをか》の山の黄葉《もみぢ》は今日か散るらむ　（一六七六）

（歌意）　黒牛潟の潮干の浦を、紅の美しい裳裾《もすそ》を引いて歩いて行くのは誰の妻であろうか。　（一六七二）

藤白の、み坂を越えようとして、〈ここで刑死された有間皇子のことを偲び〉〈白たへの〉私の衣の袖は濡れてしまったことだ。　（一六七五）

この背の山には黄葉がいつも散って敷き詰めている。明日香の神岡の黄葉は今日には散っているだろうか。（一六七六）

最初の歌は、持統天皇に従駕している女官が干潟であさりを採るなどして遊んでいる姿を見て詠んだ歌であろう。色彩が印象的で美しく艶めかしい歌である。同様の歌が一二一八番に「黒牛の海紅にほふももしきの大宮人しあさりすらしも」とある。次の歌は、昔、有間皇子が藤白で刑死されたことを追想して詠んでいる。同じ時の同趣の歌が巻二にあった。「後見むと君が結べる岩代の小松がうれをまたも見むかも」（一四六）。これも人麻呂歌集からの歌である。私の感じでは、一四六番の方が思いが素直に出ているように思う。三つ目の背の山の歌は、山の黄葉を見て古い都の飛鳥を偲んだ歌である。神岡の黄葉は、天武天皇のお気に入りの場所であった。

鷺坂《さぎさか》にして作る歌一首

白鳥《しらとり》の鷺坂山《さぎさかやま》の松陰《まつかげ》に宿りて行《ゆ》かな夜《よ》も更《ふ》けゆくを　（一六八七）

〈歌意〉〈白鳥の〉鷺坂山の松陰で宿って行きましょう。夜も更けて行くので。

「鷺坂」は、京都府城陽市の久世神社東の坂。大和から近江への街道であるという。「白鳥の」は、「鷺坂山」の枕詞。作者は、近江へ向かう途中に、鷺坂山で日が暮れてしまい、そこで野宿をしたのだろう。「行かな」と呼びかけているので複数で旅をしていることが分かる。野宿をしながらゆったりと旅をするのは、もちろん大変だろうが、異郷の情緒に浸れるのはよい。

弓削《ゆげ》皇子に献《たてまつ》る歌（三首中の二首）

さ夜中と夜《よ》は更けぬらし雁が音の聞こゆる空を月渡る見ゆ　（一七〇一）
妹《いも》があたり茂《しげ》き雁が音《ね》夕霧に来鳴《きな》きて過ぎぬすべなきまでに　（一七〇二）

（歌意）夜はすっかり更けて真夜中になったようだ。雁の声が聞こえる空を月が渡っていくのが見える。（一七〇一）
妻の家の辺《あた》りでしきりに鳴くのが聞こえた雁が、今、夕霧の中をこちらへ飛んで来て、鳴いて通って行った。妻が恋しく、なんとも致し方のないほどの気持ちにさせて。（一七〇二）

秋の夕景を雁と月、雁と夕霧を巧みに使って抒情豊かに描いている。言葉が流れるように流暢できれいである。人麻呂歌集にあった歌である。人麻呂本人の歌であろう。

この二首をつなげてストーリーを作ってみた。

秋の夜半に妻の家で空を渡る月を眺めていた。簾越しに見える月は中秋の月である。きれいだなあと二人で見ていると、空からは雁の声がしきりに聞こえてきた。妻と二人で見る月と、二人で聞く雁が音に心はとても高ぶった。夜明け前に名残を惜しみながら妻の家を出て家路についた。そして、家で一人昨夜の逢瀬を偲んで過ごしているとまた夕方になった。我が家の辺りは、一面夕霧が立って寂しい思いを募らせている。と、その中を雁が我が家の方に鳴きながら飛んできて過ぎ去って行った。ああ、あの雁は昨夜妻の家の辺りでしきりに鳴いていたあの雁ではないか。妻の気持ちを届けにきてくれたのかと、なすすべが無いほどに妻への想いが高じてしまった。

舎人《とねり》皇子に献《たてまつ》る歌（二首中の一首）

ふさ手折《たを》り多武《たむ》の山霧繁《しげ》みかも細川の瀬に波の騒《さわ》ける　（一七〇四）

〈歌意〉〈ふさ手折り〉多武峰の山霧が深いからだろうか。細川の瀬音がざわざわと立ちさわいでいる。

舎人皇子に献上した二首の歌の一つであり、これも人麻呂の作と思われる。「ふさ手折り」は多武にかかる枕詞。「細川」は、多武峰から細川という集落を通って西へ流れ、祝戸の辺で明日香川に合流する山川である。峰の霧と川瀬の騒ぎとを対照させる描写は、巻七の「あしひきの山川の瀬の鳴るなへに弓月が嶽に雲立ち渡る」（一〇八八）がある。これも人麻呂の作である。

学生時代に、談山神社から細川川に沿った道を明日香へ下っていったことがある。二月の下旬であったろうか。昨夜の雪が薄く積もった滑りやすい坂道を、ゆっくり下って石舞台古墳に向かったことを思い出す。道の傍らに、小さな石仏が並んでいて印象に残る小道であった。

弓削皇子に献《たてまつ》る歌一首

御食《みけ》向ふ南淵山《みなぶちやま》の巌《いはほ》には降りしはだれか消え残りたる　（一七〇九）

〈歌意〉〈御食向ふ〉南淵山の巌《いわお》には小雪が消え残っている。さきほど降った斑雪《はだれ》であろう。

「御食向ふ」は枕詞。城《き》・淡路《あわじ》・南淵《みなぶち》などにかかる。食物が膳で向かい合っていて、その中に、葱《き》・粟《あわ》・蜷《みな》があることによるらしい。「南淵山」は明日香村稲渕の山。「はだれ」は、うっすらと積もった雪。

南淵山の黒い岩肌に点々と白い斑となって雪が残っている様を詠んだ叙景の歌である。この歌も人麻呂本人の歌であろう。「叙景歌として、しっとりと落ち着いていて、重厚にして単純、清厳《せいげん》ともいうべき一首の味わいである」（斎藤茂吉『万葉秀歌』）。

以上、ここまでは人麻呂歌集にあった歌である。

吉野の離宮《とつみや》に幸す時の歌二首

滝の上の三船の山ゆ秋津辺《あきづへ》に来鳴き渡るは誰れ呼子鳥《よぶこどり》　（一七一三）

落ちたぎち流るる水の岩に触れ淀《よど》める淀に月の影見ゆ　（一七一四）

（歌意）激流のほとりの三船の山から秋津辺に鳴いて渡って来るのは誰を呼ぶ呼子鳥だろう。（一七一三）

激しく落ちて流れゆく水が岩に触れて淀んでいる淀に月の影がゆらいで映って見える。（一七一四）

作者不明の歌であるが、吉野離宮の自然美を活写している歌である。カッコウが鳴くから季節は夏である。前歌は昼間の山の情景。ほのぼのとした歌である。後の歌は、月夜の宮滝の情景である。激流の音の激しさと、淀に映る静かな月影との対比の巧みさ。実に美しい景色である。「淀める淀」という表現もおもしろい。

高橋虫麻呂《むしまろ》歌集より

ここからしばらく高橋虫麻呂歌集からとった歌を載せる。高橋虫麻呂は、神亀年間から天平期に活躍した歌人である。生没年は未詳。養老年間は藤原宇合《うまかい》の常陸守赴任に同行している。旅と伝説に関する歌が多く、上総の周淮《すえ》の珠名《たまな》娘子を詠む歌、水江《みずのえ》の浦島の子を詠む歌、勝鹿《かつしか》の真間娘子《ままおとめ》を詠む歌、葦屋の菟原娘子《うないおとめ》が墓を見る歌などが有名である。とても面白い歌が多い。

上総《かみつふさ》の周淮《すゑ》の珠名娘子《たまなをとめ》を詠む一首并せて短歌

しなが鳥　安房《あは》に継ぎたる　梓弓　周淮《すゑ》の珠名《たまな》は　胸別《むなわ》けの　広き我妹《わぎも》　腰細《こしぼそ》の
すがる娘子《をとめ》の　その姿《なり》の　きらきらしきに　花のごと　笑《ゑ》みて立てれば　玉桙《たまほこ》の
道行く人は　おのが行く　道は行かずて　呼ばなくに　門《かど》に至りぬ　さし並ぶ
隣の君は　あらかじめ　己妻《おのづま》離《か》れて　乞はなくに　鍵さへ奉《まつ》る　人皆の　かく惑《まと》
へれば　かほよきに　寄りてぞ妹《いも》は　たはれてありける　（一七三八）

反歌

かな門《と》にし人の来たれば夜中にも身はたな知らず出《い》でてぞ逢《あ》ひける　（一七三九）

〈歌意〉〈しなが鳥〉安房《あわ》に続いている〈梓弓〉周淮《すえ》郡にいた珠名《たまな》という娘子《おとめ》は、胸幅の広い娘子。腰細のすがれ蜂のような娘子で、その容姿がとても美しい上に花のように微笑んで立っているので、〈玉桙の〉道を行く人は、自分が通る道は行かないで、呼びもしないのに娘子の門に行ってしまう。〈さし並ぶ〉隣の家の主は、前もって自分の妻を離別して、娘子が求めもしないのに家の鍵までを渡している。人皆がこのように心惑っているので、娘子はその中の姿のよい男に寄り添ってたわけている。　（一七三八）

反歌

門口に男が来ると、夜中でも我が身は顧みず、出ていって男に逢ったことだ。（一七三九）

「上総」は、かずさ、千葉県中部。「しなが鳥」は「あは」にかかる枕詞。「安房」は千葉県南部。「梓弓」は「すゑ」にかかる枕詞。「周淮」は上総の郡名。「胸別け」は胸幅。「胸別けの広き我妹」はバストの大きい娘。「すがる」はスガレでジバチのこと。「腰細のすがる娘子」は、ウエストがスガレのように細い娘。大げさに誇張はしているが、珠名《たまな》という娘子はスタイルのよい、グラマーな娘であった。「きらきらし」は容姿が美しい。「玉桙の」は道にかかる枕詞。「己妻離れて」は妻と離別して。「かほよきに」は容姿の美しい男に。「かな門」は金具を用いた門。「身はたな知らず」は我が身は顧みず。

高橋虫麻呂は、藤原宇合《うまかい》の常陸守赴任に同行して常陸（茨城県）に行った。常陸国風土記の編纂にも加わったと言われるから、取材力や編集力、文章構成力の優れた人物だっただろう。この歌は、宇合が按察使《あぜち》（行政監察官）として、安房、上総等を旅した時に同行して、その地域に伝わる伝説を集めたのだろうと言われている。彼は丁寧に取材して歌をうまく構成してあるので、美しい珠名の姿が浮かび上がってくる。明るく淫奔な美女だが憎めない娘である。長歌では、虫麻呂の感情は加えずに伝説をありのまま詠んでいる。反歌では、「夜中にも身はたな知らず」の部分に、虫麻呂の思いがあるように読める。

当時各地には、このような伝説があり、民衆はそれを話題にしながら楽しんでいたことだろう。虫麻呂にとっては取材する格好の材料が各地にあり、精力的に取材したことだろう。

水江《みづのえ》の浦島の子を詠む歌一首并せて短歌

春の日の　霞《かす》める時に　住吉《すみのえ》の　岸に出で居て　釣舟《つりぶね》の　とをらふ見れば　いにしへの

しへの　ことぞ思ほゆる　水江の　浦島の子が　鰹《かつを》釣り　鯛《たひ》釣りほこり　七日《なぬか》まで　家にも来《こ》ずて　海境《うなさか》を　過ぎて漕ぎ行くに　海神《わたつみ》の　神の娘子《をとめ》に　たまさかに　い漕ぎ向ひ　相《あひ》とぶらひ　言成りしかば　かき結び　常世《とこよ》に至り　海神《わたつみ》の神の宮の　内のへの　妙《たへ》なる殿に　たづさはり　ふたり入り居て　老いもせず死にもせずして　長き世に　ありけるものを　世間《よのなか》の　愚か人の　我妹子《わぎもこ》に　告《の》りて語らく　しましくは　家に帰りて　父母に　事も語《かた》らひ　明日のごと　我れは来《き》なむと　言ひければ　妹が言へらく　常世辺《とこよへ》に　また帰り来て　今のごと逢はむとならば　この櫛笥《くしげ》　開くなゆめと　そこらくに　堅《かた》めし言を　住吉《すみのえ》に帰り来《きた》りて　家見れど　家も見かねて　里見れど　里も見かねて　あやしみとそこに思はく　家ゆ出《い》でて　三年《みとせ》の間に　垣もなく　家失《う》せめやと　この箱を開きて見れば　もとのごと　家はあらむと　玉櫛笥　少し開くに　白雲の　箱より出でて　常世辺《とこよへ》に　たなびきぬれば　立ち走り　叫び袖振《そでふ》り　こいまろび　足ずりしつつ　たちまちに　心消《け》失《う》せぬ　若くありし　肌も皺《しわ》みぬ　黒くありし髪も白《しら》けぬ　ゆなゆなは　息さへ絶えて　後《のち》つひに　命《いのち》死にける　水江の　浦島

の子が　家ところ見ゆ　（一七四〇）

反歌

常世辺に住むべきものを剣《つるぎ》大刀《たち》己《な》が心からおそやこの君　（一七四一）

（歌意）春の日の霞んでいる時に、難波の御津《みつ》の住吉《すみのえ》の岸に出ていて、釣り舟が波にゆられているのを見ると、遠い昔の事が思われる。

その昔、水の江の浦島の子が、鰹を釣り、鯛を釣って調子に乗り、七日も家に帰らずに、海の境を漕ぎ過ぎてゆくと、海神の乙女の漕ぐ舟と偶然に行き会った。そこで、その乙女と語り合って約束ができたので、契りを結び常世に至った。そして、海神の宮殿の奥の立派な御殿に二人で住んで、老いも死にもせずに長い世を生きていれたのに、人間界の愚か者である島子が、愛しい妻に語るには、「少しの間、家に帰って、父母に事の成り行きを伝えて、明日にでも帰ってこよう」と言った。そこで、妻が言うことには、「常世の辺りにまた帰ってきて、今のように私に逢おうと思うならば、この櫛笥《くしげ》は絶対に開けてはなりませんよ」とくれぐれも確認をした。それなのに、住吉に帰ってきて、自分の家を探すけれど家が見つからなくて、自分の里を探すけれど見つからなくて、怪しいことだと思い、そこで思ったことは、家を出て三年ばかりの間に、垣根もなく、家もなくなるものだろうかと。もしもこの箱を開けてみればもとのように家はあるだろうと考え、美しい櫛笥を少しばかり開けてみた。すると、箱より白い雲が出て常世の辺にたなびいたので、島子は驚いて跳びあがり、叫び、袖を振り、転げ回り、地団駄をふみながらたちまちに意識を失ってしまった。若かった肌も皺が寄り、黒々としていた髪も白髪になってしまった。後には息さえ絶えてとうとう死んでしまった。

その水の江の浦島の子の家のあった跡が見える。　（一七四〇）

反歌

常世の国にすんでいられるものを、〈つるぎたち〉自分のせいで、ばかだなあ。この君は。（一七四一）

「水江の浦島の子」は、「水の江の浦島の子」と読む説と、「水の江の浦の島子」と読む説と二つある。ここでは、「浦島の子」に従った。「水の江」は場所は不明。「住吉《すみのえ》」は大阪の住吉ではないかと言われている。「とをらふ」は揺れているの意。「釣りほこり」は釣って得意になって。「海境《うなさか》」は海の限界。「海神《わたつみ》」は海。「相とぶらひ　言成りしかば」は、互いに言葉をかけ合って、結婚の合意ができたので。「かき結び」は契りを結び。「常世」は、永久不変の世界、不老不死の理想郷で海の彼方にあるとされていた。「たづさはり」は、手を取り合って。「しましくは」はしばらく。「明日のごと」は、明日のように早く。すぐに。「開くなゆめ」は、開けるな、決して。「ゆめ」は、強く注意する言葉。禁止の「な」と共に使われる。「そこらくに」は、たくさん。「こいまろび」は転げまわり。「足ずり」は地団駄。「心消失せぬ」は、失神状態になったこと。「ゆなゆな」は、後にはの意だろうと言われている（以上、一七四〇）。

「剣大刀《つるぎたち》」は、「な」にかかる枕詞。「おそや」は、なんと間のぬけたことか（一七四一）。

浦島太郎の基となる伝説である。今の浦島太郎の話と、ストーリーがよく似ていることに驚かされる。浦島伝説は、文献では次の四つが有名であるという。一つは、日本書紀雄略天皇二十二年の記事。二つ目は、丹後国風土記にある話。三つ目は万葉集のこの歌。四つ目は室町時代に作られた「御伽草子」に載る浦島太郎の話である。

一つ目の日本書紀の記事は次のようである。「秋七月に、丹後の国の余社《よさ》郡管川《つつかわ》（現在の京都府与謝郡伊根町筒川）の人である瑞江《みずのえ》の浦嶋子が、舟に乗って釣りをしていた。そうすると大亀を得て、それがたちまち女となった。そこで、浦嶋子は、心がたかぶってその娘を妻とした。相従って海に入り、蓬莱山《とこよのくに》に至って、仙衆《ひじり》をめぐり見て歩いた」。これは、万葉集よりも古い伝承であろう。比べて注目されるのは、一つは、浦嶋子の里を、京都府与謝郡伊根町筒川と明記していることである。万葉集では、虫麻呂はそのことに触れていないが、当然承知はしていたものと思われる。二つ目の注目点は、舟で出会った女が亀の化身であったということである。万葉集では亀のことには一切触れていないが、他の伝説では、亀が関わっている点が注目される。

二つ目の丹後国の風土記にある話は、日本書紀や万葉集に載る話を更に詳しく面白くしている。その概要は次のようである。

雄略天皇の御世に、浦嶼《うらしま》の子は小舟に乗り釣りに出た。三日三晩の間、一匹の魚も釣れなかったが五色の亀を得た。不思議に思ったが舟に置いて眠っていると、亀は比べることもできないほど綺麗な婦人となった。嶼子《しまこ》は、その女郎《おとめ》にどこから来たか尋ねると、いい男を海で見つけたので親しく話したいと思って遠くからやってきたと微笑んで言い、天上の仙《とこよ》の家の人であると自分の身を語った。女郎は「私の住む蓬莱山《とこよ》に行きませんか」と誘ったので嶼子が承知すると、彼女は嶼子に眠るように命じ、嶼子が目覚めると、いつの間にか海中の大きな島に至っていた。

その地は宝石を敷き詰めたようで、基壇や桜堂は見聞きしたことがないほど立派に照り輝いていた。手を携えて、ある館の門に入ると七人の童子と八人の童子が「亀姫のご主人様がいらっしゃった」と迎えてくれた。彼らはそれぞれ「すばるぼし」と「あめふりぼし」であった。女郎の父母は共に迎え、歓待の合間に人界と仙界の別を説き、人と神が偶然に会えた喜びを語った。そして、百品ものおいしい食べ物を勧め、女郎の兄弟姉妹らは乾杯を交わし、隣の里の少女たちもかけつけて、かわいい紅の顔をして戯れ交わった。仙《とこよ》の歌や舞は清々しく流麗であった。歓迎の盛大な宴はいつまでも続いたが、黄昏時になってようやく常世の人々が帰りはじめ、そして女郎一人だけになった。二人は肩を並べて袖を交わして夫婦の契りを結んだ。

そして、館に留まること三年が経ち、浦嶼子は郷里のことを思い出し、父母を恋うるようになった。そこで、しばらく国許へ帰って両親に会いたい旨を女郎に話した。女郎は別れを悲しみながらも、玉匣《たまくしげ》を渡し「戻ってこようと思うなら、決して開けないでください」とくれぐれも忠告した。

国許の筒川の郷に帰り着いてみると、辺りが大層変わっていた。郷の者に浦嶼の子の家はどこにあるか聞くと、昔、浦嶼子は一人で海に出たまま帰らなかったと言われている、もう三百年余り前のことだと言った。驚いて、十日ほど知人を求めて郷の中を探したが誰一人親しい人に会えなかった。ここに、神女が恋しくなり、約束を忘れて玉匣を開くと、あっという間に嶼子の芳しい姿が風雲に飛ばされてしまうように変わってしまった。約束を破ったのでもう二度と神女と逢えないことを悟り、浦嶼子は涙に咽《むせ》び徘徊し、歌を詠んだ。

常世べに　雲立ち渡る　水江の　浦嶋の子が　言持ち渡る
　神女《かむのをとめ》、遥かに芳しい音《こゑ》を飛ばして歌ひしく
大和べに　風吹き上げて　雲はなれ　退《そ》き居《を》りともよ　我を忘らすな
　浦嶼子、恋望に勝《た》へずして歌ひしく
子らに恋ひ　朝戸を開き　我が居れば　常世の浜の　波の音聞こゆ
　後世の人、追加《おひくは》へて歌ひしく
水の江の　浦嶋の子が　玉匣《たまくしげ》　開けずありせば　またも会はましを
常世べに　雲立ち渡る　たゆまくも　はつかまどひし　我そ悲しき
（丹後国の風土記にある話は、日本古典文学大系『萬葉集二』の補注に載っている文の概要を口語訳したもの）

以上である。読むと興味を引かれるなかなか面白い話である。大筋もよく似ているし神仙思想の影響が色濃い物語となっていることも注目される。

四つ目の、御伽草子の浦島太郎は、神仙的な雰囲気よりも王朝貴族的な雰囲気が感じられる。ただここに取り上げた三つの浦島伝説は、舞台が丹後の国であるのに対して万葉集のこの歌は、大阪の住吉を舞台にしている。ここのところをどう理解すればよいのだろうか。澤瀉博士は『萬葉集注釋』で、虫麻呂は丹後国の風土記のこの話を十分に承知していて、摂津の住吉に滞在した時に、住吉の海岸を舞台にした浦島伝説を創作したのではないかと言っている。丹後の国風土記に載る「水の江の　浦嶋の子が　玉匣　開けずありせば　またも会はましを」の歌は、虫麻呂の「常世辺に　住むべきものを　剣大刀　己が心から　おそやこの君」（一七四一）と内容的に通じる歌である。

河内《かふち》の大橋を独り行く娘子《をとめ》を見る歌一首并せて短歌

しな照《て》る　片足羽川《かたしはがは》の　さ丹《に》塗りの　大橋の上ゆ　紅の　赤裳裾引《び》き　山藍《やまあゐ》もち
摺《す》れる衣《きぬ》着て　ただひとり　い渡らす子は　若草の　夫《つま》かあるらむ　橿《かし》の実の
ひとりか寝《ぬ》らむ　問はまくの　欲しき我妹《わぎも》が　家の知らなく　（一七四二）

反歌

大橋の頭《つめ》に家あらばま悲しくひとり行く子にやど貸さましを　（一七四三）

（歌意）〈しな照る〉片足羽川の赤く塗った大橋の上を、紅の赤い裳裾を引いて、山藍で摺り染めした衣を着て、ただひとりで渡って行く娘は、〈若草の〉夫があるのだろうか。それとも〈橿の実の〉ひとりで寝ているのだろうか。聞いてみたいが、あの娘の家も分からないことだ。（一七四二）

反歌

大橋のたもとに私の家があったなら、いとおしくもさびしげな表情でひとりで行く子に宿を貸そうものを。（一七四三）

「しな照る」は「かた」にかかる枕詞。「片足羽川」は、大阪府東部の竜田から河内へ流れ出るあたりの大和川の名。「山藍」は染料にする植物の名。うすい藍色の染料になる。「若草の」は「夫《つま》」の枕詞。「橿の実の」も枕詞。一つずつ生るので「ひとり」にかかる。反歌では、「頭《つめ》」は橋のたもと。「ま悲しく」は、見た目に寂しそうな表情のいとおしいの意。

虫麻呂歌集にある歌であり、虫麻呂の歌であろう。偶然に出会った、美しい場面を写し取ったスナップ写真に、作者の思いを加えたものである。片足羽川に架かる赤く塗られた大橋は、とてもきれいな橋であったに違いない。その上を紅色の裳裾を引きながら、薄藍色に摺った衣を着て、憂いを湛えた表情のかわいい子が一人渡って行く。全く絵になる美しい場面である。そんな場面に出くわせば、「いい子だなあ。どこの子だろう」と男は感じてしまうだろう。そんな男たちの思いを代表して虫麻呂が「やど貸さましを」と気持ちを詠っている。長歌の声調がとても滑らかであるのは、「しな照る」、「片足羽川」、「さ丹塗り」、「山藍もち」、「い渡らす」、「若草の　夫《つま》」等々、艶のある発音のきれいな言葉を選んでいるからであろう。その言葉によってきれいな女性の美しさを磨き上げている。

霍公鳥《ほととぎす》を詠む歌一首并せて短歌

うぐひすの　卵《かひご》の中に　ほととぎす　ひとり生まれて　己《な》が父に　似ては鳴かず
己《な》が母に　似ては鳴かず　卯の花の　咲きたる野辺ゆ　飛び翔《かけ》り　来鳴き響《とよ》もし
橘の　花を居《ゐ》散らし　ひねもすに　鳴けど聞きよし　賄《まひ》はせむ　遠くな行きそ
我がやどの　花橘に　棲《す》みわたれ鳥　（一七五五）

反歌

かき霧《き》らし雨の降る夜はほととぎす鳴きて行くなりあはれその鳥　（一七五六）

（歌意）　ウグイスの卵の中に、ホトトギスがひとり生まれて、お前の父のウグイスには似た鳴き方をせずに、お前の母にも似た泣き方をしない。卯の花の咲いている野辺を、飛び翔《かけ》り、来ては鳴き声を響かせ、橘の花を散らし、一日中鳴いているが鳴き声はよいものだ。贈り物をしよう。遠くへは行くな。我がやどの橘の花に住みついていなさい、この鳥よ。　（一七五五）

反歌

空を曇らせて雨の降る夜はホトトギスが鳴いていく。ああいいなあ、その鳥、ホトトギスよ。　（一七五六）

「かひご」は卵のこと。「賄は」は、贈り物のこと。「かき霧らし」は、一面に曇らせて。托卵するホトトギスの習性を加えて、ホトトギスの鳴き声を愛でた歌である。歌の意味は分かりやすく、ロマンチックで美しい歌である。気持ちの良い軽音楽を聴くような趣がある。しかし、こういうよさを出すために、構成はしっかりと練られている。さすが虫麻呂である。

以上、高橋虫麻呂歌集の歌を載せた。

相聞

石川大夫《まへつきみ》、遷任して京に上《のぼ》る時に、播磨娘子《はりまのをとめ》が贈る歌二首

絶等寸《たゆらき》の山の峰《を》の上《へ》の桜花咲かむ春べは君し偲《しの》はむ　（一七七六）

君なくはなぞ身《み》装《よそ》はむ櫛《くし》笥《げ》なる黄楊《つげ》の小《を》櫛《ぐし》も取らむとも思はず　（一七七七）

石川大夫が転任して京に上る時に、播磨の娘子が贈った歌二首

（歌意）絶等寸山《たゆらきやま》の峰の上の桜花が咲く春の頃になると、あなたを懐かしく偲ぶでしょう。　（一七七六）
あなたがおいででなくては、なんで身を飾りましょう。櫛笥の中の黄楊《つげ》の小櫛《おぐし》も手に取ろうとも思いません。
（一七七七）

「石川大夫」は、石川君子である。和銅八年（七一五年）五月二十二日に播磨守となっている。この歌は、播磨守の職を終えて、上京する時に作られた歌である。「播磨娘子」は、石川君子が播磨守で任地にいた時に関係を持った遊行女婦《うかれめ》である。「うかれめ」と言っても今でいう浮かれた女ではない。国守の相手をする女性であるから、知性も教養も兼ね備えた優れた女性である。「絶等寸の山」は、姫路市の姫山説、手柄山説があるが確定していない。「君なくは」は、君なくばで、あなたがいなくてはの意。

一七七六番の歌は、別れの今、絶等寸山《たゆらきやま》の峰の上には桜花が満開である。そんな中を去っていくあなたを、また桜が咲く春が来たら偲ぶことでしょうと詠っている。次の歌は、娘子の嘆きの深さを詠っている。櫛笥は、髪を梳く櫛などの化粧道具を入れる小箱である。女性にとっては髪の毛を梳く櫛はとても大切なものであった。あなたのために特別の黄楊《つげ》の小櫛で毎日大事な髪を手入れしていたが、もうあなたがいないとなれば心も沈んでしまい、身を飾ろうとする気も起きない。大事な黄楊の小櫛も手にしようとも思わないと詠っている。多少誇張しているとは思うが、この悲しみは嘘偽りのないものだろう。

妻に与《あた》ふる歌一首

雪こそは春日《はるひ》消ゆらめ心さへ消え失《う》せたれや言《こと》も通はぬ　（一七八二）

妻が和《こた》ふる歌一首

松反《まつがへ》りしひてあれやは三栗《みつぐり》の中上《なかのぼ》り来《こ》ぬ麻呂といふ奴《やつこ》　（一七八二）

妻に与えた歌一首

（歌意）　雪ならば春の日に消えもしようが、あなたは心までも消え失せたからだろうか。何の音沙汰もない。　（一七八二）

妻が答えた歌一首

〈松反り〉もうろくしたわけでもないだろうに、〈三栗の〉中上りをして私の所へ来やしない。麻呂という奴は、まあ。　（一七八三）

「松反り」は、「しひ」にかかる枕詞。「しひ」は、心身の感覚を失った状態をいう。シビレルはここから来ているようである。「三栗の」は、「中（なか）」にかかる枕詞。「中上り」は、国守が任期中に一度中間報告のために上京すること。ここでは、妻の家を訪ねることをさす。

夫が妻に、「最近何の音沙汰もない。心が消えてしまったのか」との軽い責め（冗談）を含めた便りを送ったところ、夫がさっぱり訪ねて来なくて、いらいらしていた時に、こんな便りをもらって怒った妻が、「もうろくしたわけでもないだろうに」とかなり激しくやり返した歌。ご機嫌伺いに来ない夫を、「麻呂といふ奴」と虚仮にしている。さて問題は、これが本心であるのかそうでないのかということである。本心であれば深刻だが、そうでなければ大きな戯れの歌ということで、仲直りのきっかけになる歌になる。どちらなのだろうか。大きな冗談であってほしいが、まあ、いずれにしろ妻を粗末にはしないほうがよい。この二首は人麻呂歌集の中にあった歌である。

天平五年癸酉《みづのととり》に、遣唐使の船難波《なには》を発《た》ちて海に入る時に、親母《はは》の子に贈る歌一首并せて短

歌

秋萩を　妻どふ鹿《か》こそ　独《ひと》り子に　子持てりといへ　鹿子《かこ》じもの　我《あ》が独り子の
草枕　旅にし行けば　竹玉《たかたま》を　繁《しじ》に貫《ぬ》き垂れ　斎瓮《いはひへ》に　木綿《ゆふ》取り垂《し》でて　斎ひつ
つ　我《あ》が思ふ我《あ》が子　ま幸《さき》くありこそ　（一七九〇）

反歌

旅人の宿りせむ野に霜降らば我《あ》が子羽《は》ぐくめ天《あめ》の鶴群《たづむら》　（一七九一）

〈歌意〉秋萩を妻問う鹿こそ一人子を持っているというが、その鹿の子のような私の一人子が〈草枕〉旅に出て行くので、竹玉をいっぱい緒に通して垂らし、斎瓮《いわいへ》に木綿を取り付けて垂らし、潔斎しながら私が大切に思う我が子よ、どうか無事であっておくれ。（一七九〇）

反歌

旅人が宿るだろう野に霜が降ったならば、我が子を羽で包んでおくれよ。空の鶴の群よ。（一七九一）

天平五年（七三三年）四月、丹比真人広成を大使とする遣唐使の一行は、難波の津を出発して唐に向かった。その時に、随員の母親が詠んだ歌である。

「竹玉を繁《しじ》に貫き垂れ」は、細い竹を、細かく切って管玉《くだたま》のようにし、紐に沢山通して垂らすこと。「斎瓮《いはいへ》に木綿《ゆふ》取り垂《し》でて」は、祭祀に使うお神酒を入れる甕に木綿《ゆふ》を付けて垂らしての意。「木綿」は、楮《こうぞ》の繊維から作った幣《ぬさ》。祭の時に榊《さかき》に付けた。息子の無事を祈るために祭壇を飾った様子を表している。

この時の遣唐使は、四隻の船で出港し、唐に着くことはできたが、帰りが大変だった。第一船は、翌年種子島に漂着。第二船は、二度目に帰港に成功して天平八年に帰国した。しかし、第三船の平群広成らは、難破して崑崙国（ベトナム中部沿海地方）に漂流し、六年後の天平十一年（七三九年）に四人のみが帰国できただけで、第四船は難破して帰ることができなかった。だから、遣唐使に選ばれて行くことは、名誉であると共に決死の覚悟での参加であった。そんな状況を分かっているから、母の願いは切実である。「我が思ふ我が子　ま幸くありこそ」とにかく無事で帰ってきてほしい。母の願いはこの一点であった。

反歌では、霜の降る晩秋の寒さを思いやっている。行ったことのない異国での野営は難儀するだろう。寒さも厳しいだろう。「霜の降る寒い夜は、我が子をその羽に包んで温めておくれ、空を飛ぶ鶴たちよ」。

この子が無事に帰って来れたかどうか分からない。

挽歌

勝鹿《かつしか》の真間娘子《ままのをとめ》を詠む歌一首并せて短歌　高橋虫麻呂歌集より

鶏《とり》が鳴く　東《あづま》の国に　いにしへに　ありけること　今までに　絶えず言ひける
勝鹿の　真間の手児名《てごな》が　麻衣《あさぎぬ》に　青衿《あをくび》着け　ひたさ麻《を》を　裳《も》には織り着て　髪
だにも　掻《か》きは梳《けづ》らず　沓《くつ》をだに　はかず行けども　錦綾《にしきあや》の　中に包める　斎《いは》ひ
子も　妹にしかめや　望月の　足れる面《おも》わに　花のごと　笑《ゑ》みて立てれば　夏虫
の火に入るがごと　港《みなと》入《い》りに　舟漕ぐごとく　行きかぐれ　人の言ふ時　いくば

くも　生《い》けらじものを　何すとか　身をたな知りて　波の音の　騒く港の　奥城《おくつき》に　妹が臥《こ》やせる　遠き代《よ》に　ありけることを　昨日《きのふ》しも　見けむがごとも　思《おも》ほゆるかも　（一八〇七）

反歌

勝鹿の真間の井《ゐ》見れば立ち平《なら》し水汲ましけむ手《て》児《ご》名《な》し思ほゆ　（一八〇八）

（歌意）〈とりがなく〉東の国に昔あったことだと、これまでに絶えず言い続けてきたことだが、葛飾の真間の手児名が、麻の衣に青い襟を付けて、麻糸を裳（女性が腰から下にまとった服）に織って着て、髪さえも梳《と》かさずに、また沓《くつ》さえも履かずに裸足で行くけれども、錦や綾（金糸、銀糸を用いた華麗な文様の織物）の中に包んだ大切な娘も真《ま》間《ま》の娘子《おとめ》に及ぶだろうか、及びはしない。望月のように満ちた顔で花のように微笑んで立っているので、夏虫が火に飛び込むように、また、港へ入るために舟を漕ぐように、男たちが寄り集まって言い寄る時に、人生何ほども生きられないのにどうするとてか、我が身の行く先を見通して、波の音が騒ぐ港の墓所に娘子は臥している。遠い昔にあったことであるのに、昨日にも見たことのように思えてならないことだ。　（一八〇七）

反歌

葛飾の真間の井戸を見ると、常にここに行き来をして水を汲んだであろう手児名のことが偲ばれる。　（一八〇八）

「鶏が鳴く」は東の枕詞。「勝鹿」は、東京・埼玉・千葉にまたがる江戸川沿岸一帯の地をいう。「真間の手児名」は市川市真間の辺りにいたという伝説上の娘子。「青衿」は青色の襟。「ひたさ麻を裳には織り着て」の「ひた」は混じりっ気のないの意で、純粋の麻を裳に織って着て。「錦綾」は、立派な錦や綾で高貴な織物のこと。「斎ひ子」は、大事にしている子。「妹にしかめや」は、妹に及ぼうか、及びはしない。「望月の足れる面わ」の「望月の」は「たれる」の枕詞。「足れる面わ」は、満ち足りた豊かな顔。「行きかぐれ」は引き寄せられるように行き集まるの意。「身をたな知りて」は、すっかり分別して。

葛飾の真間の娘子を詠んだ歌である。各地に伝えられた美女伝説の一つで、かなり有名であったようである。彼女も、一七三八番の上総の周淮《すえ》の珠名《たまな》娘子同様、男たちが大勢寄って来る美女であったが、その描写は珠名娘子と全く異なっていて興味を引かれる。珠名娘子は、「胸別けの　広き我妹　腰細の　すがる娘子の　その姿の　きらきらしきに（胸が広く、腰が細いグラマーで、端正な顔の娘子）」と美しさを表す具体的な描写があるが、真間娘子にはそのような描写は無くて、逆に「麻衣に　青衿着け　ひたさ麻を　裳には織り着て　髪だにも　掻きは梳らず　沓をだに　はかず行けど（粗末な麻の衣に青い襟を付けて、麻で織った裳を着て、髪も梳かさず、沓さえも履かずに裸足で行く）」と描写している。貧しい身なりの農民の子そのままである。ところが、そんな娘が次の描写で俄然輝いてくる。「望月の　足れる面わに花のごと　笑みて立てれば（望月のように満ちた顔で花のように微笑んで立っているので）」である。笑顔の愛くるしい優しい娘である。この描写により、その貧しい身なりに包まれた娘の美しさが読む人ごとにいろいろに想像されてくる。娘の貧しい身なりも民衆に彼女への親近感を抱かせるのに役立っている。上総の珠名娘子にも、「花のごと　笑みて立てれば」という描写があるが、民衆から一歩離れた美女という感じがする。それに対して真間の娘子は、その身なり故に、また、その愛想のよさ故に、より一層民衆に親しまれ愛される人物となっている。

そんな娘が何の理由か分からないが、人生をはかなんで入水自殺をしてしまう。なんとも悲しいことである。葛飾の民衆はこの事件を我が娘のように悲しんで話を伝え広めて行ったことだろう。そしてこのような悲しい伝説ができ上がったのである。

真間の娘が水を汲んだという真間の井戸を見ると手児名のことを想い悲しくなる。澤瀉博士の『萬葉集注釋』には、手児名堂の境内にあるという真間の井の写真が載っている。インターネットで調べてみたら、千葉県市川市真間に、真間の手児名を祭る手児奈霊神堂があり、その向かいの亀井院という寺には、手児名が水汲みをしたという真間の井が今も残されているということである。手児奈霊神堂のホームページに真間娘子の話が載っているので、ここに紹介する。

美しい里娘「手児奈」

むかしむかしの、ずっとむかし「手児奈」という美しい娘がいました。上品で、満月のようにかがやいた顔は、都の、どんなに着飾った姫よりも、清く、美しくみえました。その美しい手児奈のうわさはつぎつぎと伝えられて、真間の台地におかれた国の役所にもひろまっていったのです。そして、里の若者だけでなく、国府の役人や、都からの旅人までやってきては、結婚をせまりました。しかし、手児奈はどんな申し出もことわりました。そのために、手児奈のことを思って病気になるものや、兄と弟がみにくいけんかを起こすものもおりました。それをみた手児奈は、「わたしの心は、いくらでも分けることはできます。でも、わたしの体は一つしかありません。もし、わたしがどなたかのお嫁さんになれば、ほかの人たちを不幸にしてしまうでしょう。ああ、わたしはどうしたらいいのでしょうか」といいながら、真間の入江まできたとき、ちょうど真っ赤な夕日が海に落ちようとしていました。それをみて、「どうせ長くもない一生です。わたしさえいなければ、けんかもなくなるでしょう。あの夕日のように、わたしも海へはいってしまいましょう」と、そのまま海へはいってしまったのです。追いかけてきた男たちは「ああ、わたしたちが手児奈を苦しめてしまった。もっと、手児奈の気持ちを考えてあげればよかったのに」と思いましたが、もう、どうしようもありません。翌日、浜にうちあげられた手児奈のなきがらを、かわいそうに思った里人は、手厚くほうむりました。

（手児名霊神堂ホームページより）

菟原娘子《うなひをとめ》が墓を見る歌一首幷せて短歌　　高橋虫麻呂歌集より

葦屋《あしのや》の　菟原《うなひ》娘子の　八年子《やとせこ》の　片生《かたお》ひの時ゆ　小放《をばな》りに　髪《かみ》たくまでに　並び居《を》る　家にも見えず　虚木綿《うつゆふ》の　隠《こも》りて居《を》れば　見てしかと　いぶせむ時の　垣《かき》ほなす　人の問ふ時　茅渟壮士《ちぬをとこ》　菟原壮士《うなひをとこ》の　伏屋《ふせや》焚《た》き　すすし競《きほ》ひ　相《あひ》よばひしける時には　焼《やき》大刀の　手《た》かみ押《お》しねり　白真弓《しらまゆみ》　靫《ゆき》取り負ひて　水に入り火にも入らむと　立ち向ひ　競ひし時に　我妹子が　母に語らく　しつたまきいやしき我が故《ゆゑ》　ますらをの　争《あらそ》ふ見れば　生けりとも　逢《あ》ふべくあれや　ししくしろ　黄泉《よみ》に待たむと　隠《こも》り沼《ぬ》の　下延《したは》へ置きて　うち嘆き　妹が去《い》ぬれば　茅渟壮士《ちぬをとこ》　その夜夢《いめ》に見　とり続き　追ひ行きければ　後れたる　菟原《うなひ》壮士い天仰《あめあふ》ぎ　叫びおらび　地《つち》を踏み　きかみたけびて　もころ男に　負けてはあらじと　懸け佩《は》きの　小大刀《をだち》取り佩き　ところづら　尋《と》め行きければ　親族《うがら》どち　い行き集《つど》ひ　長き代に　標《しるし》にせむと　遠き代に　語り継がむと　娘子墓《をとめはか》　中に造り置き　壮士《をとこ》墓　こなたかなたに　造り置ける　故縁《ゆゑよし》聞きて　知らねども　新喪《にひも》のごとも　哭泣《ねな》きつるかも　（一八〇九）

反歌

葦屋《あしのや》の菟原《うなひ》娘子の奥城《おくつき》を行き来《く》と見れば哭のみし泣かゆ　（一八一〇）

墓の上の木の枝《え》靡《なび》けり聞きしごと茅渟壮士《ちぬをとこ》にし寄りにけらしも　（一八一一）

（歌意）

葦屋《あしや》の菟原娘子《うないおとめ》が、八歳の幼い時から、小放《おはな》り髪に結い上げる年頃まで、並びの隣の家の人にも会わずに、〈うつゆふの〉こもりきりでいるので、男たちが見たいものだと熱望して垣のように取り囲んだときに、茅渟壮士《ちぬおとこ》と菟原壮士《うないおとこ》が、〈伏屋焚き〉気持ちをはやらせて互いに競い、共に求婚した。焼き鍛《きた》えた立派な大刀の柄頭《えがしら》を押しひねり、白檀《しらまゆみ》の弓と靫《ゆき》を背負って、水に入り、火にも入ろうとする勢いで立ち向かって争ったときに、娘子が母に語ることには、「〈しつたまき〉卑しい身分の私であるので、ますらおが争うのを見ると、生きていたとしてもだれとも結婚するわけにはいきません。〈ししくしろ〉黄泉の国でお待ちしましょう」と、〈隠り沼の〉そっと母に言って、嘆き悲しみつつこの世を去ってしまった。すると、茅渟壮士《ちぬおとこ》は、その夜夢に見たので、後に続いて追っていって殉死した。後に残された菟原壮士《うないおとこ》は、天を振り仰ぎ、叫びわめき、地を踏みならし、歯ぎしりし怒り立って、相手に負けてはいられないと、肩から懸けて佩《は》く小大刀を佩いて〈ところづら〉後を追って行って死んだ。そこで、親族の者達が寄り集まり、永き代に亘って標としようと、遠き代に語り継ごうと、娘子の墓を中に造り置いて、壮士の墓をその両側に作って置いた。そういう由来を聞いて、私の知らない遠い昔の人々のことであるが、今亡くなった身内の喪のように、声を上げて泣いてしまったことだ。（一八〇九）

反歌

葦屋の菟原《うない》娘子の墓所を行き来る度に見れば、声を出して泣けてくることだ。　（一八一〇）

墓の上の木の枝が靡いている。聞いていたように、菟原娘子の気持ちは茅渟《ちぬ》壮士の方に寄っていたのだろう。
（一八一一）

「菟原娘子」は、摂津の国菟原《うない》郡、今の兵庫県芦屋市の辺に住んでいた娘。「片生ひ」は、未成熟の意。「小放りに髪たくまでに」は難解な言葉である。『広辞苑』で調べると、「小放り」は、古代の少女の髪の形で、振り分け髪といって髪を肩までの長さに切って左右に分け、さばいたまま垂らしておくことだという。「たく」は髪を掻き上げること。そうすると、「小放りに髪たく」という言葉が理解できなくなるのである。『萬葉集注釋』で澤瀉博士は、「小放りに髪たくまでに」は「小放りの髪たくまでに」の誤りであるだろうとしている。これだと、「垂らしたままの髪を結い上げるまでに」となって意味が通じるのである。しかし、岩波の古典文学大系や、角川ソフィア文庫の「万葉集校注」など他の参考にした本は、「に」のままであり、古典文学大系では、「小放髪《をばなり》」を「童女が垂らしていた髪を成人してゆい上げたものをいうらしい」としている。「小放り」をこのように理解すると、これもまた意味が通じるが、正解は今のところ分からない。ただここで歌の作者が言おうとしていることは、「童女が長く垂らしていた髪をある程度の年齢になって束ねて結うようになるまで」ということであるから、ここでは岩波の古典文学大系本に従っておく。「虚木綿《うつゆふ》の」は、「こもる」の枕詞。「垣ほなす」は、人垣を作る。「茅渟壮士《ちぬおとこ》」は、和泉の国の茅渟《ちぬ》にいた男。今の大阪府堺市から岸和田市にかけての地。「菟原《うない》壮士《おとこ》」は、娘と同郷の男。「伏屋焚き」は、「すす」にかかる枕詞。「すすし競ひ」は、せりあって競うの意。「焼大刀の」は、火で鍛えた刀。「手かみ押しねり」は、剣の柄を押しひねっての意。「白真弓」は白いマユミで作った弓。「しつたまき」は、「賤しき」にかかる枕詞。「ししくしろ」は「黄泉」にかかる枕詞。シシ（肉）をクシ（串）に刺したものは、ヨイ味、ウマイ味がするので、ヨミ（黄泉）・ウマイ（熟睡）にかかるという。凝った枕詞である。「隠り沼の」は枕詞。見えない意から、シタハへにかかる。「下延へ」は、こっそりと知らせて。「きかみたけびて」は、歯ぎしりをして。「もころ男に」は、自分の相手の男に。「懸け佩きの小大刀」は、肩にかけて身に帯びる大刀。「ところづら」は、「尋《と》め」にかかる枕詞。

難しい枕詞が六個もある理解の難しい長歌である。理解するまでに時間がかかるが、美女の話であるので興味をもって読んでいくと、分かるにつれて面白い味の出てくる歌である。

前の、真間の娘子や周淮《すえ》の珠名娘子と比べると、葦屋の菟原《うない》娘子は、年頃になるまで箱入り娘であったとするだけで、娘の容姿や身なりになどについての描写は殆どないので、イメージを描けない娘である。この歌の面白いところは、妻争いの描写である。登場する二人の男の争う姿が実に克明に描かれていて面白い。「焼き鍛《きた》えた立派な大刀の柄頭《えがしら》を押しひねり、白檀の弓と靫《ゆき》を背負って、水に入り、火にも入ろうとする勢いで立ち向かって争った」とある。妻争いの様子が、実に具体的かつ劇画的で、歌舞伎役者が演技をしているようなイメージがある。さらに物語は面白く展開する。二人の争いに絶望した娘が入水自殺をすると、それが夢に現れた茅渟壮士《ちぬおとこ》は、後追い自殺をしてしまう。さらに、後れを取った菟原壮士《うないおとこ》の描写がまたまた面白い。「天を振り仰ぎ、叫びわめき、地を踏みならし、歯ぎしりし怒り立って、相手に負けてはいられないと、肩から懸けて佩《は》く小大刀を佩いて、後を追って行って死んだ」と表現される。現実離れした壮絶な様にあっけにとられてしまう。作者の高橋虫麻呂は、「新喪《にいも》のごとも　哭泣《ねなき》きつるかも」と悲しんでいるが、私は逆に面白くて笑えてしまった。

後世の平安時代に、この歌をもとにして脚色された物語が「大和物語」に載っている（一四七段）。また、世阿弥の謡曲「求塚」は、この歌に取材したものであり、森鷗外の「生田川」は、大和物語を下敷きにしたものであるという。あらすじの面白さが作家たちの創作意欲をかき立てたのだろうか。

巻十

甘樫の丘より東方の景色

巻十は、巻八と同様に、「春雑歌」・「春相聞」、「夏雑歌」・「夏相聞」、「秋雑歌」・「秋相聞」、「冬雑歌」・「冬相聞」の部立てで、計五百三十九首が載っている。しかし巻八と違って、題詞を持たず個々の作者名も記されていない。主に宴席等で詠われた歌が多いと言われている。秋雑歌の部に載る七夕の歌がとても多いことが特徴となっている。ここでは、五十四首を選んで載せた。

春雑歌

ひさかたの天の香具山この夕《ゆふへ》霞たなびく春立《はるた》つらしも　（一八一二）

（歌意）〈ひさかたの〉天の香具山にこの夕べ、霞が棚引いている。春が来たらしい。

早春ののどかな香具山の情景を、ゆったりとした調子で歌っていて気持ちのよい歌である。どの辺から見た景色であろうか。藤原京からか、はたまた明日香の甘樫の丘の辺りからであろうか。人麻呂歌集にある歌であり格調の高い歌である。この歌を詠むと、持統天皇の「春過ぎて夏来たるらし白栲の衣ほしたり天の香具山」が思い浮かぶ。共に香具山を題材にして、季節の移り変わりを詠んだ歌である。

雪を詠む

君がため山田の沢にゑぐ摘むと雪消《ゆきげ》の水に裳《も》の裾《すそ》濡《ぬ》れぬ　（一八三九）

（歌意）あなたに食べていただこうと、山田の沢でえぐを摘もうとして、雪解けの水で裳の裾が濡れてしまった。

「ゑぐ」は、クロクワイという水田や沼地に生える多年草。その根茎を食用にした。雪解けの沢で「ゑぐ」を摘んでいる若い女性の姿が目に浮かぶ。裳の裾を濡らして一心に摘んでいる姿にはさわやかで健康的な色気を感じる。このように当時の民衆の生活の姿が描かれる歌は、後の勅撰集にはみられない万葉集のよさでもある。「君がため浮沼の池の菱摘むと我が染めし袖濡れにけるかも」（一二四九）共によい歌である。

柳を詠む

山の際《ま》に雪は降りつつしかすがにこの川柳《かはやぎ》は萌《も》えにけるかも　（一八四八）

（歌意）山裾では雪が降っている。しかしさすがに春になった。この川柳はきれいに芽吹いたなあ。

「しかすがに」は、そうはいうものの、さすがに。「川柳《かはやぎ》」は川辺に生える柳、カワヤナギ。雪がまだ残る、早春の河原の辺を歩いてみると、カワヤナギがぽつんぽつんと生えているのを見る。細枝を赤く染めた枝先には柔らかそうな芽がふくらんでいる。これを見ると、生命の息吹にふれたようでとても嬉しい気持ちになる。

月を詠む

春されば木《こ》の暗《くれ》多《おほ》み夕月夜《ゆふづくよ》おほつかなしも山陰《やまかげ》にして　（一八七五）

（歌意）春になると、木の茂みで木陰が多くなり、夕月の光がぼんやりとしている。この山陰では。

「木の暗《くれ》多み」は、木が茂るので木陰が多くの意。「おほつかなしも」は「おぼつかなしも」で景色などがはっきりしないこと。ここでは、夕月の光がぼんやりしている様子をいう。このぼんやりとした様がまた春らしくてよいと詠っている。

煙を詠む

春日野に煙立つ見ゆ娘子《をとめ》らし春野のうはぎ摘《つ》みて煮らしも　（一八七九）

（歌意）春日野に煙の立ち上るのが見える。娘子たちが、春の野のヨメナを摘んで煮ているらしい。

「うはぎ」はヨメナ。若芽を摘んで食用にした。春日野は奈良の京から東方に広がる野で、菜を摘みに来た娘たちがヨメナを摘んで、ゆでている情景である。のどかな春の野に遊ぶはつらつとしたとした娘たちの姿。巻一の巻頭に詠われていた菜つみの風景の一つが見えてきた。

春相聞

雨に寄する

我が背子に恋ひてすべなみ春雨の降るわき知らず出《い》でて来《こ》しかも　（一九一五）

（歌意）あなたが恋しくて恋しくてどうしようもなく、春雨が降っているかいないかの見さかいもつかずに、夢中で出てきてしまった。

「すべなみ」は、ほどこす方法がなく切ないこと。「降るわき知らず」は、降る降らないの分かちも知らずに。

恋しい男の家を訪問する目的をもって出てきたのではなくて、恋しい気持ちを抑えきれなくて、夢中で出てきてしまって、気づいたら細かい春雨が降っていたという状況である。女心のよく出ている歌である。

問答

春山の馬酔木《あしび》の花の悪《あ》しからぬ君にはしゑや寄《よ》そるともよし　（一九二六）

石上《いそのかみ》布留《ふる》の神杉《かむすぎ》神びにし我《われ》やさらさら恋にあひにける　（一九二七）

（歌意）春山の馬酔木の花のように素敵なあなたとなら、ままよ、いい仲だと噂になってもかまいませんわ。（一九二六）

《序　石上布留の社の神杉のように》年老いた自分だけれど、今、また新しい恋に出会ったことだなあ。（一九二七）

「悪しからぬ」は「憎からぬ」と同じで、かわいいとか見た目がよいの意。「しゑや」は、ままよ（なんとでもなれ）。捨て鉢な気持ちを表す感動詞。「寄そるともよし」は、いい仲だと人に噂されてもよい。「石上布留」は天理市にある石上神宮。ここの神杉は古来より有名である。「神びにし」は「神さびて」とおなじで、こうごうしくみえる、古びるなどの意。ここでは古びるで、年老いたの意である。「さらさら」は、今さらに、新たにの意。

この中年男は男前であったのだろう。女がすっかり惚れ込んでいる。その男の求婚を受け入れた女の歌に、男が喜びの歌で答えている。万葉集の中には、巻二の石川女郎の「古りにし嫗《おみな》にしてやかくばかり恋に沈まむ手童《たわらは》のごと」（一二九）などのように歳をとっても若い心で恋心を詠っている歌がいくつもある。万葉人は気持ちが若い。巻十一には、「石上布留の神杉神さびて恋をも我は更にするかも」（二四一七）という類歌が載っている。人麻呂歌集の歌である。

さのかたは実にならずとも花のみに咲きて見えこそ恋のなぐさに　（一九二八）
さのかたは実になりにしを今さらに春雨《はるさめ》降りて花咲かめやも　（一九二九）

（歌意）さのかたは、実にならなくても、花として咲いて見せてください。恋のなぐさめに。　（一九二八）

さのかたは、もはや実になりましたものを、今さら春雨が降って花の咲くことなどありましょうか。　（一九二九）

「さのかた」という名はきれいな名である。藤、萩、カズラ、アケビなどが考えられているがまだ確定していない。花はきれいだが、実が少ない草木であるのだろうか。この問答は、春相聞の部の男女の問答であるから当然寓意がある。これをどう捉えたらいいだろうか。「実になる」を「結婚する」と捉えると、

二人の恋が実らなくても（結婚できなくても）、せめて、交際だけは続けてください。苦しい恋の慰めのために（一九二八）

私はすでに実になっています（結婚しています）ので、今さら交際などできましょうか。（一九二九）

と読み取れる。なかなか奥のある面白い歌である。真実はどうであろうか。

夏雑歌

鳥を詠む

ますらをの　出《い》で立ち向ふ　故郷《ふるさと》の　神《かむ》なび山に　明けくれば　柘《つみ》のさ枝に　夕《ゆふ》
されば　小松が末《うれ》に　里人《さとびと》の　聞き恋《こ》ふるまで　山彦の　相響《あひとよ》むまで　ほととぎ

す　妻恋《つまごひ》すらし　さ夜中に鳴く　（一九三七）

反歌

旅にして妻恋《つまごひ》すらしほととぎす神《かむ》なび山にさ夜更けて鳴く　（一九三八）

（歌意）ますらおが外に出て見る故郷明日香の神なび山で、夜が明けるとツミの小枝に、夕方になると小松の枝先に、里人が声を聞いて恋しく思うほどに、また山彦が響き合うほどに、ホトトギスが妻恋しているらしい。この夜中にしきりに鳴いている。　（一九三七）

反歌

旅路にあって妻を慕っているらしい。ホトトギスが神なび山で夜更けにしきりに鳴いている。　（一九三八）

「ますらをの　出で立ち向かふ」は、ますらをが立ち出でて見るの意。「故郷の神なび山」は、古京明日香にある神なび山のことで、橘寺東南のミハ山らしい。雷 丘《いかずちのおか》との説もある。「柘《つみ》」は、野生の桑の木。

この歌は古歌集からとったものである。内容が十分に理解できない部分もあるが、心にとまる歌である。この歌は、旧都飛鳥への行幸に従駕した官人が、妻への恋しさをホトトギスに託して詠っているのではないかと思われる。長歌では、朝から夕方、そして夜中まで一日中鳴くホトトギスを詠い、長歌の思いを凝縮した反歌では、ことさら夜更けに鳴くホトトギスを詠う。妻恋をして夜更けに鳴くホトトギスは、それはそのまま作者の心の表出であろう。

朝霧の八重山《やへやま》越えてほととぎす卯の花辺《はなへ》から鳴きて越え来《き》ぬ　（一九四五）

〈歌意〉〈朝霧の〉幾重もの山を越えて、ホトトギスが卯の花の咲く辺から鳴いて越えてきた。

逢《あ》ひかたき君に逢へる夜《よ》ほととぎす他時《こととき》よりは今こそ鳴かめ　（一九四七）

〈歌意〉なかなか逢えないあなたにようやく逢えた夜だから、ホトトギスよ、他の時よりも今こそ声を限りに鳴いておくれ。

一九四五番は、「朝霧の八重山」や「卯の花辺」などとても色彩がきれいで、ロマンチックな歌である。次の歌も「今宵は嬉しいから声を限りに鳴いておくれ」という女性の喜びの気持ちの溢れている歌である。共によい歌である。万葉集では夏の代表的な鳥はホトトギスである。巻十の「鳥を詠む」では、二十七首全てがホトトギスを詠んでいる。集中に載るホトトギスの歌は百五十六首あるが、その大部分は家持をはじめとした都人の作ったもので、ホトトギスを、恋しい気持ちを掻き立てる鳥、風雅の鳥として捉えている。

榛《はり》を詠む

思ふ子が衣《ころも》摺《す》らむににほひこそ島の榛原《はりはら》秋立たずとも　（一九六五）

〈歌意〉愛しいあの子が衣を摺って染めるために美しく色づいておくれ、島の庄の榛原よ。まだ秋にならなくても。

「島の榛原」は、明日香村島の庄の榛原。榛は、ハンノキ。榛を詠んだ歌は、「引間野ににほふ榛原入り乱れ衣にほはせ旅のしるしに（引間野に色づいている榛の原に入って榛を乱して衣に美しい色をうつしなさい。旅のしるしに）」（五七）

や「白菅の真野の榛原心ゆも思はぬ我れし衣に摺りつ〈白菅の〉真野の榛原を心にも思わない私が、衣に摺りぞめにしたことよ）」（一三五四）などいくつもの歌があり、当時は、ハンノキの実や樹皮を染料に使ったようである。この歌は、ハンノキに恋人への慕情を投げかけている。これといった特徴はないが素直な詠いぶりでよい歌である。

譬喩歌

橘の花散る里に通《かよ》ひなば山ほととぎす響《とよ》もさむかも　（一九七八）

（歌意）橘の花の散る里に私が通ったならば、うるさい山ホトトギスが鳴きたてるであろうか。

「橘の花散る里」は恋人の住む里を寓している。「山ほととぎす」は世間の口うるさい人々の譬え。「響もさむかも」の「響もす」は声を響かせて鳴くこと。ここでは、うるさく噂をするのではなかろうかの意。「愛する恋人のもとへ私が通ったならば、人々がうるさく噂をするだろうか」。人々の噂になることは、恋が成就しない危険があったから恋人たちはとても警戒するのである。

夏相聞

草に寄する

ま葛《くず》はふ夏野の繁《しげ》くかく恋ひばまこと我が命常《つね》ならめやも　（一九八五）

（歌意）葛の這っている夏の野が繁っているように、激しくあなたを恋していたら、本当にわが命はいつまでもあることができるだろうか。

「常ならめやも」は常住不変であろうか、ありはしないの意。激しい恋心を、夏野を覆う葛に譬えたところがおもしろい。

花に寄する

隠《こも》りのみ恋ふれば苦しなでしこの花に咲き出《で》よ朝《あさ》な朝《さ》な見む　（一九九二）

（歌意）心の中だけで恋しているので苦しい。ナデシコの花の咲くように、思いを外に出してしまいなさい。そうすれば毎朝お逢いしましょう。

「隠りのみ恋ふれば苦し」は、人目を忍んで心の中でばかり恋していると苦しいの意。「なでしこの花に咲き出よ」は、ナデシコの花のように思いを外に表してしまいなさいの意。私の求婚を受け入れなさいということか。

秋雑歌

七夕《たなばた》

天の川安《やす》の渡《わた》りに舟浮《う》けて秋立つ待つと妹《いも》に告《つ》げこそ　（二〇〇〇）

（歌意）天の川の安の渡しに舟を浮かべて、秋が立つのを待っていると妻（織女）に伝えてほしい。

「安の渡り」は、天の川の渡し場の名。日本の神話で高天原にある安の河原を、中国から伝わった七夕伝説の天の川の渡し場の名前としたもの。「秋立つ待つ」は、旧暦七月は秋であり、七月七日は七夕だから、七月になる（秋立つ）と、織女に逢えるからそう言った。

ひさかたの天《あま》つしるしと水無《みな》し川《がは》隔《へだ》てて置きし神代《かむよ》し恨めし　（二〇〇七）

（歌意）〈ひさかたの〉天の標識として、天の川を彦星と織女との隔てとして置いた神代が恨めしい。

「水無し川」は、水のない川のことで天の川である。「神代し恨めし」とあるが、日本の神代には七夕伝説はない。中国から伝わった七夕伝説を、遠い昔ということで神代に当てはめている。「恨めし」は、なんとも言えず嘆いてため息をつく様を言っている。心惹かれるがゆえに起こる情である。

我が背子《せこ》にうら恋ひ居《を》れば天の川夜舟《よふね》漕ぐなる楫《かぢ》の音《おと》聞こゆ　（二〇一五）

（歌意）我が夫（彦星）を恋い慕っていると、天の川を夜舟を漕いでおいでになるらしい楫の音が聞こえる。

ドラマチックであり、このような発想のできる古代人が羨ましい。かつて、臼田町で勤務していた時、うすだスタードームに通って星の観察をしたことがあった。夏の盛りの頃であったが、その日は初めは曇っていたが観察を始める午後八時ころになると、雲が晴れて晴天となった。すると夜空を横断する天の川がくっきりと現れて、河を隔てて、彦星（アルタイル）と織姫星（ベガ）をはっきりと確認することができて嬉しかった思い出がある。

相見《あひみ》らく飽き足らねどもいなのめの明けさりにけり舟出《ふなで》せむ妻　（二〇二二）

（歌意）　互いにいつまで逢っていても飽き足らないのだが、〈いなのめの〉夜は明けてしまった。さあ、舟出をするよ、妻よ。

「いなのめの」は「明け」にかかる枕詞。原始的な住居には窓がなく、窓代わりの明りとりには、篠竹や稲わらなどで編んだ編み目を使ったので、それを篠目《しののめ》、稲目《いなのめ》と言い、明け方そこから光がさしてくるので「明け」の枕詞になったと言われている。「舟出せむ妻」は、「舟出せむ、妻よ」の意。年に一度の逢瀬を過ごした夜明けの状況を想像している。

一年《ひととせ》に七日《なぬか》の夜のみ逢ふ人の恋も過ぎねば夜《よ》は更けゆくも　（二〇三二）

（歌意）　一年に七夕の夜だけ逢う人の、恋は未だ満たされないのに夜は更けていくことよ。

この歌は、第三者の立場で詠った歌である。「恋も過ぎねば」は、恋しい思いがまだ消えないのに。一年に一度、七夕の夜だけ逢う二人の激しい恋心はそう簡単におさまるものではない。そのことを十分承知して、二人の思いに共感して嘆いている。

ここまでの七夕の歌は、人麻呂歌集からとったものである。以後の七夕の歌は、より新しい時代の歌だろう。内容的には人麻呂歌集の歌と変わらないが、読んだ感じは、私には何か違いがあるような気がする。声調、滑らかさであろうか。

彦星と織女《たなばたつめ》と今夜《こよひ》逢ふ天《あま》の川門《かはと》に波立つなゆめ　（二〇四〇）

（歌意）　彦星と織女とが今宵逢う天の川の渡り瀬に、波よ、決して立つなよ。
「川門《かはと》」は渡し場のこと。第三者の立場から、二人の出逢いがうまくいくように、川波は立てるなと祈っている。

秋風に川波立ちぬしましくは八十《やそ》の舟津《ふなつ》にみ舟留《とど》めよ　（二〇四六）

（歌意）　秋風に天の川の川波が立ちましたよ。暫くは多くの舟津のどこかに御舟をお泊めになって様子をみてください。
「しましくは」は、しばらくの間は。「八十の舟津」は、「八十」はたくさんの意。天の川は大きい川だから、あちこちに舟着場があるとみている。織女が天候を心配して彦星に呼びかけた歌。

天の川八十瀬《やそせ》霧《き》らへり彦星の時待《ときま》つ舟は今し漕ぐらし　（二〇五三）

（歌意）　天の川の多くの瀬に霧が立ち込めている。彦星が出発の時を待っていた舟は、今まさに漕ぎ出すらしい。
実況中継を見ているような趣がある。「時待つ舟は今し漕ぐらし」に出発の緊張感がある。これも第三者の立場で詠った歌。

風吹きて川波立ちぬ引き舟に渡《わた》りも来ませ夜《よ》の更《ふ》けぬ間《ま》に　（二〇五四）

（歌意）　風が吹いて川波が立ちました。引き舟によってでも渡ってきてください。夜の更けぬ間に。

「引き舟」は綱を渡してその綱を引いて渡ってくる舟。川波が高くなると、漕ぐことが難しくなるから、引き舟によってでも渡ってきてください、夜が更けぬ間にと、早く逢いたい織女の思いを歌っている。二〇四六番の「秋風に川波立ちぬしましくは八十の舟津にみ舟留めよ」に続く歌である。短い一夜、午後八時頃から明けの四時ごろまで、八時間ほどの短い時間の中で古代人は熱いドラマを想像して楽しんでいる。

月重ね我《あ》が思ふ妹に逢へる夜《よ》は今し七夜《ななよ》を継《つ》ぎこせぬかも　（二〇五七）

（歌意）月を重ねて私が恋い慕う妻に逢った夜は、もう七夜も続いてくれないかなあ。

「月重ね」は一年の月を重ねて。「今し七夜を継ぎこせぬかも」の「今し七夜を」は、今から七夜分も。「継ぎこせぬかも」は続いてくれないものかなあの意。彦星の立場で詠った歌である。

渡《わた》り守《もり》舟早《はや》渡せ一年《ひととせ》にふたたび通《かよ》ふ君にあらなくに　（二〇七七）

（歌意）渡し守よ、早く舟を渡しておくれ。一年に再び通ってくる君ではないのだから。

「渡り守」は渡し守と同じで、渡し場の船頭。「あらなくに」は、ないのにの意。織女の思いを歌っている。

恋ふる日は日長《けなが》きものを今夜《こよひ》だにともしむべしや逢ふべきものを　（二〇七九）

（歌意）恋い慕った日はとても長かったのに、せめて今夜だけは物足りない思いはさせるべきではないでしょう。十分に逢うべきでしょう。

この歌は、人麻呂の歌「恋ひしくは日長《けなが》きものを今だにもともしむべしや逢ふべき夜だに」（二〇一七）がもとになっている。「ともしむべしや」の「ともしむ」は「乏しむ」で乏しく思わせる、つまり物足りない思いをさせるの意。「や」は反語の「や」。「物足りない思いをさせるべきでしょうか。いや、物足りない思いをさせるべきではない」の意。

天地の　初めの時ゆ　天の川　い向《むか》ひ居りて　一年《ひととせ》に　ふたたび逢はむ　妻恋ひ
に　物思《ものも》ふ人　天の川　安《やす》の川原《かはら》の　あり通《かよ》ふ　出《いで》の渡りに　そほ舟《ぶね》の　艫《とも》にも
舳《へ》にも　舟装《ふなよそ》ひ　ま楫《かぢ》しじ貫《ぬ》き　旗《はた》すすき　本葉《もとは》もそよに　秋風の　吹きくる宵
に　天の川　白波しのぎ　落ちたぎつ　早瀬《はやせ》渡りて　若草の　妻をまかむと　大
船の　思ひ頼みて　漕ぎ来《く》らむ　その夫《つま》の子が　あらたまの　年の緒《を》長く　思ひ
来《こ》し　恋尽《つく》すらむ　七月《ふみつき》の　七日《なぬか》の宵は　我《われ》も悲しも　（二〇八九）

反歌

高麗《こま》錦《にしき》紐《ひも》解《と》きかはし天人《あめひと》の妻どふ宵ぞ我も偲《しの》はむ　（二〇九〇）

彦星の川瀬を渡るさ小舟《をぶね》のい行きて泊《は》てむ川津《かはづ》し思ほゆ　（二〇九一）

（歌意）天地の初めの時から、天の川をはさんで向かい合っていて、一年に二度逢うことのない妻を恋して物思う彦星が、天の川の安の河原の、いつも通う瀬々の渡し場で、朱塗りの舟の艫《とも》にも舳先《へさき》にも舟装いをして楫を備え、旗すすきの本葉をそよがして秋風が吹いて来る夕べに、天の川の白波を乗り越えて、たぎり落ちる早瀬を渡って、〈若草の〉妻の手を巻こうと〈大船の〉心に頼んで舟を漕いでくるだろうその彦星が、〈あらたまの〉年中長く思い詰めてきた恋の思いをすっかり晴らすだろう七月七日の夕べは、自分も深い感動を覚えることだ。
（二〇八九）

反歌

高麗錦の紐を互いに解き合って、天上の人が妻問いをする夜である。私も遥かに思いやろう。（二〇九〇）
彦星の川瀬を渡る小舟が、漕ぎ進んで舟泊《は》てする渡し場が思われる。（二〇九一）

「そほ舟」の「そほ」は塗料の赤土で、赤く塗った舟のことをいう。「舟装ひ」は出港のための支度・装飾をすること。「夫の子」は夫を「つま」と読む。「子」は愛称で、「夫の子」とは彦星のことである。「我も悲しも」の「悲しも」は感傷的な心になるの意。

長歌は、全編一文区切れなしで、修飾部分も多くやや理解しづらいが、歌の骨子は次のようである。「妻を恋い慕う彦星が、朱塗りの舟をきれいに飾り、楫をしっかり備えて（出発の準備を万端整えて）、秋立つ夕べに、天の川の荒波を渡って織女のもとへ行き、一年間の恋の思いをすっかり晴らすだろう、その夕べは、見ている私も感動を覚えることだ」。七夕の夜、彦星が織女のもとへ渡って行く情景を華麗に表現している。反歌は、二人の逢瀬を思い描き、また彦星の小舟が舟泊をする渡し場の景色を想像している。

長歌に出てくる、「安の川原」は、日本の神話に出てくる高天原の安の川原であるから、中国から伝わった七夕伝説と日本の神話とが混じっていることが分かる。反歌の高麗錦の紐とは、高句麗から輸入された錦で作られた紐で、貴重な品である。

巻十の中で、七夕を詠った歌は九十八首と数が多い。秋雑歌に占める割合は四十パーセント強もあり、巻十全体の中でも、十八パーセント強を占めている。秋の歌の題材として適していたのだろう。内容的には、七月七日の夜の、年に一度の出逢いの場面をいろんな角度から詠っている。今は子どもの祭、子どもの歌になっているが、当時は大人が興味を引く行事であったようだ。今の大人にはこんな思いもゆとりもない。万葉人がこのような感性を持てたことは、羨ましいことだと思う。

花を詠む

朝顔は朝露負《お》ひて咲くといへど夕影《ゆふかげ》にこそ咲きまさりけれ　（二一〇四）

（歌意）朝顔は朝露を受けて咲くというが、夕方の光の中でこそ咲き勝っているよ。

朝顔は、牽牛子（今のアサガオ）、ノアサガオ、キキョウ、ムクゲなどの説があるがまだ不明であるという。朝咲くアサガオは夕方の光の中でこそ咲き勝っているという。一体どんな花なのだろうか、アサガオとは。

雁を詠む

秋風に大和へ越《こ》ゆる雁がねはいや遠ざかる雲がくりつつ　（二一二八）

（歌意）秋風に乗って大和の方へ越えていく雁の群れは、いよいよ遠ざかっていく。雲に隠れながら。

寂しく吹く秋風の中を、故郷大和の方へ飛んで行く雁が、だんだん見えなくなっていく。遠い旅路にあっての望郷の歌である。巻七の「足柄の箱根飛び越え行く鶴の羨《とも》しき見れば大和し思ほゆ」（一一七五）と同じ思いである。鶴の歌は、「羨しき」や「思ほゆ」など望郷の気持ちを率直に出している。それに比べてこの雁の歌の方は気持ちを抑えて、「いや遠ざかる雲がくりつつ」と実写の風景として詠んでいるのだが、そこのところがよくて、じんと心に沁みてくるものがある。

天雲の外《よそ》に雁が音《ね》聞きしよりはだれ霜《しも》降《ふ》り寒しこの夜は　（二一三二）

（歌意）天雲の彼方で鳴く雁の声を聞いてからは、薄霜が降りるようになって、今夜は寒いなあ。

「はだれ霜」は、まだらに置いた霜、はらはらとうっすらと見える霜。夜更けて渡ってくる雁は、「雁が音寒し霜も置きぬがに（雁が音が寒々と聞こえる。霜も置きそうなほどに）」（一五五六）と、鳴き声も寒々として霜を連想させるものとされた。「寒し」に強い実感がこもっている。

蟋《こほろぎ》を詠む

秋風の寒く吹くなへ我がやどの浅茅《あさぢ》が本《もと》にこほろぎ鳴くも　（二一五八）

（歌意）秋風が寒く吹くにつれて、我が家の庭の浅茅の根元でコオロギが鳴くよ。

「吹くなへ」は吹くにつれて。「浅茅」はせの低いチガヤ。秋の夜の人恋しい思いを、目の前の景色の中でうまく詠っている。茂吉は『万葉秀歌』で、この歌を実質的でごまかしが無く、奥に恋愛の心をひそめていてよい歌だという。前出の湯原王の「夕月夜心もしのに白露の置くこの庭にこほろぎ鳴くも」（一五五二）も同様の趣の歌である。

蝦《かはづ》を詠む

草枕旅に物思《ものも》ひ我が聞けば夕《ゆふ》かたまけて鳴くかはづかも　（二一六三）

（歌意）〈草枕〉旅に出て、物思いに沈みながら聞いていると、夕暮れが近づいてきて、カハヅが鳴いているよ。

「夕かたまけて」の「かたまく」は、時が近づく。その時になるの意。ここでは、夕暮れが近づいてきて。「かはづ」は、河鹿ガエルのこと。澄んだ玉のようないい声で鳴く。旅情が感じられる歌である。

黄葉《もみち》を詠む

大坂を我が越え来れば二上《ふたかみ》に黄葉《もみちば》流るしぐれ降りつつ　（二一八五）

（歌意）大坂の峠を越えてくると、二上山《ふたかみやま》に黄葉が流れるように散っている。しぐれが降りながら。

「大坂」は大和から河内へ越える坂。二上山の北側を通る道で「穴虫越え」と言うようだ。一方、二上山の南側を通る「竹内越え」と言う説もある。「黄葉流る」は、風に吹かれて黄葉が散る様をいう。「小松が末《うれ》ゆ沫雪《あわゆき》流る」（二三一四）と同じである。時雨る中を黄葉が流れるように散っている光景は心を動かされる趣がある。旅の途中であればなおさらである。

明日香川黄葉《もみちば》流る葛城《かづらき》の山の木《こ》の葉は今し散るらし　（二二一〇）

（歌意）明日香川に黄葉が流れている。葛城山の木の葉は今、散っていることだろう。

「黄葉流る」は前歌とはちがって、川を流れていることである。「葛城山」は大阪府と奈良県との境にある山で、明日香川とは地理的なつながりはない。飛鳥の明日香川の黄葉を見て、葛城山の木の葉も散っているだろうと思いやっているのである。この歌には後の歌集に類歌がいくつもあるようだ。それだけ歌人に親しまれた歌であったのだろう。

あすか川もみち葉流るかつらきの山の木の葉は今か散るらむ（家持集）
あすか川もみち葉流るかづらきや山には今ぞしぐれふるらし（古今六帖）
あすか川もみち葉流るかつらきの山の秋風吹きぞしくらし（新古今集）

水田を詠む

あしひきの山田作る子秀《ひ》でずとも縄だに延《は》へよ守《も》ると知るがね　（二二一九）

（歌意）〈あしひきの〉山田を耕作する子よ、まだ穂は出ないにしても、縄だけでも張りなさいよ。番をしていると人が分かるようにさ。

「秀でずとも」は穂は出なくてもの意。ここでは、まだ年は若いけれどもの意を寓している。「縄だに延へよ」は、約束だけはしておきなさいよの意を寓している。「守ると知るがね」は、守っている人があると分かるように。

この歌は比喩歌である。「あの子を妻にしようと思うなら、まだ若いけれど、約束だけでもして守っている人があると分かるようにしておきなよ」。若い女を想っている男への助言である。

秋相聞

秋山のしたひが下《した》に鳴く鳥の声だに聞かば何か嘆かむ　（二二三九）

（歌意）《序　秋山の紅葉の下で鳴く鳥の声が聞こえるように》せめて、あなたの声だけでも聞くことができたら、何の嘆くことがあるだろうか。

「したひ」は「したふ（赤く色づく）」の名詞形で、紅葉をいう。「秋山のしたひが下に鳴く鳥の」までは、声を起こす序詞。声は恋する人の声。「紅葉の下で鳴く鳥」とはとてもきれいなイメージがあるから、声の主は女性と見て、男性の詠んだ歌と捉えておこう。恋する人に逢いたいが声も聞かせてくれないよと嘆いている。男の気持ちは分かる。

水田に寄する

秋の田の穂《ほ》向《む》きの寄れる片《かた》寄《よ》りに我れは物思ふつれなきものを　（二二四七）

（歌意）秋の田の稲穂の向きが一方に片寄るように、私はあなたのことばかりひたすら思っている。あなたはつれないのに。

「穂向きの寄れる片寄りに」は巻二の一一四番に但馬皇女の「秋の田の穂向きの寄れる片寄りに君に寄りなな言痛《こちた》かりとも」がある。「つれなきものを」は、無関心でいること。この歌は女性の嘆きの歌であるだろう。

風に寄する

泊瀬風《はつせかぜ》かく吹く宵はいつまでか衣片敷《ころもかたし》き我がひとり寝む　(二二六一)

(歌意)　泊瀬の風がこんなに寒く吹く夜を、いつまで衣を片敷いて一人寝をすることだろうか。

「泊瀬風」は、泊瀬の地を吹く風。泊瀬は桜井市初瀬。「衣片敷き」は、自分の衣だけを敷いて、一人寝の様をいう。泊瀬の地に住む男が、秋風が寒く吹く夜に、一人寝の侘しさを嘆いた歌である。共感できる歌である。

花に寄する

秋津野《あきづの》の尾花《をばな》刈り添《そ》へ秋萩の花を葺《ふ》かさね君が仮盧《かりほ》に　(二二九二)

(歌意)　秋津野の尾花を刈り添えて、秋萩の花を屋根にお葺きください。あなたの仮盧に。

「秋津野」は吉野宮滝付近の野。萩の名所であった。男は秋津野に住んでいる。「尾花」はススキのこと。「仮盧《かりほ》」は仮に作った庵《いおり》、粗末な家のことである。屋根は普通カヤで葺くが、萩の名所であるので、「萩の花で葺きなさい、ススキも添えて」と詠っている。仮庵であってもあなたのお家なら、雅なものに作りましょうという女心がうれしい。

譬喩歌

祝《はふり》らが斎《いは》ふ社《やしろ》の黄葉《もみちば》も標縄《しめなは》越《こ》えて散るといふものを　(二三〇九)

(歌意)　神官たちが大切にお祭りする神社の黄葉さえも、しめ縄を越えて外に散るというのに（まして人間の親が番をしているあなたに逢えないはずはないでしょう)。

「祝らが斎ふ社」は、神官らが大事に守っている神社のこと。「標縄」は不浄なものの侵入を禁ずる印として張る縄。「標縄越えて散る」は、神社の黄葉も境内の外に散るということ。風に舞い散る黄葉を擬人化して、黄葉の意志でしめ縄の外に散ると言ったところがおもしろい。神聖な神社の黄葉がそのようだから、まして、人間のあなたにできないはずはないでしょうと、親が大事に守っている箱入り娘に対して交際を呼びかけている。

旋頭歌

こほろぎの我《あ》が床の辺に鳴きつつもとな　起き居つつ君に恋ふるに寝《い》ねかてなくに　(二三一〇)

(歌意)　コオロギが私の床のあたりでやたらに鳴いていてしかたがありません。起きて座っていてあなたをお慕いしていると、眠ることもできませんのに。

「こほろぎ」は、今のコオロギだけでなくて秋に鳴く虫を広く言った。「鳴きつつもとな」は、やたらに鳴いている。「もとな」は、わけもなく、やたらに、しきりにの意。「寝《い》ねかてなくに」は、寝ることができない。「かて」の「かつ」は耐えること。「なく」は否定の「ず」のク語法。

女性のひとり寝の寂しさを詠った歌である。なかなか味のある歌である。秋の夜長を鳴き通す虫の音に、恋心を募らせるという古代人の発想がすばらしい。二二六四番には「こほろぎの待ち喜ぶる秋の夜を寝る験《しるし》なし枕と我は(コオロギが(伴侶に会えるので)待ち望んで喜ぶ秋の夜になったが、(あなたが訪れてくださらないので)寝てもなんの甲斐もない。

枕と私とは)」がある。

冬雑歌

巻向の檜原《ひはら》もいまだ雲居《くもゐ》ねば小松が末《うれ》ゆ沫雪《あわゆき》流る　(二三一四)

(歌意) 巻向の檜原にもまだ雲がかからないのに、小松の梢からは沫雪が流れるように降ってくる。

巻向の檜原は、泊瀬《はつせ》の檜原同様有名だった。現在、三輪山の西北麓、檜原台地の奥に檜原神社がある。大神神社の摂社である。その檜原にまだ雲もかかっていないのに近くの小松の梢からは沫雪が流れるように降ってくると、今後の気象の変化を予想しつつ、目の前の景色を映し出している。「小松が末ゆ沫雪流る」がよい表現である。人麻呂歌集の歌である。

雪を詠む

我が袖《そで》に降りつる雪も流れ行きて妹が手本《たもと》にい行《ゆ》き触れぬか　(二三二〇)

(歌意) 我が袖に降った雪は流れて行ってあの子の袂《たもと》に触れてくれないかなあ。

「流れ行きて」は、風に乗って流れて行って。「手本」は、着物の袂、袖とする考えと、手首とする考えとがある。手首の方がより親密感は増すが、我が袖に降った雪だから、袂が妥当だろう。

冬相聞

降る雪の空に消《け》ぬべく恋ふれども逢ふよしなしに月ぞ経《へ》にける　（二三三三）

（歌意）降る雪が大空に消え入るように、自分の身も消え果ててしまうほど恋しく思うけれど、逢う手だてもなく幾月も経ってしまった。

「逢ふよし」の「よし」は手だて、方法。
人麻呂歌集の歌である。夕方、空を仰いで、降り来る雪をじっと見つめていると、雪の粉が降ってくるのではなく空中の中へ舞い上がっていくような錯覚を覚える時があったが、「降る雪の空に消ぬべく恋ふれども」とは、そのような情景を言うのであろうか。激しく恋い慕うことを、「降る雪の空に消ぬべく」と表現した人麻呂の才能の偉大さを思うのである。自分の身も消え果ててしまうほどの恋心は激しく切ない恋心である。逢えないままいたずらに月日ばかりが流れてしまうと嘆いている。

沫雪《あわゆき》は千重《ちへ》に降りしけ恋ひしくの日長《けなが》き我れは見つつ偲《しの》はむ　（二三三四）

（歌意）沫雪は幾重にも幾重にも降り積もれ。何日も恋い続けてきた私は、その雪を見ながらあなたを偲ぼう。

前歌に続く人麻呂歌集の歌である。前歌では、妹に逢えない切ない恋心を切々と歌ったが、この歌は、もっともっと妹を偲ぼうとの強い意志を持った歌になっている。そのために、沫雪に「幾重にも幾重にも降り積もれ」と命じている。この命令の言葉は、かつて人麻呂が石見の国から現地妻と別れて帰京する時に詠った「妹が門見む　靡けこの山」（一三二）のように、思いが最高潮に達した時に発せられた言葉である。募る一途な恋心を降り来る沫雪に託して力強く詠っている。

霜に寄する

はなはだも夜更けてな行き道の辺《へ》のゆ笹の上に霜の降る夜《よ》を　（二二三三六）

（歌意）こんなにも甚だしく夜が更けてからお帰りにならないでください。道のほとりの笹の葉の上に霜の降る寒い夜だから。

「はなはだも」は程度が甚だしいこと。「な行き」は、「な」は禁止を表す副詞、行きますな。「ゆ笹」は清らかな笹の意。訪れた男が夜更けに帰るのを案じて引き留めようとしている女の歌である。「ゆ笹の上に霜の降る夜を」に趣がある。

雪に寄する

笹の葉にはだれ降り覆《おほ》ひ消《け》なばかも忘れむと言へばまして思ほゆ　（二二三三七）

（歌意）「《序　笹の葉に、はだれ雪が降ってうっすりと覆い、やがて消え去るように》私も消え去ってしまったなら、あなたを忘れることができるでしょうね」と妹が言うので、いっそう愛しく思われることよ。

「はだれ」は、はらはらと降る雪。うっすりと積もった雪。「降り覆ひ」は、降って覆って。ここまで「消なば」を起こす序詞。「消なばかも」は、消えたならば。「かも」は詠嘆を表す。「言えば」は、言うから。

凝った作りの歌であるが、意味が分かると味わいのある歌である。この歌の解釈で面白いのは、作者が男であるか女であるか、考えが分かれていることである。歌だけではどちらともとれるので、後は読む人の感じ方である。「私が死んだらあなたを忘れられるでしょう、と妹が言ったのでさらに妹が愛しくなった」と捉えるか、「俺が死んだらあなたを忘れられるだろう、とわが君が言ったので、さらに恋しさが増した」と捉えるか。私は前者の方がぴったりすると思うので、作者を男性と捉えることにする。

二上山残照

——大津皇子の物語——

二上山《ふたかみやま》との最初の出会いは、今から四十数年前に、仲間たちと初めて訪れた奈良の旅の時のことである。
その日は明日香を巡り、夕方、奈良へ帰る電車の中で、一日の旅の疲れを感じながらぼんやりと西の山並みを見つめていた。どこの駅を通過した頃だろうか。きれいな夕日が赤々と燃えて西の山に沈んでいった。そして、山々が黒いシルエットとなって浮かび上がってきた。美しい夕焼けだなあと、遠くの山並みに目をこらすと、その中に、二つの峰を持つ山影がくっきりと浮かび上がってひときわ目に映えた。隣の乗客に確認して、それが二上山《ふたかみやま》だと分かったときの感動は大きかった。「あの頂に、大津皇子が眠っているのだ」。

万葉集に載っている歌の背景を知れば、歌の解釈や味わいも深まってくる。ここでは、大津皇子の生涯を核にして、動乱の飛鳥時代を懸命に生きた天皇や皇子皇女たちの姿を描き、そこに万葉の歌を位置づけてみた。

大津皇子は、六六三年（天智二年）に筑前の那大津（博多の古名）で生まれた。大津皇子の話を進めるためには、皇子の祖父の中大兄皇子のことから話を始めようと思う。

大化の改新

六四五年（大化元年）六月に、中大兄皇子は、中臣鎌足らと謀り、時の権力者の蘇我蝦夷《えみし》と入鹿《いるか》親子を滅ぼして政権を手に入れた。「乙巳の変」と呼ばれるクーデターである。母の皇極女帝は譲位し、叔父の軽《かる》皇子を天皇に立てて（孝徳天皇）、自分は皇太子として実権を握った。新政権の主要ポストには、左右大臣に、阿部内麻呂、蘇我倉山田石川麻呂を当てた。二人は、蘇我本宗家亡き後の大豪族のトップであり、石川麻呂は、政変の功労者でもあった。また、内臣《うちつおみ》という官職を設け中臣鎌足を当てた。内臣は現在の官房長官と言えるだろうか。鎌足は、中大兄皇子にとっては最も信頼できる最高の補佐役であった。

十二月には都を難波に遷し、翌年の正月に「改新の詔」を公布して、新しい国作りを目指した改革を開始した。「大化の改新」である。それまでの倭国は、私有地や人民を有した豪族の連合の上に皇室があるという形であったが、改新の詔では、豪族の私有地や人民を廃して国の直接支配とし、戸籍を作り、人民に口分田を与えて耕作させ、租・庸・調の税を徴収することが示されていて、皇室を中心とした中央集権国家を作ることを目指していた。そして、それの実現を目指して皇子は、腹心の中臣鎌足や同母弟の大海人皇子《おおあまのみこ》等と共に改革を推し進めていったのである。

乙巳の変で中大兄皇子側が陣取った飛鳥寺

粛清された皇子たち

しかし、その改革も簡単には進まなかった。当然、私有地や私有民を廃止される豪族たちの抵抗も強かっただろうし、また、ライバルとなる皇子たちの存在も気になるところであった。改革に反対する勢力がライバルの皇子と組んで皇位を狙うことも十分考えられた。そこで、奪い取った権力を確実なものにし改革を強力に推進するために、障害となる政敵を次々と排除していった。六五八年までに、古人《ふるひと》大兄皇子、蘇我倉山田石川麻呂、有間皇子らが粛清され、また、孝徳天皇までもが不運の中で崩じている。

古人大兄皇子は、中大兄皇子とは異母兄の間柄で舒明天皇の皇子である。母が蘇我馬子の娘であったので、皇位を継ぐ候補として入鹿からは期待されていた。しかし、クーデター後は事態が逆転し、皇位継承の難を逃れるために出家して吉野へと去っていたが、同年（六四五年）九月に、密告により謀反の罪で子どもや夫人共々粛清されてしまった。

蘇我石川麻呂は、入鹿とは従兄弟の間柄であったが蝦夷、入鹿親子に離反してクーデターの時は中大兄側について協力し、その時の功労者として右大臣の要職にあった。娘の遠智娘《おちのいらつめ》は中大兄の妃となり、大田皇女、鸕野《うの》皇女（後の持統天皇）を、また娘の姪娘《めいのいらつめ》も、同じく中大兄の妃として阿閇《あべ》皇女（後の元明天皇）を産んでいる。中大兄の皇女の中でも重要な皇女の外祖父として中大兄に仕えていたが、異母弟の密告という形で謀反の罪をきせられ、六四九年（大化五年）に飛鳥の山田寺で子ども共々自害して果てた。後に彼の名誉は回復されるが、この事件も中大兄皇子らの計略であろう。石川麻呂は、入鹿なき後は蘇我氏の首長として旧勢力の代表であり、改革のブレーキとなったために皇太子らからけむたがられたのだろうと思われる。

山田寺址

難波から飛鳥へ

六五一年（白雉二年）に難波に難波長柄豊碕宮《なにわながらとよさきのみや》という新しい王宮が完成し、新たな気持ちで政治改革に取り組むこととなった。しかし、六五三年（白雉四年）になると、孝徳天皇と皇太子との不和が露わになってきた。そんな折、皇太子は天皇に都を難波から飛鳥に移すように提案した。しかし天皇は同意しなかった。一昨年に多くの資材や労力を費やして新しい宮が完成したばかりであったからである。すると皇太子は、母（前皇極帝）や弟の大海人皇子を始め、公卿百官を引き連れて政府を難波から飛鳥に遷してしまったのである。皇太子の妹で天皇の皇后であった間人《はしひと》皇女までもが皇太子に従った。天皇はこのことをひどく恨んで間人皇后に次の歌を贈ったという。

鉗《かなぎ》着け　吾が飼う駒は　引き出《で》せず　吾が飼う駒を　人見つらんか　（日本書紀より）

逃げないように、首枷《くびかせ》をつけて、私が飼っていた駒（皇后）はどうしただろう。（馬屋から）引き出しもせずに、私が大事に飼っていた駒を、どうして他人（皇太子）が見たのだろう。

孤独の中で孝徳天皇は翌年に崩じてしまう。天皇には、当時十四歳の有間皇子がいたが、皇子は父の死をどのように見ていたのだろうか。

有馬皇子の事件

孝徳天皇の崩御後、皇太子の中大兄皇子に即位の機会がまわってきたが、皇子はそれを見送り、六十二歳になる母の皇極を再び皇位に就かせた。三十七代の斉明天皇である。斉明天皇は、宮殿・楼閣を造り、運河を掘るなど土木工事を盛んに行って人民の反感を買った。改革に反対する勢力にとっては反撃のまたとないチャンスであり、彼らは孝徳天皇の遺児の有間皇子に注目した。皇子は、それを知ってか狂人を装って身の安全を図っていたと言われる。

六五八年（斉明四年）十月、天皇・皇太子一行は紀伊の国の牟婁《むろ》の湯（和歌山県白浜町）に行幸した。十一月三日に、都で留守番をしていた蘇我赤兄《あかえ》は有間皇子に近づき、「天皇の行う政治には三つの過ちがある。一つには、倉を沢山造って民の財を集めることである。二つには、長い運河を造って民の食料を浪費させることである。三つには舟に石を積んで運んで丘を造ることである」と、天皇の失政を説いて謀反をそそのかした。警戒していた有間皇子も、赤兄の上手な誘いについ気を緩めて「吾が年始めて兵を用いるべき時なり」と心の内を漏らしてしまった。すると、十一月五日の夜半に赤兄は兵を集めて皇子の邸を包囲し、急使を紀伊の天皇のもとに走らせて事件を報告した。そして、捕らえられた皇子は九日に護送されて天皇の行在所に向かった。途中、磐代《いわしろ》の海岸で悲運を傷み、松の枝を結んで前途の無事を祈った。

有間皇子、自《みづか》ら傷《いた》みて松が枝を結ぶ歌（有間皇子が自ら悲しんで松の枝を結んだ歌）

岩代《いはしろ》の浜松が枝を引き結びま幸《さき》くあらばまた帰り見む　（一四一）

磐代の浜に生える松の枝を引き結んで我が身の無事を祈るが、もしも命が無事であったならば還って再び見よう。

家にあれば笥《け》に盛る飯《いひ》を草枕旅にしあれば椎《しひ》の葉に盛る　（一四二）

家にいれば器に盛る飯を〈草枕〉旅の途中であるので椎の葉に盛ることだ。

松の枝を結んで祈ると無事に旅から帰れるという信仰が当時行われていたようだ。紀伊の温湯《ゆ》に連行され、皇太子から訊問を受けた皇子は、「天と赤兄とが真相を知っている。私は全く知らない」と答えたと日本書紀では伝えている。二日後に、藤白坂（和歌山県海南市）で絞首され十八歳の若い命を落とした。この事件は広く知れ渡ったようで、後にここを通った歌人たちは、この結び松を歌に詠んで有間皇子を弔っている。

岩代の野中に立てる結び松心も解けずいにしへ思ほゆ　長忌寸意吉麻呂《ながのいみきおきまろ》　（一四四）

後見《のちみ》むと君が結べる岩代の小松がうれをまたも見むかも　人麻呂歌集より　（一四六）

朝鮮出兵　大津皇子誕生

当時朝鮮半島では高句麗、百済、新羅三国が覇を争っていた。六六〇年（斉明六年）に、百済は、唐・新羅連合軍に攻められ滅んでしまった。しかし、その遺民たちは国の再興を願って我が国に救援を求めてきた。そこでわが国は百済を救うべく皇太子の指揮の下、九州の朝倉宮に結集して朝鮮出兵の準備を進めることとなった。

六六一年（斉明七年）一月六日、天皇・皇太子をはじめとして公家百官を乗せた船団が難波を出港し九州へと向かった。八日に、船が岡山県の大伯《おおく》の海に至った時に、大海人皇子の妃の大田皇女が女の子を出産した。大津皇子の姉の大伯皇女である。船団は十四日に伊予の熟田津《にぎたづ》の石湯《いわゆ》の行宮《かりみや》、今の道後温泉の行宮に着き、三月二十五日近くまで逗留している。斉明女帝の疲労をいやすためであったようだ。六十八歳の斉明女帝にはきつい船旅であったであろう。ここで、二か月滞在し、三月下旬に九州へ向けて出港している。この時の歌が万葉集に一首載っている。額田王《ぬかたのおおきみ》の歌である。

熟田津《にぎたつ》に船乗りせむと月待てば潮もかなひぬ今は漕ぎ出《い》でな　（八）

熟田津で出港しようと月の出を待っていると、潮も満潮になった。さあ、今こそ漕ぎ出しましょう。

「船乗りせむと月待てば潮もかなひぬ」に、みなぎる高揚感を感じ取れる。その高まりは、「今は漕ぎ出《い》でな」で最高潮に達する。

三月二十五日に九州の娜大津《なのおおつ》に到着し、一行は、磐瀬《いわせ》の行宮《かりみや》に入った。五月に朝倉宮《あさくらのみや》に移り、出兵の準備を本格化させた。その最中の七月二十四日に斉明女帝が崩じてしまった。この時も中大兄皇子は皇位に就かずに皇太子のまま政治を行い、六六三年三月に二万七千の軍を朝鮮半島に送り百済の救援に備えた。八月に、倭・百済連合軍は白村江《はくすきのえ》で唐・新羅連合軍と激しい海戦を行った。倭軍は勇敢に戦ったが、戦法の誤りなどもあって統率のとれた唐の水軍の前に敗れ去り、同盟国の百済は滅亡してしまった。このためわが国は、唐の侵略に備えて九州防衛のための築城や防人の強化などを行ったり、外交的には唐との修復を図るなどして国家の危機に備えた。このようにして、困難な状況を乗り越えながら中大兄皇子は皇太子のままわが国の政治を推進していったのである。

白村江の戦いの前後に、大田皇女は第二子を出産した。娜大津《なのおおつ》で生まれたので大津皇子と名付けた。

特異な血縁関係

次の系図は、中大兄皇子とその弟、大海人《おおあま》皇子に関わる系図の一部である。

これを見るとその特異性がよく分かる。兄である中大兄皇子は、弟の大海人皇子に自分の娘四人を嫁がせ、更に三人の娘を弟の子どもたちに嫁がせている。そして、そこからまた多くの皇子や皇女が生まれている。この特異な血縁関係にはどんな意図があるのだろうか。そこには、中大兄皇子と大海人皇子の血を引く皇子だけに皇位を継がせようとする強い意志の表れがあると思われる。

中大兄皇子がこの思いを強めたのは、蘇我蝦夷や入鹿などの豪族の専横を嫌ったからである。蝦夷や入鹿は、自分の娘を王家に嫁がせて外戚として権力を振るい、蘇我の血筋の皇子を皇位に就かせるために、ライバルの皇子たちを粛清してきた。六四三年には、聖徳太子の子の山背大兄王も蘇我入鹿に攻められ自害している。蝦夷や入鹿の血を引かない中大兄

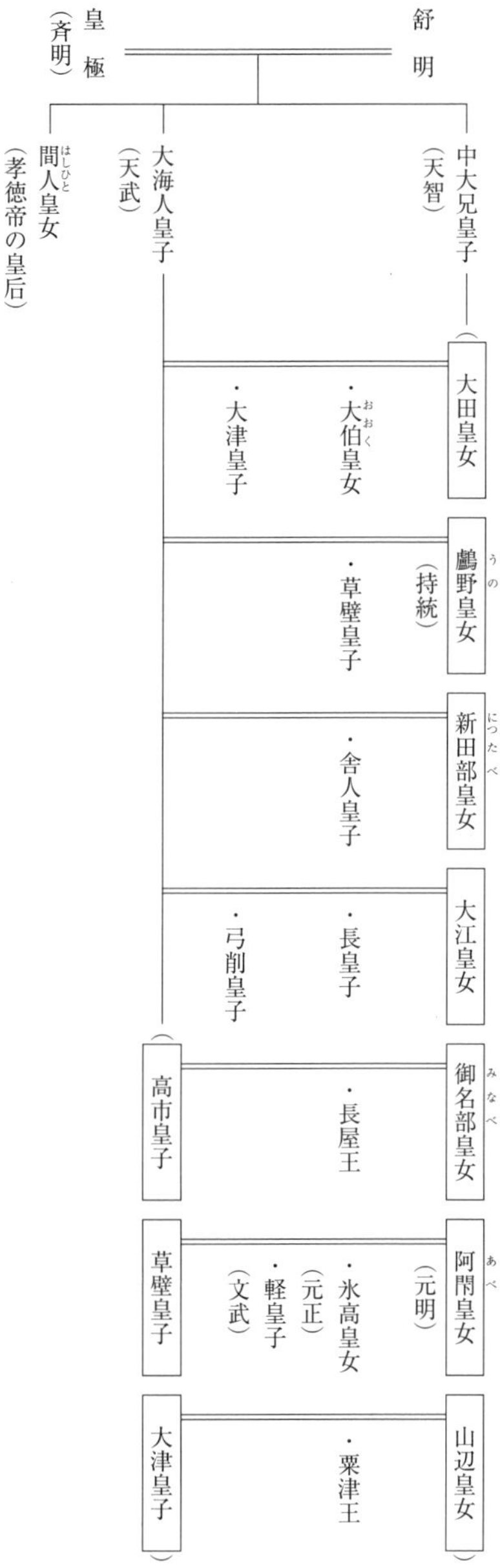

皇子は、皇位継承のライバルとして蝦夷や入鹿から狙われる立場にあったのだ。六四五年のクーデターは、この蘇我氏から政権を奪い取るために入念に計画された政変劇であった。だから、事件後は豪族の介入を排除するために、中大兄は自分の皇子や皇女を、弟の大海人やその皇子・皇女と結婚させて血の純化を図ってきた。そういう流れの中で、大津皇子はその血筋故に一番に将来を期待される立場にあったのだろうと思われる。

一つの興味深い事実がある。それは、大津皇子の血筋だけに「大」という字がついていることである。（中大兄皇子↓大田皇女＝大海人皇子↓大伯皇女・大津皇子）。このことは偶然かも知れないが、他の兄弟の皇子たちには無い事実である。「大」には「偉大な」とか「最上級の」などという意味があるから、大津皇子や大伯皇女は、中大兄皇子や大海人皇子から一番に期待されて生まれた皇子や皇女であっただろうと考えられる。

母・大田皇女の死

そのような運命を背負って生まれた二人であったが、六六七年（天智六年）に突然の不幸が訪れた。母の大田皇女が、二十五歳ほどの若さで幼い姉弟を残して亡くなってしまったのだ。姉の大伯皇女七歳、大津皇子五歳の時であった。幼い子どもを残して、大田皇女はさぞ無念の死であったであろうと思われる。大田皇女は、祖母の斉明天皇と叔母の間人《はしひと》皇女が眠る陵墓のすぐ側に葬られた。父の中大兄皇子の思いやりであろう。近年、明日香の真弓の岡にある牽牛子塚《けんごしづか》古墳の南東脇から一つの墓が発見された。その結果、牽牛子塚古墳こそが、斉明天皇と間人皇女の陵墓であり、そのわきに見つかった墓「越塚御門《こしつかごもん》古墳」が、大田皇女の墓であることが確実となったと言われている。現地で墓を確認してきたが、千三百四十年ぶりに姿を見せた埋葬施設の石槨《せっかく》は、とても清楚なものであった。

最大の庇護者である母を亡くした姉弟を不憫に思った祖父の中大兄皇子は、自分の元で養育し大事に育てた。そんな境遇の中でも、祖父や父に見守られ二人は順調に成長していった。

越塚御門古墳

近江遷都　中大兄即位

六六七年（天智六年）三月に都を明日香から近江の大津に遷した。近江は防衛上から都として適していたからと言われているが、明日香や大和に慣れ親しんだ都人にとっては離れがたい遷都でもあった。

額田王、近江《あふみ》の国に下る時に作る歌

味酒《うまさけ》　三輪の山　あをによし　奈良の山の　山の際《ま》に　い隠るまで　道の隈《くま》　い
積《つも》るまでに　つばらにも　見つつ行かむを　しばしばも　見放《みさ》けむ山を　心なく

雲の　隠さふべしや　（一七）

〈うまさけ〉三輪山よ。〈あをによし〉奈良の山の山の間に隠れるまで、道の曲がり角が幾つも重なるまで、ずっとずっと、つまびらかに見つつ行きたいものを、幾たびも遠く見やりたい山なのに、つれなくも雲が隠してよいものだろうか。

反歌

三輪山をしかも隠《かく》すか雲だにも心あらなも隠さふべしや　（一八）

三輪山をなぜそんなにも隠すのですか。雲であっても思いやりの情があって欲しい。そんなにも隠す必要がありましょうか。

翌六六八年（天智七年）正月、中大兄皇子は、近江大津の宮で即位する。第三十八代天智天皇である。六四五年のクーデター以後二十三年間皇位に就かず、皇太子のままで政治を行ってきたが、晴れて即位することになった。大海人皇子を皇太子に立て、鎌足が内臣《うちつおみ》として二人を支えた。天智天皇四十三歳、大海人皇子三十八歳の時と推定する。

その年の五月五日には、近江の蒲生野《がもうの》で遊猟が行われた。皇太子はじめ、諸王、群臣がことごとく従った盛大なものであった。この時の遊猟とは、薬草採集、鹿の角拾い等を含めた行楽行事であったようだ。旧暦の五月五日には、伝統的に宮廷での遊猟が行われていて、例えば、六一一年（推古十九年）五月五日には、奈良県の菟田野《うだの》で薬猟を催した記事が日本書紀に載っている。それによると、「夜明け前に、藤原の池のほとりに集まり、夜明けと共に出発した。粟田細目臣《あわたのほそめのおみ》を前方の指揮官とし、額田部の比羅夫連《ひらふのむらじ》を後方の指揮官とした。諸臣の服の色はみなそれぞれ冠の色に合わせ、それぞれ髻花《ウズ》（冠に添える飾り）を頭に挿した。大仁・小仁は豹の尾を、大礼以下は鳥の尾を用いた」とある。

五月五日は今の暦では六月中旬。青葉の生い茂る梅雨の晴れ間であった。深緑の野と青い空、夏の暑い日差しが差し込んでいる蒲生野に、色鮮やかな服装の貴族や女官たちがそれぞれに野遊びを楽しんでいる。高松塚古墳に描かれた絵を彷彿とさせる華やいだ夏の一大行事であった。この時に額田王と大海人皇子との間で交わした歌が万葉集に載っている。

高松塚古墳壁画

天皇、蒲生野《かまふの》に遊猟《みかり》したまふ時に、額田王が作る歌

あかねさす紫《むらさき》野《の》行き標《しめ》野《の》行き野守《のもり》は見ずや君が袖振る　（二〇）

〈あかねさす〉紫草の生い茂る野原を行ったり、標縄を張った薬草の野原を行ったりして野行きを楽しんでいる。おや、貴方が袖を振っていらっしゃる。野守に気づかれますよ。

皇太子の答へたまふ御歌（大海人皇子）

紫草《むらさき》のにほへる妹《いも》を憎くあらば人妻ゆゑに我《われ》恋ひめやも　（二一）

〈紫草の〉艶《にお》うように美しいお前よ。お前が憎いならば今は人妻であるお前に、どうして私が恋いようものか。

かつては我が妻であって、今は人妻（兄天智帝の妃）になっている額田王に、袖を振って率直に気持ちを伝える大海人皇子。それに戸惑いつつも心の内で喜びを感じている額田王、そんな二人の思いが読みとれる歌である。「紫野行き標野行き」の言葉のリズムにウキウキとした気持ち、「野守が見ずや君が袖振る」に戸惑いと恥じらいなどが感じられ、額田王の心の内をよく表している。一方、大海人皇子の歌は実にストレート。男性的で額田王の心を捉えたことだろう。近年、これらの歌を、宴席での戯れ歌とする説が有力になってきている。その根拠は、この歌が相聞の部ではなくて公式の記録である雑歌の部に含まれていること、二人とも年を取っていて相聞の歌としては似合わないなどが挙げられている。もしその様であるとすると歌の解釈は大きく変わってくるが、今回は従来の説に従って二人の真情を詠ったものと捉えておきたい。

そして、その後一年間ばかりではあるが、国に大過のない日々が続き、「朝廷事無く遊覧是れ好む」(「大職冠伝《たいしょくかんでん》」)と言われるように近江大津の宮には一時の平和が訪れ栄えたのであった。

鎌足の死

しかし、それも長くは続かなかった。翌六六九年(天智八年)の十月に忠臣の鎌足が亡くなってしまった。享年五十六歳であった。鎌足は、中大兄皇子と共に大化の改新を推進する一方、中大兄皇子と大海人皇子との間を上手に取り持ってきていた。鎌足の伝記を記した「大職冠伝」には、ある宴席で、何事かに激した大海人皇子が、御殿の床板に長槍を刺したことがあった。激怒した天智天皇は、ただちに皇子を殺害しようとしたが、鎌足がうまく取りなして事無く済んだということが記されているという。天智天皇も大海人皇子も個性の強い人物であったから、二人の間を取り持つ鎌足の存在は大きかったものと思われる。鎌足の死の直前に天智天皇自ら鎌足の家へ見舞い、大職冠と大臣の位とを授けている。これは、天皇の鎌足に寄せる信頼の強さを物語っている。その忠臣鎌足が亡くなった後は、天皇と皇太子との間を取り持つ人物がいなくなり二人の関係は徐々に悪くなっていった。

六七一年(天智十年)の正月の人事で天智天皇の長子の大友皇子が太政大臣として政権の中枢に加わった。これまでは天智天皇の後継は皇太子の大海人皇子、そしてその後は大海人皇子の皇子たちへと皇位を継承していくという強い意志を天智天皇は持っていたが、それがこの人事により危うくなってしまった。大友皇子は、母の位が低いが故に皇位を継ぐ皇子の仲間には入っていなかったが、成長するにつれて風采が立派な上に文武の才能に優れた貴公子に育っていった。わが国最古の漢詩集「懐風藻《かいふうそう》」には皇子の人となりを「生まれつきさとりが早く、広く古事に通じ、筆をとればすぐ文章ができ、一言しゃべると立派な議論になる。議論する者は皇子の博識を感嘆した」と述べている。天智天皇も人の子であれば、立派に成長した我が子大友皇子への愛情が増し、我が子に皇位を継がせたいとの思いが強まったのだろうか。しかし、これによって、皇太子大海人皇子の立場は浮いてしまうことになった。

大海人皇子吉野へ逃避

同年（六七一年）九月に入ると天智天皇は病の床につくようになり、十月には病は悪化していった。十七日に天皇は使者を遣わせて皇太子を病床に招いた。使者の蘇我臣安麻呂《やすまろ》は、かねてより皇太子に好意を持っていたので、「お言葉にご用心なさいませ」と皇太子に注意を払うように密かに伝えた。ここに皇太子は何か企みがあることを感じ取って心して宮殿に入っていった。病床で天皇は皇太子に次の皇位を譲ろうと告げた。皇太子は、自分の病を理由に天皇の申し出を固辞し、「天下のことは全て皇后におまかせになり、大友皇子を皇太子にお立てなさいませ。私は今日から出家して吉野に下り、陛下の病気平癒のために祈りたいと思います」とひたすら請い願った。そこで天皇もそれを認めざるを得ず、法衣を皇太子に贈った。退席した皇子は、その日のうちに剃髪出家し、翌々日（十九日）には、妃の鸕野《うの》皇女と僅かばかりの従者を従えて吉野（宮滝の辺）へと下った。見送った群臣の中には「虎に翼を付けて放てり」と言う人もいた。

天皇（天武天皇）の御製歌《おほみうた》

み吉野の　耳我《みみが》の嶺《みね》に　時《とき》なくぞ　雪は降りける　間《ま》なくぞ　雨は降りける　そ

の雪の　時なきがごと　その雨の　間なきがごと　隈《くま》もおちず　思ひつつぞ来し

その山道《やまみち》を　（二五）

吉野の耳我の嶺にはひっきりなしに雪が降っている。ひっきりなしに雨が降り続いている。その雪の止む時が無いように、その雨の止む間が無いように、ずっとずっと思いつつ来たことだ。その山道を。

その時を回想した歌であろう。十月十九日といえば、今の暦では十一月中、下旬から十二月上旬に当たる。みぞれが降りしきる、寒く、わびしく、薄暗い山中を、大海人皇子は僅かばかりの従者と共に人里離れた吉野へと逃れて行った。皇子の胸中はいかばかりであっただろうか。無念の思い止むときもなく急ぎ足で山道を去っていく皇子の姿が浮かんでくるように思われる。

天智天皇崩御　壬申の乱

さて、病状が悪化していった天智天皇は、十二月三日にその多端な生涯を閉じた。享年四十六歳であった。天皇中心の中央集権国家を築くために果敢に立ち向かってきた偉大な天皇であった。陵墓は京都の山科陵である。

そして、翌六七二年の六月、大海人皇子は王権を奪い取ることを心に誓い吉野で兵を挙げた。壬申の乱の始まりである。同族が敵と味方に分かれて戦った古代における大きな戦であった。大海人皇子側は、大伴氏を味方につけ東国の兵を集めて戦った。途中からは、大海人皇子の息子の高市皇子（十九歳）と大津皇子（十歳）も父の陣に加わった。戦いの様子を柿本人麻呂は高市皇子への挽歌の中で次のように歌っている。

……整ふる　鼓《つづみ》の音は　雷《いかづち》の　声と聞くまで　吹き鳴せる　小角《くだ》の音も　敵《あた》見た

る　虎か吼《ほ》ゆると　諸人《もろひと》の　おびゆるまでに　ささげたる　旗の靡《なび》きは　冬こもり　春さり来れば　野ごとに　つきてある火の　風の共《むた》　靡くがごとく　取り持てる　弓弭《ゆはず》の騒き　み雪降る　冬の林に　つむじかも　い巻《ま》き渡ると　思ふまで　聞きの畏《かしこ》く　引き放つ　矢の繁《しげ》けく　大雪の　乱れて来《きた》れ……

（一九九）

……隊を整える鼓《つづみ》の響きは、雷の音かとまがうほどで、吹きたてる小角《くだ》の音も、敵を見た虎が吼えるのかと思うほど人々が怯えるものであった。高く掲げた旗の靡きは、春になると野ごとにつけた野火が、風とともに靡《なび》くのにも似ていた。取り持っている弓筈《ゆはず》の響きは、雪の降る冬の林に、旋風が吹き巻いて行くかと思うほど恐ろしく、次々と引き放つ矢の多さは、大雪が乱れ飛んでくるようであった。……

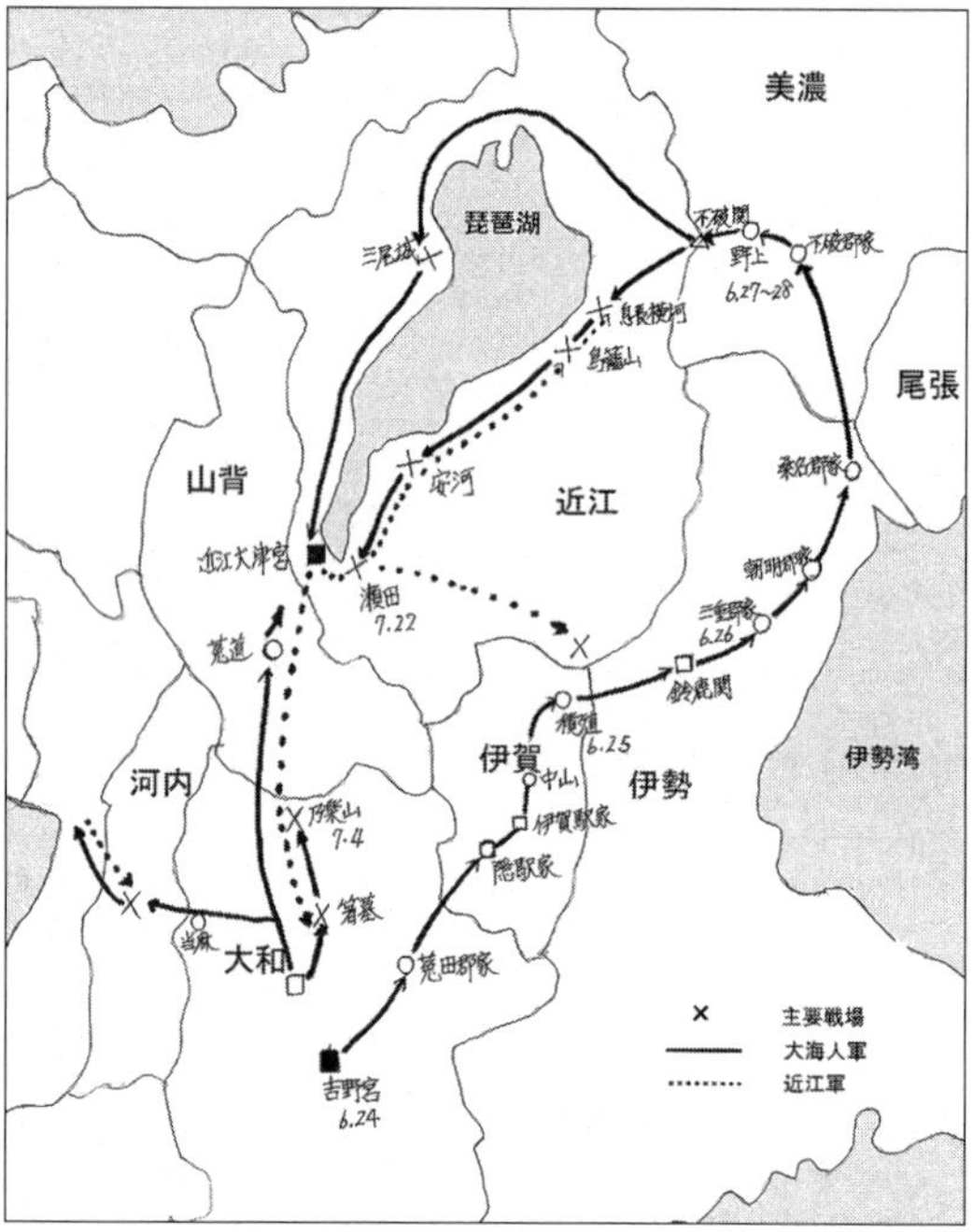

壬申の乱の主な戦場

激しい戦いが繰り広げられた。一か月あまりの戦闘の末、近江の瀬田の戦いで大友皇子の軍を大破し、大友皇子は自害して二十五歳の若い命を落とした。大海人皇子側の勝利となった。そして大海人皇子は飛鳥に凱旋し、飛鳥浄御原宮《あすかきよみはらのみや》で即位して第四十代天武天皇となった。

大伯皇女伊勢斎宮に

壬申の乱の戦いの最中に、大海人皇子は、皇室の祖先神アマテラスの祭られている伊勢神宮を遥拝し戦勝を祈願した。その加護を得ての勝利であったので伊勢神宮を厚く遇することとなり、身内の中の皇女を伊勢の斎宮《さいぐう》として派遣することにした。斎宮は、天皇の名代として天皇の在位中伊勢神宮に奉仕する未婚の皇女である。天皇の名代であるから名誉な役ではあるが、現世に生きる女性としての喜びや幸せを全て捨てて神に仕えなければならないから進んでなりたいと思う皇女はいなかったことだろう。その役が姉の大伯皇女にまわってきたのである。六七四年（天武三年）、大伯皇女十四歳の時であった。伊勢神宮側からすれば、天武の皇女の中で第一人者であるから最適の皇女で大歓迎であったわけだが、大伯皇女の心中はいかばかりであったことだろうか。しかし、母がなくて、また頼りにしていた祖父もいなくなった身であれば断るすべはなかった。大伯皇女は十月九日に伊勢神宮に赴いて行った。

翌、六七五年（天武四年）二月には、十市《とおち》皇女と阿閇《あべ》皇女とが伊勢神宮を参拝している。天武天皇がいかに伊勢神宮を重要視していたかがうかがえる。

大津皇子の成長

月日の流れと共に大津皇子は逞しく成長していった。懐風藻には皇子の人となりを、「身体容貌が大きく逞しく、人格が高く奥深い。幼いときから学問を好み、博覧にして文才に優れていた。壮年に及んで武を好み、力が強く剣術を得意とした。性格はかなりほしいままであって、規則に拘束されなかった。自分の身を低くして人士を厚く礼遇した。これによって多くの人が皇子に付き従った」と記している。スケールが大きく、魅力的で人望のある皇子へと育っていった。皇子の作った漢詩が懐風藻に載っている。皇子の文才の高さや器量の大きさを垣間見ることができる。

五言。春苑《しゅんゑん》ここに宴《うたげ》す

衿《くび》を開きて霊沼《れいせう》に望み、　目を遊ばせて金苑《きんゑん》を歩む。
澄《ちよう》清《せい》苔《たい》水《すい》深く、　暗《あん》曖《あい》霞《か》峰《ほう》遠し。
驚《きやう》波《は》絃《いと》の共《むた》響《な》り、　哢《ろう》鳥《てう》風の與《むた》聞ゆ。
群公　倒《さかさま》に載《の》せて帰る、　彭《はう》澤《たく》の宴《うたげ》誰か論《かた》らはむ。

衣の衿《えり》を開いてくつろいで御苑の池に臨み、春色に目を楽しませて御苑を逍遥する。澄んで清らかな池の苔の水は深く、暗くぼんやりと霞のかかった峰が遠くに見える。騒ぐ池の波は琴の音につれて響き、さえずる鳥の声は風のまにまに聞こえる。御宴に参加した諸公は酔いつぶれてしまってさかさまに車に乗せて帰るという状態だ。このようであるから、詩と酒にふけった彭澤《ほうたく》の県令陶淵明の催した酒宴さえも、この御宴に比べると論ずるに足らない。

吉野での盟約

六七九年（天武八年）五月五日に、天皇は皇后や皇子たちを連れて吉野へ行幸した。かつて大海人皇子が隠れ住んだ吉野は、壬申の乱の勝利後は大海人皇子が身を置いた聖地としての性格を強めていった。

天皇、吉野の宮に幸す時の御製歌《おほみうた》

淑《よ》き人のよしとよく見てよしと言ひし吉野よく見よ良き人よく見　（二七）

かつての良い人が、良い所だとよく見て良いと言った、この吉野をよく見よ。今の良き人よ、よく見よ。

言葉遊び的な歌ではあるが、二五番の、天武天皇が吉野へ下る歌とこの歌とを比べると、吉野に対する印象が大きく違うのが分かるだろう。晴れやかな気分で吉野を褒めている。

日本書紀の記事によると、「翌六日に天皇は、皇后及び草壁皇子、大津皇子、高市皇子、川島皇子（天智天皇の皇子）、忍壁《おさかべ》皇子、志貴皇子（天智天皇の皇子）の六人の皇子に詔《みことのり》して、『私は今日、お前たちとこの場で誓いを立てて、千年の後までも事が起こらないようにしたいと思うがどうか』と申された。皇子たちはみな『ごもっともでございます』と申し上げた。そこで、草壁皇子が進み出て、『天地の神々、そして天皇よ。はっきりとお聞き下さい。私ども兄弟、長幼あわせて十余の皇子は、それぞれの母は違っておりますが、同母であろうとなかろうと、みな天皇のお言葉のままに、互いに助け合い、争いは致しますまい。もし今後、この誓いに背くようなことがあれば、命はなく、子孫も絶えることでありましょう。忘れますまい。過ちを犯しますまい』と誓いの言葉を申し上げた。これを聞いて天皇は、『自分の子どもたちは、それぞれ母を異にして生まれたが、今は同じ母から生まれた兄弟のように慈しもう』と申されて、御衣の襟を開いて、六人の皇子たちをお抱きになり、『もしこの誓いに違ったら、たちまちその身は

吉野宮滝

なきものになろう』とお誓いになった」（井上光貞『日本書紀』より）。天皇のもとに皇子たちの結束を強めて、皆で協力して新しい国作りを進めてほしいとの願いの現れだろう。天智天皇の皇子までをも大切に遇するのは天武天皇の心の広さ故であろう。この時大津皇子は十七歳で六人の皇子の中では一番若い皇子であった。

大津皇子朝政を聞く

六八一年（天武十年）二月に天皇は、草壁皇子を皇太子に立て、いっさいの政務に参加させた。皇位継承の方向がはっきりした。天皇は、皇太子の草壁皇子を核にして、他の皇子たちが皇太子を補佐して政治を行っていく親皇体制を願っていたのだろう。そしてそれは、草壁皇子の母である鸕野《うの》皇后の強い願いでもあったことと思われる。ところが、二年後の六八三年（天武十二年）二月の人事では、大津皇子も朝廷の政務に参加することになった。二十一歳になった皇子は、器量・才覚共に優れた貴公子に成長していて、多くの人臣から期待されていたものと思われる。それを受けて天皇が判断した人事であっただろう。しかし、この人事は、とても危険な要素を含んでいたのだ。父からすると、大津皇子へは、皇太子草壁皇子をしっかり補佐してほしいとの思いがあったであろうし、大津皇子もそんな思いであったであろう。しかし、草壁皇子側、特に母の鸕野皇后からすると、思いは複雑であったと思われる。大津皇子は、皇位継承ナンバーツーであり、仮に大津皇子の生母の大田皇女が存命であればナンバーワンの皇子であった。前述したように実力・人望とも抜きんでた皇子であったので、大津皇子が朝廷の政務に加わると、人臣の期待が大津皇子に集中して、皇太子の草壁皇子が浮いてしまう恐れがあった。草壁皇太子も立派な皇子であっただろうが、大津皇子は更にその上をいって人臣の人望を集めていた。だから、皇后にとっては、この人事は気に入らないものであったに違いない。

石川郎女との相聞歌

また更に、次のような気になる歌も万葉集には載っている。

大津皇子、石川郎女《いらつめ》に贈る御歌一首

あしひきの山のしづくに妹《いも》待つと我れ立ち濡《ぬ》れぬ山のしづくに　（一〇七）

〈あしひきの〉山のしずくに、あなたを待っていると私は濡れてしまったことだ。山のしずくに。

石川郎女、和《こた》へ奉《まつ》る歌一首

我《あ》を待つと君が濡れけむあしひきの山のしづくにならましものを　（一〇八）

私を待っていてあなたが濡れてしまったという山のしずくに私はなりたいものです。

大津皇子は、石川郎女に求婚の歌を贈り、郎女から返歌が来ている。「あなたを待つと、山のしずくに濡れてしまった」と詠うと、郎女から「あなたが濡れた山のしずくになりたいものです」と返答が来た。まさに相思相愛の歌である。ところが、次の歌が気になるのだ。

大津皇子、窃《ひそ》かに石川女郎《いらつめ》に婚《あ》ふ時に、津守連通《つもりのむらじとほる》、その事を占《うら》へ露《あら》はすに、皇子の作らす歌

大船《おほぶね》の津守が占《うら》に告《の》らむとはまさしに知りて我がふたり寝し　（一〇九）

大津皇子が密かに石川女郎と関係を結んだ時に、津守連通がその事を占いで露わしたので皇子がお作りに

なられた歌一首

〈大船の〉津守の占いに現れるだろうとはまさに承知の上で、私たち二人は寝たのだ。

石川女郎は、石川郎女と同一人物であろう。大津皇子が密かに石川女郎に逢った時に、占い師の津守がその事を占いで現したというのである。密かに関係を結ぶという事は、タブーを犯した逢い引きであったという事だろうか。では、なぜ逢ってはならないのだろうか。次の歌がまた気になる歌である。

日並皇子尊《ひなみしのみこのみこと》（皇太子草壁皇子）、石川女郎《いらつめ》に贈り賜ふ御歌一首　女郎、字を大名児《おほなご》といふ

大名児《おほなご》を彼方野辺《をちかたのへ》に刈る草《かや》の束《つか》の間《あひだ》も我れ忘れめや　（一一〇）

大名児を、《序　向こうの野原で刈る草の》束の間も私は忘れることがあろうか。（あなたをずっと思い続けているよ）

一一〇番では皇太子の草壁皇子が石川女郎に歌を贈っている。皇太子の地位は絶大であるから、皇太子の求婚は他の皇子に優先されるはずである。だから、石川女郎は皇太子の妃であった可能性がある。だとすると、この一連の歌は、相愛の郎女を皇太子にとられた大津皇子が密かに郎女と逢い引きをしたということを言おうとしているのであろうか。想像を掻き立てる歌の配列である。一〇九番の歌も、「占いに現れるのを承知で寝た」と実に大胆不敵である。大津皇子は前述したように、性格はかなりほしいままであって、規則に拘束されることのない人物だというから、このような事も考えられる。そのように考えると、鸕野皇后から見ると、大津皇子の存在は、我が息子草壁皇太子の行き先を阻む茨《いばら》に映ったに違いない。「行く手を阻む邪魔な茨は芽が出る前に刈り取っておかねばならない」。皇后の心の中にこのような思いが芽生

えたとしても不思議ではない。

姉との密会

六八五年（天武十四年）、九月末頃から健康が優れなくなってきた天皇は病の床に伏すようになり、病気平癒の祈りがたびたび行われるようになった。しかし、その甲斐も無く、翌六八六年（天武十五年）九月九日、天皇は他界された。享年五十六歳と推定する。

天皇の亡くなった後、まだ喪があけないうちに大津皇子は密かに伊勢神宮へ赴き姉の大伯皇女と会っている。父の死により、我が身の危険を感じ取った皇子が、姉に一度会いたくなり密かに訪れたものと思われる。

ある秋の日であった。はるばると都から伊勢へ忍んで来た皇子は、伊勢の斎宮で久しぶりに姉と再会した。二人はどのような会話を交わしたことだろうか。夜更けまで姉弟は二人の人生の隙間を埋めるべく話し合ったことだろう。しかし、無情にも時間は過ぎて、皇子が帰らねばならない時が来た。

大津皇子、窃《ひそ》かに伊勢の神宮《かむみや》に下りて、上り来る時に、大伯皇女の作らす歌二首

我が背子《せこ》を大和へ遣《や》るとさ夜更《ふ》けて暁《あかとき》露《つゆ》に我が立ち濡《ぬ》れし　（一〇五）

ふたり行けど行き過ぎがたき秋山をいかにか君がひとり越《こ》ゆらむ　（一〇六）

大津皇子が密かに伊勢神宮へ行って、都へ戻ってくる時に、大伯皇女の作られた歌二首

我が弟君を大和へ帰し遣るために見送っていると、夜が更けて暁の露に私は立ちぬれてしまったことだ。（一〇五）

二人して帰って行っても難渋する秋の山を、どのようにして弟君は一人で越えていくのだろうか。　（一〇六）

弟を思いやる切ない愛情が溢れた歌である。大伯皇女はこの時点で弟の行く末に暗雲が立ちこめていることが分かっていたのだろう。不安を掻き立てる歌である。どうにか無事でいてほしいと祈りつつ弟をじっと見送る姉の気持ちがひしひしと伝わってくる。大津皇子が伊勢神宮へ行ったのは、九月の中下旬であっただろうと思われる。今の暦では十一月の頃である。かつて大伯皇女が斎宮として一人伊勢へ赴いたのも十月九日で同じ晩秋であった。その時の寂しい思いもこの歌の中に織り混じっていることであろう。

謀反発覚　死を賜う

十月に大津皇子は謀反の罪で逮捕される。日本書紀の記事によると、「冬十月二日に、皇子大津の謀反が発覚した。皇子大津を逮捕し、併せて皇子大津にだまされた群臣たち三十有余人を逮捕した。三日に皇子大津は譯語田《おさだ》の舎で死を賜った。享年二十四歳であった。妃の皇女山辺は髪を乱して裸足で皇子の所に走っていって殉死した。見る者は皆嘆いた」（井上光貞『日本書紀』より）と事件のあらましを述べている。大津皇子・山辺皇女と書かずに皇子大津・皇女山辺と呼び捨てにしたのは犯罪者とその家族という扱いであろう。続いて記事は、皇子を次のように評している。「皇子大津は、天武天皇の第三子である。容姿が立派で賢くて言葉も俊朗であった。天智天皇にたいそう愛された。長ずるに及んで分明で才覚が増した。文筆をたいそう好んだ。詩賦の起こりは大津より始まった」（同『日本書紀』より）とたいそう評価している。懐風藻の人物評と同様の内容である。

二十九日には、「（持統天皇は）詔して『皇子大津は謀反を企てた。だまされた吏民、帳内《とねり》（舎人のこと）はやむを得ずに従ったのだ。今、皇子大津はすでに滅んだ。皇子大津に関わる従者は皆許しなさい。ただし、礪杵道作《ときのみちつくり》は伊豆に流しなさい』とおっしゃった。また詔して、『新羅の僧行心《こうじん》は、皇子大津の謀反に関与したが朕は罪を与えるのが忍びない。飛驒の国の寺に遷しなさい』とおっしゃった」（同『日本書紀』より）と記して記事を終えている。

大津皇子が本当に謀反を企てたのだろうか。謀反は最大の罪であるから、日本書紀では謀反に関しては、中身を詳しく書くのが普通であるが、この件に関しては謀反の具体的な中身は書かれていない。また、皇子以外には処罰された者がとても少ないのも腑に落ちない。そしてまた、皇子を立派な人物であったと評価しているのもなにか変である。さらに驚くことに大津皇子が謀反を企てていると密告した人物は、川島皇子であったと懐風藻では伝えている。川島皇子は吉野で盟約した六人の皇子の一人で、大津皇子とは「莫逆の契《ばくぎやく》」を交わした友であったという。「莫逆の契」とは、逆らうことのない契りという意味であって、二人はきわめて親密な友人であった。その川島皇子が密告したとなると事件が真実味を帯びるから、おそらく川島皇子は持統側に脅されるか、騙されて事実でないことを言わされたのではないだろうか。真実は闇の中だが、状況から判断するとこの謀反事件はでっち上げであったような気がしてならない。おそらく、皇后（持統天皇）が陰で大津皇子を孤立、挑発させて、謀反の罪をきせて死に追いやったのではないかと思われる。「行く手を阻む邪魔な茨は芽が出る前に刈り取っておかねばならない」。皇后はこの思いを大津皇子が行動を起こす前に先手を打って機敏に実行したのだろうと思う。死に臨んだ大津皇子の臨終の歌と詩が万葉集と懐風藻に載っている。

　　大津皇子、死を被《たまは》りし時に、磐余《いはれ》の池の堤にして涙を流して作らす歌一首

百伝《ももづた》ふ磐余の池に鳴く鴨を今日のみ見てや雲隠《くもがく》りなむ　（四一六）

〈ももづたふ〉磐余の池に鳴いている鴨を、今日限り見て私は死んでいくのであろうか。

　　五言。臨終。一絶。（懐風藻）

金烏《きんう》西舎《せいしや》に臨《て》らひ、　鼓声《こせい》短命を催《うなが》す。

泉路《せんろ》賓主《ひんしゆ》無し、　此《こ》の夕《ゆふべ》家を離《さか》りて向かふ。

夕日は、赤々と西の舎を照らし、
時を告げる鼓の音は、私の短命を更にせき立てるようだ。
黄泉路には、客も主人もなく自分一人だ。
この夕べ、私は家を離れて一人死の旅路へと向かう。

自分の運命を受け止めて、一人静かに死に向かう皇子の諦観と悲しみに溢れた歌である。二十四歳の才覚ある人物の惜しまれる死であった。

平成二十三年十二月十五日に、磐余の池の堤の可能性がある遺構が見つかったと新聞が報じた。場所は、橿原市東池尻町にある妙法寺の東側である。二十四年九月に現地を訪れてみた。そこは稲田が広がるのどかな田園であった。現地の人に聞いて場所を確認したがすでに埋め戻されていて遺構を確認することはできなかった。

姉の帰京

翌月、大伯皇女は任を解かれて帰京する。日本書紀には「十一月十六日に伊勢神祠《かみのまつり》に奉《つかへまつ》れる皇女大来（大伯と同じ）還《かへ》りて京師《みやこ》に至る」と記している。ただ一つの生きる希望であった弟を失った今となっては、皇女には帰京の喜びなどはなかった。大伯皇女二十六歳の時のことである。

大津皇子の薨《こう》ぜし後に、大伯《おほく》皇女、伊勢の斎宮《いつきのみや》より京に上る時に作らす歌二首

妙法寺にある大津皇子の臨終歌

神風《かむかぜ》の伊勢の国にもあらましを何《なに》しか来けむ君もあらなくに　（一六三）

見まく欲《ほ》り我《わ》がする君もあらなくに何しか来けむ馬疲《つか》るるに　（一六四）

〈神風の〉伊勢の国にいればよかったものを、どうして大和へ来たのだろう。逢いたい君もいないのに。（一六三）

見たいと思う君もいないのに、どうして大和へ来たのだろう。馬が疲れるのに。　（一六四）

二上山移葬

大津皇子はどこに葬られたのだろうか。記録はないが臨終地の譯語田《おさた》の舎近くの人目につかない墓地に埋葬されたものと思われる。そして、人々の意識から早く皇子を消し去りたかったものと思われる。しかし、いつの頃かは分からないが、皇子は二上山に移葬されている。二上山は大和の地の多くの場所から眺めることのできる形のよい山であるで、この措置によって、いつでも人々が遥拝することができて、人々の記憶にいつまでも残すことができる配慮である。なぜ、そのような配慮がなされたのだろうか。実は訳があったのだ。

大津皇子亡き後は、草壁皇子がすんなり皇位に就けるはずであったが、皇位に就かないまま、それから三年後の六八九年（持統三年）に草壁皇子は急に亡くなってしまった。当時の人々の間に、「大津皇子の祟りだ」との噂が広まったのではないだろうか。鸕野皇后にとっては、息子の草壁皇子の死は大きな衝撃であり、大津皇子の祟りへの恐怖におののかされたのではないだろうか。そこで、「大津皇子の魂を和らげ鎮めなくてはならない」皇后はそのように考えてこの移葬を行ったのではないだろうか。そのように推測すると、二上山への移葬は、草壁皇子の没後の早い時期であったであろうと思われる。こうして大津皇子は二上山の雄岳の山頂近くに葬られた。

大津皇子の屍《かばね》を葛城《かづらき》の二上山《ふたかみやま》に移し葬《はぶ》る時に、大伯皇女の哀傷《かな》しびて作らす歌

うつそみの人なる我れや明日よりは二上山を弟背《いろせ》と我が見む　（一六五）

磯《いそ》の上に生《お》ふる馬酔木《あしび》を手折《たを》らめど見すべき君が在《あ》りといはなくに　（一六六）

現世に生きる私は明日からは二上山を弟と思って眺めることにしよう。　（一六五）

岩のほとりに生える馬酔木を手折ろうと思うけれども、お見せすべき君（弟）はもうこの世にはいない。　（一六六）

皇女は以後どんな生活を送ったかは不明である。七〇一年（大宝元年）に没している。享年四十一歳であった。

天の香具山から二上山を望む

あとがき

万葉集との本格的な出会いは学生時代である。古代文学の演習で万葉集に取り組んでから、そのとりこになった。担任の徳光久也教授の、文献を一字一句逃さず、批評的に追求して解釈していく厳しい研究態度に戸惑いを覚えつつも、万葉集の魅力に惹かれて、歌の解釈の学習に取り組んだことを懐かしく思い出す。結果的に、ここで教わった研究方法が、以後一人で万葉に取り組む時の支えになったので、先生には感謝の気持ちで一杯である。

昭和四十五年四月、大学を卒業して県内の小学校に就職した。初任地に赴くとき、布団等の荷物は業者に送ってもらって、カバンには、教案作りのための僅かばかりの資料と、日本古典文学大系の『萬葉集』四冊とを入れて、列車で任地先へ赴いたからかなり変わった人間であった。

以来、暇なときには、独学で万葉集に関する本を読んで自分なりに学んできた。三十代の初めの頃、「万葉の会」という同好会に入り、会の主導者の金井先生の教えを受けながら、歌の背景なり民俗的なことなども学び、歌ばかりでなく、当時の歴史や社会の様子などへの興味や関心も高めることができた。年に一度、明日香や山の辺、初瀬、吉野宮滝、二上山など万葉の故地を求めて旅行する、そんな楽しい時期を過ごしたこともあった。このように年代によってずい分集中した時もあったし、また関わりが薄くなった時もあったが、万葉の勉強は細々とつなげてきた。しかし教員の仕事が忙しくなってくると、万葉に取り組むゆとりは無くなり、十数年ほど万葉から離れてしまった。もちろん明日香への旅行も行けなくなった。けれども忙しい時ほど、万葉集を追求したいなあ、明日香を旅したいなあという思いは強かった。

平成十九年四月、退職を契機に再び万葉集に取り組み始めた。今度は、自分の万葉との関わりの証を形にしたいと思い、万葉集の選歌本を作ろうなどという、身の程を知らない大それた目標を立てた。そして、計画倒れにならないように、友人には、本を作ると宣言し、出版社を経営している親戚の青木誠一郎さんには、原稿ができたら頼むよと依頼してしまった。退路を断った以上、書かざるを得なくなった。

まず、万葉集巻十までの中から、歌を選んで作ることにした。平成二十五年は、畑仕事はいい加減に済ませて、本の原稿作りに没頭してきた。とても大変な作業であったが集中して取り組めた。そして、二十六年の一月末にやっと目途がついて、今日、二月三日、節分の日に一通り書き上げて立春を迎えることができた。自分なりによく頑張ったと思う。内容的にも、もちろん素人のつたない文章だが、それでもなかなかよく書けた所もあるなあと思う。後半はこの先また考えたい。自費出版であるが、できるだけ多くの人に読んでもらいたいと思う。

今まで、文句も言わずに私のわがままを許してくれた家族、とりわけ妻には感謝の気持ちで一杯である。「おかあさんありがとよ。やっとできたよ」。ちなみに明日が妻の誕生日である。

上　條　守

平成二十六年二月三日

引用・参考文献

万葉集　伊藤　博　校注　角川ソフィア文庫

萬葉集　日本古典文学大系

萬葉集　新日本古典文学大系

萬葉集注釋　澤瀉久孝　中央公論社

日本書紀　上　下　日本古典文学大系

日本書紀　井上光貞　責任編集　中央公論社

国史大系　續日本紀　吉川弘文館

懐風藻　日本古典文学大系

角川日本史辞典　角川書店

万葉集必携　五味智英　編　學燈社

万葉集を読むための基礎百科　神野志隆光　編　學燈社

万葉秀歌　斎藤茂吉　著　岩波新書

万葉の秀歌　中西　進　講談社現代新書

私の万葉集　大岡　信　講談社現代新書

女帝の古代日本　吉村武彦　岩波新書

激変！日本古代史　足立倫行　朝日新書

飛鳥の都　吉川真司　岩波新書

その他

インターネットホームページ　万葉集検索　山口大学教育学部表現情報処理コース

他、万葉集に関するサイト参照

著者略歴

上條　守（かみじょう　まもる）

1947年、長野県松本市に生まれる。
1966年、信州大学教育学部入学。古代文学の演習で万葉集の魅力に触れる。
1970年４月より、長野県内の学校に勤務する傍ら、独学でまた教員仲間の万葉同好会「万葉の会」に参加、万葉集についての理解を深めていった。その後、勤務の関係などで研究が思うように進まない時期もあったが、万葉集への想いは途切れることはなく、2007年３月の退職を契機に、一気に執筆が進んだ。現在さらに後続刊の執筆をすすめている。

GAKUGEI MIRAISHA

万葉集を楽しむ

2015年４月10日　初版発行

著　者　上條　守
発行者　青木誠一郎
発行所　株式会社 学芸みらい社
〒162-0833 東京都新宿区箪笥町43番 新神楽坂ビル
電話番号 03-5227-1266
http://www.gakugeimirai.com/
E-mail : info@gakugeimirai.com
印刷所・製本所　藤原印刷株式会社
ブックデザイン　熊谷博人

落丁・乱丁本は弊社宛お送りください。送料弊社負担でお取り替えいたします。

ISBN978-4-905374-44-2 C0095

学芸みらい社 既刊のご案内

日本全国の書店や、アマゾン他のネット書店で注文・購入できます！

教育関連系（教科・学校・学級）シリーズ

分野	書名	著者名・監修	本体価格	ご注文
学校・学級経営	トラブルをドラマに変えてゆく教師の仕事術 発達障がいの子がいるから素晴らしいクラスができる！	小野隆行(著)	2,000円	部
学校・学級経営	ドクターと教室をつなぐ医教連携の効果 第一巻 医師と教師が発達障害の子どもたちを変化させた	宮尾益知(監修) 向山洋一(企画) 谷 和樹(編集)	2,000円	部
学校・学級経営	生徒に『私はできる！』と思わせる超・積極的指導法	長谷川博之(著)	2,000円	部
学校・学級経営	中学校を「荒れ」から立て直す！	長谷川博之(著)	2,000円	部
学校・学級経営	フレッシュ先生のための「はじめて事典」	向山洋一(監修) 木村重夫(編集)	2,000円	部
学校・学級経営	みるみる子どもが変化する『プロ教師が使いこなす指導技術』	谷 和樹(著)	2,000円	部
道徳	子どもの心をわしづかみにする「教科としての道徳授業」の創り方	向山洋一(監修) 河田孝文(著)	2,000円	部
道徳	あなたが道徳授業を変える	櫻井宏尚(著) 服部敬一(著) 心の教育研究会(監修)	1,500円	部
国語	先生も生徒も驚く日本の「伝統・文化」再発見2 ～行事と祭りに託した日本人の願い～	松藤 司(著)	2,000円	部
国語	先生も生徒も驚く日本の「伝統・文化」再発見【全国学校図書館協議会選定図書】	松藤 司(著)	2,000円	部
国語	国語有名物語教材の教材研究と研究授業の組み立て方	向山洋一(監修) 平松孝治郎(著)	2,000円	部
国語	先生と子供どもたちの学校俳句歳時記【全国学校図書館協議会選定図書】	星野高士(監修) 仁平勝(監修) 石田郷子(監修)	2,500円	部
社会	子どもを社会科好きにする授業【全国学校図書館協議会選定図書】	向山洋一(監修) 谷 和樹(著)	2,000円	部
理科	子どもが理科に夢中になる授業	小森栄治(著)	2,000円	部
算数・数学	数学で社会／自然と遊ぶ本	日本数学検定協会 中村 力(著)	1500円	部
算数・数学	早期教育・特別支援教育 本能式計算法	大江浩光(著) 押谷由夫(解説)	2,000円	部

教育を未来に伝える書

書名	著者名・監修	本体価格	ご注文
かねちゃん先生奮闘記 生徒ってすごいよ	兼田昭一(著)	1,500円	部
すぐれた教材が子どもを伸ばす！	向山洋一(監修) 甲本卓司＆TOSS教材研究室(編著)	2,000円	部
教師人生が豊かになる『教育論語』師匠 向山洋一日く ――125の教え	甲本卓司(著)	2,000円	部
向山洋一からの聞き書き 第2集 2012年	向山洋一(著) 根本正雄(著)	2,000円	部
向山洋一からの聞き書き 第1集 2011年	向山洋一(著) 根本正雄(著)	2,000円	部
バンドマン修業で学んだ プロ教師への道	吉川廣二(著)	2,000円	部
向こうの山を仰ぎ見て	阪部 保(著)	1,700円	部
全員達成!魔法の立ち幅跳び「探偵！ナイトスクープ」のドラマ再現	根本正雄(著)	2,000円	部
世界に通用する伝統文化 体育指導技術【全国学校図書館協議会選定図書】	根本正雄(著)	1,900円	部
教育の不易と流行	TOSS編集委員会(編さん)	2,000円	部

一般書

書名	著者名・監修	本体価格	ご注文
【信州倶楽部叢書】意志あるところに道は開ける	安川英昭(著)	1,500円	部
【信州倶楽部叢書】ノブレス・オブリージュの「こころ」	大沼 淳(著)	1,500円	部
超救助犬リープ【日本図書館協会選定図書】	文:石黒久人 絵:あも～れ・たか	1,300円	部
雑食系書架記	井上泰至(著)	1,800円	部
翼はニャティティ 舞台は地球【全国学校図書館協議会選定図書】	アニャンゴ(著)	1,500円	部
アニャンゴの新夢をつかむ法則【全国学校図書館協議会選定図書】	向山恵理子(著)	905円	部
もっと、遠くへ【全国学校図書館協議会選定図書】	向山恵理子(著)	1,400円	部
「美味しい」っていわれたい 今日もフランス料理	糠信和代(著)	2,400円	部
銀座のツバメ【全国学校図書館協議会選定図書】	金子凱彦(著) 佐藤信敏(写真)	1,500円	部
カナダ・寄り道 回り道	落合晴江(著)	1,300円	部
サスペンダーの独り言	矢次 敏(著)	1,500円	部
日本人の心のオシャレ	小川創市(著)	1,500円	部
二度戦死した特攻兵 安部正也少尉	福島 昂(著)	1,400円	部
COVERED BRIDGE(カバードブリッジ)過去からみらいへとつづく橋	三浦徹大(著)	2,000円	部

シエスタシリーズ

書名	著者名・監修	本体価格	ご注文
父親はどこへ消えたか -映画で語る現代心理分析-	樺沢紫苑(著)	1,500円	部
国際バカロレア入門 融合による教育イノベーション	大迫弘和(著)	1,800円	部

エッセイ

書名	著者名・監修	本体価格	ご注文
花いっぱいの家で	大澤彌生(著)	1,000円	部

句集・歌集

書名	著者名・監修	本体価格	ご注文
句集 蜜柑顔	山口隆右(著)	2,500円	部
句集 実千両	大原芳村(著)	2,500円	部

画集

書名	著者名・監修	本体価格	ご注文
風に想いを寄せて	高橋まさみ(著)	1,200円	部

2015年2月現在

学芸を未来に伝える
学芸みらい社
GAKUGEI MIRAISHA